JN039639

陽だまりの果て

大濱普美子

国書刊行会

陽だまりの果て　目次

ツメタガイの記憶　7
鼎ヶ淵　67
陽だまりの果て　139
骨の行方　189
連れ合い徒然　259
バイオ・ロボ犬　331

装画
武田史子
「温室の図書館」
（エッチング、アクアチント、二〇一七年）

装丁
大久保伸子

陽だまりの果て

ツメタガイの記憶

路肩に小さなつむじ風が渦巻いた。

降り立ったバス停から道一本隔てた先に、川があった。低く垂れ込めた空の下、雲よりも暗い色の川面が、さざめき動いて流れていく。川に沿って草地が続いていた。その中を砂色をした遊歩道が蛇行しながら伸びて、踏み出した足の平らな靴底を、土に埋まった小石の角がやんわりと圧し上げる。

川縁にところどころ背の高い木が植わっていて、近くまで来ると、枝先の葉が僅かにそよいでいるのが見える。川風か、それともどこからともなく吹いてくる普通の風なのか。水のにおいを乗せて風が吹いている。小さな半島のように水際にせり出した草の上に、背の高いしだれ柳が一本。俯きがちに前に垂らした枝をしならせ、地面につきそうでつかない葉先を細々と揺らしている。

遊歩道はやがて草地と共に尽きて、舗装された道路に行き当たる。そこを川を背にして左手へ。道は幅を狭めて住宅街の奥へと入り込み、椿や槙の垣根に仕切られた家々の間を縫って行く。直角に曲がったその先は青竹の竹垣で、次の塀は大谷石。二度、三度と角を折れると、突然見通しの開けたところに出た。そこは幅広い車道と交差する四つ辻で、道を渡った向こう側に、勇壮なポプラ並木が聳えていた。

ポプラの木はひたすら上へと伸び上がり、同じ色と形を連ね、両側から舗装路を挟んで並んでいる。空が高くなったような感じがした。突如時空が切り換わって、どこか遠くの別の場所へと移送されてしまったような。一瞬、そんな思いがした。

並木道の遥か先に、小さく正面が見えている。円みを帯びた葉の陰に、四角く白っぽい輪郭が窺える。あそこがきっと、目指している建物なのだろう。行き先を遠くに見て、幾度となく枝葉を振り仰ぎ、並木に沿って片側の歩道を歩いて行った。

突き当たりは、赤煉瓦を積み上げた壁だった。そこに金属のプレートが嵌め込まれ、深々と刻まれた文字が読める。門は車一台が悠然と通れる広さに開けられて、アスファルト舗装の路面が玄関入口まで続き、きめ細かな芝生がなだらかに。土が隠れるほど密に赤紫色のパンジーの植えられた花壇が、両脇を囲んでいる。緩い斜面の上の小高いところに左右対称に、白壁の建物が建っていた。

ああ、ここは。行ったことのない場所に思い当たる。そこは、古い物語の中で繰り返し語られ、憧れと懐かしさとを同時に呼び起こすことになったいわくつきの場所。「サナトリウム」というのはきっと、こういうふうなところに違いない。

玄関を入れば、高く採光の良い丸天井からシャンデリアが下がり、奥にマホガニー材と思われる重厚なデスクがあり、その後ろからにこやかな会釈で迎えられた。

ごくろうさまです。

教えられた通りに受付の後ろを行くと、エレベーターの手前に螺旋階段があった。巨大な巻貝を模(かたど)り、広く大きく渦を巻いた様子があまりに見事で、自然と足が向かってしまう。天窓の硝子が、目一杯外光を取り込んでいる。鋳鉄製の手摺に片手を載せ、天井の一番高いところを見上げてぐるぐると回りながら段を上がった。

艶やかな廊下の床が、どこまでも長い。通路を辿って行く間に、三、四人の人たちと行き合った。紺のスカートとベストに白いブラウス姿の事務員風の人。淡い薄荷色の上着とお揃いのズボンを穿いたヘルパーらしき人。全身白ずくめで、頭にも白い頭巾を被った人。だれもがすれ違い間際に微笑んで、軽く頷くようにして通り過ぎて行く。ここの人たちは皆こういう感じなのだ、と思う。ひとつひとつの仕草が、歩き方から笑顔の傾け方に至るまで、そつなく静かで滑らかだ。部厚い硝子でできた広口瓶の蓋を取り、ピンセットで摘まんだ真綿の塊をその底に置いていくように。瓶が口まで一杯になってもなお、同じように同じ動作で同じ物を入れ続けていきそうに。怖いくらいに物柔らかい。

部屋番号を確かめ、折った中指の関節を木のドアに当てて二回鳴らした。

どうぞ。

おじゃまします。

中に、目の光がとても強い人が、こちら向きに座っていた。白地の磁器のティーポットを前に、小柄な体を肘掛け椅子に預けて座っている。後ろには籐の衝立が立っていて、おそらくその向こうにベッドがあるのだろう。右の壁際に、焦げ茶色のライティング・ビューローと同色の本棚が据え付けてある。衝立の陰から、白い鏡台の一部が覗いていた。ひとつきりの引き出しが閉まり、お伽話の中のお姫様が使っていそうな楕円形の鏡の前にひとつ、赤紫の硝子瓶があった。気球を逆さにしたような形に下が膨らみ、相似形のポンプを備え、蓋と縁の部分に金の飾りが施された、凝った造りの香水瓶だった。

どうぞ、こちらへ。老婦人は言った。ごめんなさいね、ちゃんと立ってご挨拶できなくて。杖か人の支えなしに立つのは、できるとしても多大の労苦と時間を要するのだろう。この年齢に達した人ならばありふれたことだけれど、それを告げる声音がそぐわない。歌うような調子の声は張りと艶に溢れていて、目の前のテーブルを飛び越えても、見事着地を決められそうな躍動感が感じられた。

どうぞと再び促され、婦人の向かいの丸椅子にテーブルを挟んで腰かけた。

お紅茶は、お好き。

はい。真面目に返事を返す。この方に限って、例外的に茶菓の接待を受けてください。予めそう申し送りがなされていた。

この時間に飲めば、夜中に眠れなくなることもないだろうから。そんなことを呟きつつ、老婦人は温度を確かめるようにポットの丸い胴に両手を巻き付ける。

臭覚に、何か嗅ぎ慣れたもののにおいが、嗅ぎ慣れない組み合わせで漂ってくるような感じがあって、改めてテーブルの上を見下ろした。

ジンジャークッキー、どうぞ召し上がれ。紅茶茶碗と揃いの縁飾りのある平皿に、きつね色の塊が高く盛られているのを、こちらに向けて滑らせてくる。

えんりょなく、いただきます。

ひとつ手に取り、不揃いの端を小さく嚙み取ってみた。

いかが。

おいしいです、とっても。ご自分でお作りになったんですか。褒め言葉を口にするために通るべき道筋を自動的になぞっていくと、まさかと老婦人は目を見張った。

料理はね、生き残るためには多少したけど、お菓子作りなんて、そんな贅沢で面倒なことはとてもとても。そう言って、何だか妙な笑い方をする。その高らかな声は、何とも形容しようのない不思議な抑揚だったけれど、育ちの良さと裕福さに見合った「ほほほ」でないことは確かだった。

そろそろよさそうね。ポットが持ち上がり、下からコーヒーウォーマーの穴が覗き、その縁に橙色に揺れ動く蠟燭の炎が見えた。この施設の中ではきっと、個室の中では必ずや、裸火は厳禁になっているはずだ。老婦人の手元を見れば、震えもせずに着々と濃い色の液体を二つの茶碗に注いでいく。

くふっと声がして、思わず見やった顔は眉を弓型に反らせ、それから片眼を瞑って見せたようだった。電光石火の早業だったので、本当に婦人がウインクをしたのか、実際に自分がそれを見たのか、はっきりとは確信が持てなかった。

老婦人は飾り気のない生成りのシャツの上に、大きなガウンを羽織っている。濃い鼠色に紺と青のペイズリー柄が織り込まれた厚手のウール地を、丁寧に着古した年季物らしい。たわみのない襟が肩の後ろに立って、着ている人をより小さく年寄って見せる。縮んだ体軀をガウンに埋もれさせた恰好は、歴代高齢のローマ法王を連想させた。

ポットから離れた片手が、ガウンの上を滑って行く。甲に皺の寄った手が脇を探って、ポケットの奥深く差し込まれたかと思うと、何かを摑んですぐに出てきた。金属の表面が鈍色に輝いて、側面が優雅に湾曲している。携帯用のウイスキーボトルだった。

婦人は手早くキャップを回してはずし、まずは自分の茶碗になみなみと注いだ。紅茶と生姜とバターの残り香をたちまち領して、揮発したラム酒の匂いが立ち上る。もうひとつの茶碗の縁にボトルの口をあてがったところで手を止めて、じっと私を見た。あ、勤務中ですから、と言おうとした言葉が、刑事ものドラマのセリフのように場違いで陳腐に思われる。続いて探偵小説の場面が幾つか思い浮かび、いかにもウイスキーボトルが似合いそうな私立探偵たちは、果たして仕事中に酒を慎んでいたのだろうか、などとぼんやり考えているうちに、トボトボと音が聞こえ、琥珀色のラム酒の滝が流れ落ちていった。

これを入れると、もっとおいしくなるんですよ。老婦人は砂糖壺の蓋を開け、中から氷砂糖を摘まみ上げてラム入り紅茶に入れ、華奢な金色の匙で勢いよく掻き回し始める。

あなたもどうぞ。

……それじゃあ、……。

私たちは、ふんだんにラム酒と氷砂糖を混ぜ合わせた濃い紅茶を、しばらく何も言わずにそれぞれに飲んだ。まず頬が、それから耳たぶが、そして指先が、順番に火照って温かくなっていく。何食わぬ顔で血色だけが良くなった老婦人が、やがてことりと茶碗を受け皿に戻して話し始めた。

ことの始まりはね、てんとう虫だったのよ。


バス停に向かって、同じ道筋を逆に辿って行く。川沿いの草地を、半ばまで来て立ち止まった。ざわざわと葉擦れの音がする。暗く低い曇り空を背景に、長々と無数に垂れた枝が揺れている。これは行きに見たのと同じ、あのしだれ柳の木だろうか。もう少し細くて、たおやかだったような覚えがあるけれど。一歩踏み出した足の下に、柔らかな草がたわむ。そこを踏みしめて行って、幹の向こうに回り込んだ。

岸のすぐ近くは流れもなく、藻の色をした淀みに、枝葉の影が逆さまに映り込んでいるのが見える。葉先が二、三、水に浸かっているその傍らに、野鴨が一羽沈んでいた。あり得ない角度に捩じれた首の、付け根のところを純白の環が回り、頭部の緑が虹をかけたように鮮やかなまま。真ん丸に開いた片眼で、水中から空の遠くを見上げている。胸元から胴にかけての羽がない。裸の胸郭を船の竜骨に見立てるかのように座礁して、浅い川床に横たわっているのだった。

草が途切れたところから、小石の斜面が水の中へと下っている。そのすぐ手前に立って、しばらくの間見下ろしていた。

窓の硝子が曇っている。上の方の窓枠に近い隅が一箇所透明に残っていて、そこから少しだけ外の様子が窺える。ときおり電信柱や建物の側面が掠め過ぎるけれど、どこを走っているのか分からない。バスの車内はもわっとして暖かく、一番後ろの座席で振動に揺られているうちに眠たくなってきた。

目を閉じると、ツメタガイが浮かぶ。それともホラガイかヤツシロガイ。丸みに掌を添えて耳にあてがうと、波の音が聞こえてくると言われている。形と色艶は同じでも、それは音を聞かせるのではなく、逆に吸収する貝なのだ。波の音に限らず音という音を、殊に人声を、全て吸い取って消してしまう。どれだけ吸い込んでも、満ちも溢れもしない真空を内側に抱え持った殻。私が念じ想ったのは、そのような貝殻だった。

ケーチョーぼらんてあ、なんじゃそれ。電話口で幼なじみが素っ頓狂な声を上げた。

それがどういうものであるのか、主旨と活動内容と、じきに始められそうな自身の見通しを言葉少なに語ると、受話器からふうんと溜息に似たものが漏れてきた。

　ふうん、よくできるね、そんな人の話を黙って聞いてばかりなんて。アタシなんか、自分がその何とかぼらんてあを雇いたいくらいだよ。その声音には、感心と呆れがそれぞれ四割と六割、実際的で迷いのない手つきで配分されているようだった。

　普段の生活で、どれだけ優れた聞き手になったとしても、同じだけ真摯に話を聞いてもらえることはほとんどない。それは以前からうすうすと、いつも背後を吹き抜ける隙間風のように感じていたことだった。だから、ケーチョーなんぞをやってフラストレーションが溜まりはしまいか。幼なじみの懸念の声も、心すべきことのひとつとして留めおいた。

　まず、「おたがいさま」の枠を、はずしましょう。講師の一人が述べたとき、研修中の私たちはただ少し目を見張っただけだった。一同の顔を眺め渡し、両眼を弓型に細めた顔で講師は続けた。

「ボランティア」と言っても、これは専門的な職種です。つまり、皆さんは専門的な仕事をするわけです。仕事というものは一方通行、仕事をするということは、一方的に何かを提供するということでしょう。例えば、医者の仕事は基本的に患者を治すこと。自分が患者に治してもらうことはないし、そもそも期待もしていない。どこか被災地や紛争地帯にボランティアで行って、そこの人たちの病気やケガを治したからといって、「さあ、今度はあなたがたの番です。私を治してください」なんて、医者は決して言わないでしょう。

それを聞いて私たちは、少なくとも私は、心底深く納得し大きく頷いた。あってしかるべきものがなければ、不当に思えて不満も募るけれど、なくてしかるべきものがなくても、それは当然。気にならないばかりか、「あってしかるべし」と詰め寄る労苦を免れるから、その分力みも取れて身が軽くなる。一方的に聴くことに身を投じるのは、解放感さえ導いてくれる行為なのだ。そう感得して穏やかだった。

そうして私は修行を積んだ。少しでもより麗しくなるようにと、丹精込めて殻の手入れをした。欠けていた箇所は補われ、罅(ひび)は修復され見えなくなり、余分なところは削り取られて滑らかになった。その作業が一段落すると、掌に載せて飽かず眺めた。丹念に磨き上げられたツメタガイは、艶々した殻の下に、何か底知れないものを密かに育んで渦を巻いていた。

家に帰り着いて、ただいまを言う。

玄関の上り口から奥のダイニングまで、きれいに片づいて何もない廊下をまっすぐに。食卓を回り込んで行って、流しで手を洗った。シンクの脇に、一人分の食器が洗って伏せてある。十草(とくさ)の小鉢に木彫りの汁椀、端のところが一箇所欠けた信楽焼の中皿と、揃いの湯呑み。把手がついたお盆が脇に立てかけられ、少し斜めに傾いたご飯茶碗の糸尻に、水が数滴溜まっている。

外を雨が降り始めた。硝子越しに目を凝らしても、雨粒が見えないくらいに細かい雨だった。

半日かけて増え続けた空気中の水分が互いに手を繋ぎ合い、霧状になって滲み出してきたみたいな。そんな雨が、道を濡らし壁を濡らし、屋根ごと家を包み込んでいく。

雨は音も気配も消してしまう。それぞれがそれぞれのいる場に封印されて、別のところにいる人の佇まいはもう伝わってこない。ここには他にだれもいない。そういう気持ちになる。自分はここにひとりきりで、この世にたったひとりでいる。雨が降ると、そう思う。

実際のところ、私はこの一軒家に独りで暮らしているようなものだった。夫は四年前に単身赴任して、電車を乗り継いで三時間半はかかるところに住んでいる。夫が家からいなくなって、その不在に慣れるうち、いつしか日常が反転した。留守の方が当たり前、たまに帰宅してくると、それは珍しいマレビトの訪れのごとくに感じられる。良く言えばハレのときだけれども、稀で短ければこその晴れやかさ、目出度（めでた）さである。そうしたこちらの思いに沿うようにして、訪れの頻度は二週間に一回から、一月に一回、やがて二か月に一度ぐらいと、次第に間遠になった。その後は一年に二、三回というあたりで下げ止まりになり、一昨年から定まって変わっていない。

始まりはてんとう虫だった、と老婦人は言った。

子供の頃は、両親と三つ下の弟と共に郊外の住宅地に建つ屋敷で暮らしていた。物心ついたときから既に、そこに住んでいたのだそうだ。近所に同じ年頃の子供がいなかったのか、あるいは両親が歓迎しなかったのかもしれない。いつも弟と二人、塀に囲い込まれた広い敷地の中で遊んでいた。花壇の煉瓦の下や塀際の湿った黒土と石の間に、入り組んだ造りの家屋の隅や物陰に、いくらでも謎は潜んでいて、そこは探検し尽くすことのない無限の領土、つまりは世界そのものだった。

アタクシたちにとりましては、正に魔女の洋館と秘密の花園。老婦人はそう描写した。あるときに、あのてんとう虫が、ほらあの赤地に黒いマルのあるナナホシテントウ、ご存じでしょう。それが弟のシャツの袖口に留まったんですの。ちょうどボタン穴の近くでしたので、まるで赤くて丸いカフスボタンをしているみたいに見えたのでございます。

弟がもう一方の手を近づけて、人差し指をそっと当てると、てんとう虫は触手を振ってその指を這い上がり、指の節に留まって静かになった。

どうしよう。どうしようか。

いつまで待っても飛び去る気配はなくて、もちろん追い払ったりなどはしたくない。

なんか気に入ったみたいだね、そこ。うん。

指に留まらせたまま、二階の子供部屋に行った。何か入れるものを探してくるから、そこで待つようにと指示をして、姉は階段を駆け下りて台所に入り、空の硝子瓶を持って部屋に戻った。弟は窓を背にして立ち、相変わらずてんとう虫の留まった指の先をじっと見詰めていた。

てんとう虫を硝子瓶に入れ、勉強机の上に伏せて置いた。虫が黒い針のような棘のついた肢(あし)

で中を歩き回り、硝子の壁を上ろうとして滑り落ちたりなどするところをしばし眺めてから、瓶をそのままにして、階下に降りて庭に出た。日が暮れるまで遊んで部屋に戻ると、てんとう虫は丸い殻を下にして、肢を畳み体に引き付けた姿勢で動かなくなっていた。一本だけ仕舞い切れなかった肢が、中途半端に折れ曲がって天井の方を指していた。

あっと弟が言って、固まってしまった。姉は瓶を取り上げ、ペン立てにあった鉛筆の先で触れてみたけれど、虫は少しも身動きしない。蟻を牛乳瓶に入れて飼うときも、上に被せた蓋には穴を開けて、呼吸ができるようにしなければならないのだと、どこかで聞いた覚えがあった。それを怠ったから、てんとう虫は酸素が足りなくなって死んでしまったのだろう。それでも、もしかしたら死んだふりかもしれないと期待を込めて、ときどき鉛筆の先でつついては十五分以上待った。その間弟は唖然呆然と丸まった虫を凝視して、こちらも一切身じろぎをしない。一旦死んだものが生き返ることは決してないことを――そうでなければ、ゾンビになってしまいますものね、と老婦人はまたしても豪快に笑う――それまでの経験で充分に知っていたから、姉は浅はかな行為を悔やみつつ、しきりと考えを巡らせた。一体どうやって償ったら良いのだろう、どうすれば少しでも弟の慰めになるのだろう。

家から歩いて十分ぐらいのところに、プロテスタントの教会がございましてね。アタクシはそこの付属幼稚園を卒業して、その後も日曜日のミサなどに通っておりました。叔父がね、他の教会ですけどね、牧師だったのでございます。家は離れておりましたけど、夏休みには毎年必ず叔父のところに滞在して、熱心にそのお話を聞いておりました。叔父は当時まだ若く、ほっそりとして知的で洗練されて、実に魅力的な人物でございました。アタクシは根が意地悪でしたから、父に向かって、お父様と叔父様はご兄弟なのに、全然似てらっしゃらないのね。などと、たびたび申したりいたしました。まあ、実業家でした父は、妻子が何を申そうと動じるような人ではございませんでしたけど。

叔父のところには、一人娘のいとこがひとり。一人っ子のマミちゃんは、アタクシと同い歳でした。教会のクリスマス会の劇で、マリア様を演じたきれいな女の子のことも羨みましたけど、マミちゃんはそれはもう羨ましいなんてものじゃございません、妬ましくて妬ましくて。おうちに泊まっているときに、マミちゃんの大きなベッドに二人で腹這いになって、ネグリジェから出ている首筋や腕やその付け根を散々くすぐり合ったあとで、たまらなくなりまして、言ってみたのでございます。ねえ、マミちゃん、こんど、お父さんをとっかえっこしない。まだくすくす笑いの止まらないマミちゃんは、えーっとこちらを見て、甘ったるい声で言うのでございます。ムリだよー、だってパパ、マミがいないとぜーんぜんダメなんだもーん。なんとまあ、憎たらしかったこと。

お話がずいぶんとそれてしまいましたけれど、とにかくそのような環境にあって、小学生のアタクシは一通りのキリスト教の教義には通じておりました。そうだ、埋めてあげればいい、土の中に埋葬して、最後の審判のときを待てばいい。てんとう虫さんは特に悪いことなどしていないから、きっと天国に生まれ変わることができるはず。そう思いつきまして、弟にもそのように話したのでございます。最初はちょっと疑い深げな、訝しそうな様子をしておりましたが、アタクシが埋葬の準備を始めますと、弟もそれを手伝い、そのうちにすっかり夢中になったようでございました。てんとう虫をマッチ箱に入れて、マッチの軸を糸でくくって十字架を作り、お庭の隅っこの方に穴を掘りまして。

このようにして、幼年時代の埋葬ごっこが始まったのだ。老婦人は語り、紅茶のお代わりに多量のラム酒を投じた。

背中に両手を回しエプロンの紐を結んで、キッチンに立つ。

流しに置いた金属のボウルに、透明な水が溜まっていく。水を止めると音が止み、あたりが前よりも静まり返ったような感じがする。雨の音も、今はもう聞こえない。表面を蠟細工のように艶光りさせて、赤と黄色と緑のピーマンが浮いている。取り出して水を切り、包丁で二つに縦割りにした。中の種を取り出しながら、老婦人が言ったことを思い起こした。

料理はただ生き残るため。そんな割り切りが、それを言うその言い切りが、威勢良くて新鮮だった。それに較べて、自分の日常はそれほどきっぱりとしたものではない。生きていることはそのまま毎日の所作に継ぎ目もなく繫がって、生きているから寝て起きて、起きれば着替えて料理もしている。ことさら考えることもなく二人分をこしらえ、作った料理はきっちり半分に分けて別々の器に盛り、自分の分をキッチンの食卓で食べる。残りの分は箸も添えてお盆に載せて、廊下のはずれ、玄関手前のドアの前に置いておく。

デコラ張りのテーブルの上を、虫が這っていた。

カナブンか、ハナムグリか、クロコガネか。捉えていた指の間から滑り出て、ビデオのコマ送りのようなぎこちない速さで、這って躓いて転んで激しくあがいた。怖々と、しかも恐る恐るだったから、正しい深さで正しい箇所に刺さらなかったのかもしれない。毒液の量が、少な過ぎたのかもしれない。

夏休みの終わりを四、五日後に控えて、深刻さを絵に描いた顔をした息子が、私のところにやって来て言ったのだ。どうしても今週中に、昆虫採集の標本を作らなければいけない。他の宿題は、国語も算数もちゃんとやり終えて、絵日記も書き上げてしまったけれど、これだけは、どうしても……。なんでそんなのが宿題なの、どうして全員しなきゃならないの。思わず詰め寄る体で問い質すと、息子はだって、カッちゃんが、カッちゃんがと口ごもるばかりで、まるで要領を得ない。おやつのプリンと麦茶を出し、自分用にティーバッグの紅茶を淹れ、余裕のあるところを示して再び尋ねてみれば、息子はとつとつと語り始め、「昆虫採集」の経緯が明らかになっていった。

夏休みの自由研究は、クラスで班ごとに話し合って課題を決めるのだった。先生が出した例は、「アサガオの観察日誌」とか「よく飛ぶ紙飛行機の制作」「時刻と場所による温度と湿度の変化を調べる」など穏当な定番だったのだが、息子の班には粗忽者（そこつもの）のカッちゃんがいて、開口一番に「昆虫採集」を挙げた。なあ、いいだろう、オレ新しい網持ってるんだ。

昆虫採集、それはちょっと……という雰囲気で沈黙が下りたところに、賛成ですと、ミノリちゃんが予想外の一票を投じた。ワタシたちが住んでいるところは、近くにまだ林や池がたくさんあります。こんなに恵まれた自然環境に暮らしているのだから、それを生かした課題をするのは、とても有意義なことだと思います。鬼に金棒的な、美人に能力系のミノリちゃんが推奨したら、それに異を唱える生徒はいない。こうして課題は「昆虫採集」に決まり、先生が配った班別の表にも書き込まれた。ただし、夏休みは親戚の家に行っていたり、塾通いで忙しかったりなどして、全員が集まって作業をするのは困難なことが分かり、結局一人ずつ標本を作って持ち寄って、それらを全部一緒に班の製作品として提出することになったという、そういう顚末だった。

自由な課題も、決まってしまえば自由はない。先生よりも、同じ班の生徒たちの反応の方が遙かに恐ろしい。もしも自分ひとりだけ、期待される成果を持ち寄らなかったら、一体どのようなことになってしまうのか。そんなことになったら、一体どうしたらいいのだろう。息子はまだ起こっていない最悪の事態を深く憂えて、ほとんど怯えているようだった。

分かった。私は言って、昆虫採集のキットを買いに出かけ、その合間に息子は、カナブンだかクロコガネだかを一匹、庭で見つけて捕獲した。

虫はテーブルの上を這っては、またひっくり返り、肢をばたつかせていつまでも暴れている。まるでこの世の苦痛を、一身に背負い込んだかのごとき苦しみようだった。傍らの息子を窺えば、両眼を見開き口は半開き、顔面を蒼白にして凝固している。私は食器戸棚を開けてコーヒー用のマグカップを取り出し、逆さにして虫の上に被せた。かちかちかち。肢が陶器に当たり、その表面を引っ掻く音が、微かにくぐもって聞こえてくる。息子の肩に手を置いて向きを変えさせ、背中を押して促して、キッチンを出た。

翌日、私はひとりでペットショップに出向いた。人気のある犬猫鳥のブースを通り抜け、爬虫類と熱帯魚の水槽をやり過ごして、一番奥の昆虫コーナーに辿り着いた。死んでいる虫を買いたいと申し出ると、私よりもずっと若そうな面長の店員が、眼鏡の奥の目を瞬いてから、寒気でも覚えたみたいに首を振った。そ、そんなことは、できません。ここはペットショップで、生きている動物を扱っておりまして、そんなことは。でも、ここで死んでしまうのもいるでしょう、とくに虫だったら寿命も短いし。はあ。いるわよね、いないはずがないわ。それを、生きている虫と同じ値段で引き取りたいの。お客様、それは、できかねます、たとえ死んでしまった個体があったとしても、それはお売りできません。

そこで、こちらの血相が変わったのだろう。ひょっとしたら泣き出しそうな表情に見えたのかもしれない。店員は声の調子を微妙に変えて、どうしてなのかと尋ねた。どうして、生きている昆虫をお買い求めにならないのですか、と。私はゆっくりと息を吸ってから、事の経緯をできるだけ短く、なるべく分かりやすくまとめて話した。自分にも息子にも、生きている虫から標本を作ることなど到底できないと、正直な告白で結んだ。そうですか。店員は頷いてカウンターに赴き、一枚のチラシを手にして戻ってきた。実は今、夏休みの特別企画ということで、某デパートでこのような昆虫標本展を催しております。こちらにいらっしゃれば、既に出来上がった標本がケース入りでお求めになれます。お値段は、かなり高めになるかと存じますが。

ありがとう。私はチラシを受け取り、店員に礼を言って店を出て、その足で某デパートの夏の特別企画展示会場へと向かった。店員が最後に言った通り、立派な木製ケースの昆虫標本は相当に高価だったけれど、値段には頓着しないことにして、カブトムシやコガネムシや蟬などの仲間の、いかにも模範的代表的な個体が十五個ぐらい並んで虫ピンで留められている箱を、選んで買った。

家に帰り、虫の体をひとつずつ摘まんで虫ピンを引き抜き、中元の洋菓子が入っていた紙製の化粧箱の底に刺し留めた。前の日に殺してしまったカナブンらしき虫も、大きさの順に並んだ列に刺し加えた。息子はシールにそれぞれの昆虫の名前を写し、7月××日うちのにわとか、8月○日△△こうえんなど、信憑性に溢れた出鱈目を書き入れて、各昆虫の下に張り付けていた。キッチンのテーブルの前に並び合って、私たちは黙々と作業を続けた。そうして出来上がった昆虫標本箱を、息子は新学期、菓子店の底の広い紙袋に入れて学校に持って行った。

かくして、「昆虫採集」の一件は一応の落着を見た。その後の日々の折々に、私は断末魔のカナブンを記憶から締め出すべく、意志の力を傾けた。その体にカップを被せたのと同様に、視界を遮断して見ないようにした。

どれだけ小さな生き物であっても、その命を奪おうとすれば、身に余る多大な活力を代償として支払わなければならない。冷厳な事実からは何かしらの教訓も導き出され、そうやって抽象化一般化してしまえば、大方の物事は、なるほどという頷きの中に回収されていく。その目で間近に見てしまった残酷さも、多少は生々しさを減じてくれる。それは、大人の自分にはなんとかこなせる技(わざ)だったが、小学生の息子にそれが可能だっただろうか。目に映った惨さだけが、色濃く刻印されてしまう類いの体験ではなかったか。ひたすら禍々しく恐ろしく、痛ましいと感じる思いさえもが恐怖に塗りこめられてしまうような。

息子が引き籠もるようになったのは、それから十年以上先の話だから、直接の引き金になったわけではない。けれど、最後の一滴で突然何かが決壊してしまうときの、そこに至るまでの長い間に少しずつ溜まっていったものの一部ではあるかもしれないと思う。あのカナブンは今も息子の裡(うち)にいて、無意識の上に被せた蓋を、内側からずっと引っ掻き続けているのかもしれなかった。

上の方で、枝先の葉がそよいでいる。伸び上がった梢の向こうが、ひたすらに青い。ポプラ並木に両側から縁取られた舗装路が、高く晴れ渡った空の下にまっすぐ、突き当たりの建物へと伸びていた。

あら、もうこんな時間なの。お約束よりもすっかり長くなってしまったわね、ごめんなさい。でもとってもとても楽しかったわ。ぜひまたいらしてね。終いに老婦人はお茶の飲み干されたテーブルを前に歓待の形に両手を開いて見せたから、すぐにもまた連絡があるだろうと待ち受けていたのだが、施設から電話で訪問の依頼を伝えてきたのは一昨日のこと。あれから三週間以上が経って、その間に梅雨が開けた。煉瓦壁の内側に入ると、花壇の中は色も形も様変わりして、新しく植え替えられたのだろう、朱色のサルビアの花が立ち並んでいた。

先回同様、山盛りのジンジャークッキーとポット入りの紅茶が、見覚えのある揃いの縁模様入りの器で供される。老婦人はもう目顔で尋ねることもせず、二つの茶碗に同量のラム酒を、ウイスキーボトルからたっぷりと注いだ。初めてのときはあまりの繊細さに触れるのもためらわれた紅茶茶碗も、今回は難なく掌に収まり、つんとする生姜の破片もバター生地と共に舌に馴染んで、酩酊の香りも高々と熱い液体に溶けて混ざって、喉を下り下りていく。

ナナホシテントウの後には、蝶や蟬やカブトムシらが列を成して続き、それから小さな動物たち、すなわちカエルやヤモリなどの爬虫類、鳥類、そして哺乳類がやって来た。

お話ししましたとおり、最初はマッチ箱でしたけれど、他にもお菓子や玩具の空箱とか、いろいろと取ってあったのを使っておりました。まれには、贅沢にもブリキの缶なども。ああそうでした、外国のお土産のキャンディーの空き缶がございましてね。卵型、いえ楕円形で、蓋にはどこかのきれいな雪景色が描かれていて、アタクシの宝物のひとつだったのでございます。それが、弟が二十日鼠の子供が死んでいるのを見つけてきましたときには、ちょうど適当な持ち合わせの箱がございませんで、思い切ってその缶の中に入れてみたのでございます。円く横たわった背中の曲線が、ちょうどぴったりと缶の縁に沿って納まりまして、長く伸びた尻尾も足の方に曲げて置きますと、やはりカーブがぴったりと。金属の内側にビロードのような毛皮が見事に映えまして、あまりの完璧な眺めに、上から蓋をして、そのまま埋葬したのでございます。

そのうちに、厚紙を切り抜いて組み立てるという方法を思いついた。試行錯誤を重ねるうちに、長さや角度やノリシロなどもうまく調整できるようになり、そうなると形も大きさも思うがまま。本物のお棺にそっくりのミニチュアが、作れるようになった。厚紙の上から色を塗ったり色紙を貼り付けたりなどして、蓋に仕上げの十字架を描き、そうして見事に完成したお棺をテーブルの上に置いて、姉と弟はうっとりと眺めた。庭や道に落ちていたスズメやシジュウカラは、丁寧に土埃を払われ、人用のを小型に縮小した特製の棺に入れられ、墓地と定めた庭の隅の、湿って柔らかな土に掘った穴に埋められたのだった。

あんまり夢中になっておりましたのでね。老婦人は懐かし気に含み笑いをしつつ、二杯目の紅茶を注いでいる。お手伝いさんの一人が入って来るのに、気づかなかったことがございますの。中でも一番新しくて、一番若いお手伝いさんでした。アタクシたちは庭で見つけたモグラにも夢中になっておりましてね。机の上に置いたのをメジャーで測るやら、その形と大きさに合わせた設計図を作るやらで。気がついたときはもう、背の高い影がすぐ後ろに迫っておりました。ひっと息を呑む音に振り返りますと、お手伝いさんが目を剝いて、飛び退(すさ)ったところでございました。

口に両手を当てて、もう震え出さんばかり、ほとんど気絶する寸前に見えました。アタクシたちはしばらくその様子を、冷然と見詰めておりました。やがて弟が口を開いて申します。ダレニモイウンジャナイゾ。ギャング映画か何かで見たのか、入りたての小学校で悪ガキから教わったのか存じませんけれど、びっくりするくらい低くてドスの効いた声でございました。ヒミツヲマモラナカッタラ、ドウナルカワカッテルンダロウナ。オマエガコゼニヲチョロマカシテルコトハ、チャントシッテルンダゾって。

お手伝いさんはひいひいと泣きそうな声で、だれにも言いませんを繰り返して、子供部屋を飛び出して行きました。階段を慌てて走り下りる音も聞こえましたから、よっぽど怖かったのでございましょう。それがモグラの死骸に対してなのか、弟とアタクシに対してなのかは分かりかねますけど、今思えば、きっと両方だったのでございましょうね。

そうこういたしますうちに、飼い犬のコロが突然死んでしまいましたの。まだ子犬からやっと成犬になりかけという若さでしたのに、フィラリアにやられてしまって、あっと言う間のことでございました。お母さまはどうしましょうと顔を蒼ざめさせて、お父様は、ああコロはコロリと死んじゃったなあ、などと半分茶化すようにおっしゃるので、アタクシと弟は揃ってそのお顔をねめつけるように見上げたのでございますが、ご本人はまるで気づいたご様子もなく……。アタクシたちはさっそく部屋に籠もりまして、コロの御弔(おとむら)いをどのようにするかを、真剣に話し合いました。コロは白のテリアでした。小型犬とはいえ、菓子箱や靴箱などに入り切る大きさではございません。自分でこしらえたくとも、そのように大きな厚紙はなく、お棺の作成は手に余ると思われました。結局、弟の大のお気に入りの戦車が入っていた大きな箱を、使うことに決まったのでございます。大きさはちょうどよかったのですが、出来合いの薄っぺらな箱では、コロがかわいそう。そこで、使い古されて物置に放り込まれておりましたクッションのゴブラン織りの生地をほどいて、至急に仮の経帷子をこしらえて着せかけましてございます。いつも少し汚れておりました目と口の周りを拭い、毛をブラシで梳(す)いて、お顔をきれいにいたしました。そうして首のところに布地の上から真紅のリボンを結びますと、目を瞑ったコロは、まるでヨーロッパの王侯貴族の肖像画の、顔だけを挿(す)げ替えたようで。それはもう、土の下に埋めてしまうのがもったいないくらいに、ご立派なお姿におなりでした。

　アタクシがもうちょっと歳がいっておりましたら、慎重に振る舞えるような年齢に達しておりましたなら、もう少しいろいろなことに気が回って、何とか見つからずにすべてをやりおおせたかもしれませんけれど。見つかってしまいましたのは、アタクシたちがブラウスやシャツの前を泥で真っ黒に汚した格好で階段を上がって行くところを、見咎められたからでございました。それだけなら、何とか白を切りとおすことも、もしかしたらできたのかもしれませんけれど、コロの死体がなくなっていると、屋敷中大騒ぎになっておりまして。

なんてことなの、そんな不衛生な。駄目なのよちゃんと火葬にして墓地に埋葬しなければ。真っ青になったお母さまに、火葬にしたらコロは生き返れなくなってしまうと訴えたところで、無駄なことはよくよく承知しておりました。だって、異教徒なのですもの。お父様は反対に真っ赤になって、弟とアタクシを庭の隅に追い詰めました。どこだ、どこに埋めた。そう怒鳴った勢いで地団駄を踏んだのが、地面に立ててあったマッチの十字架を踏んで、アタクシたちはアッとそちらに視線を向けてしまったのでございます。父は片足をゆっくり持ち上げて靴底を、それから踏んでいた地面を見下ろしました。マッチの軸に目を留め、周りを見回して無数の小さな十字架に気づいたのでございましょう。一瞬言葉もなく佇んでおいででした。

なんだ、これは。気色悪い。

その後は、もう滅茶苦茶に手当たり次第、いえ足当たり次第に蹴り散らし踏みしだいて、アタクシたちが丹精込めて作り上げました十字架を、全てことごとくひとつ残らず破壊し尽くしてしまわれました。これはもう、まごうかたなき冒瀆、瀆神の行為でございます。

掘り返せ。と、相変わらず激怒した赤ら顔。弟はとっくにアタクシの背後に回り込み、後ろに隠れるようにしておりましたが、アタクシの二の腕の肘の上あたりを摑んで、その横から半分顔を出して様子を窺っているようでございます。掘り返せ。その弟の背丈と同じくらいの長さのありますスコップを、父が突き付けておりました。
テーブルマナーでよく申しますでしょう。人にナイフを渡すときは、決して刃がその人の方に向くように持ってはいけないと。刃は必ず自分に向けておかなくてはいけない。ですから、スコップは木の握り手をアタクシの方へ、三角形に尖った金属の先が光を帯びて、父の方を指しておりました。そこで、柄を握り勢いをつけて思い切り体当たりいたしますと、目の前のお体はものの見事に真っ二つ。

ウソでしょう。仰天した私の声は外には洩れず、頭蓋の丸天井に響き渡って木霊した。その残響の最中に、笑っている老婦人の顔が見える。そりゃあ、もちろん。そう首を上下させつつ、盛大に笑っている。ほっ、ほっ、ほおっと耳に響く、橇を引くトナカイを叱咤するサンタクロース並みに、野太く豪胆な笑い声だった。

入館証を返しに受付に立ち寄ると、いかがですかと尋ねられた。××さんの傾聴ボランティア、どんなご様子ですか。首を心持ち傾けて、にこやかに訊いてくる。咄嗟に、おもしろいですと答えていた。こうした場面でのこのような問いかけが、本当に答えを待っているのか、それともひたすら和やかな社交辞令に過ぎないのか、私にはたいてい分からない。それでも一旦開いた口はすぐには閉じられず、続けて言った。おもしろい方ですね。お話が実にユニークで、独創性に富んでいると言いますか。作家さんでいらっしゃるんでしょうかね。

え、と片眉が上がるか、まあ、と笑み崩れるか、どちらかの反応を予期していたので、こともなげにそうですよと頷かれて、立ち止まった自分の足下で、その影が踊っているのを見たような気分になった。何冊か本を書かれていて、確かこちらの図書室にも寄贈されているはずですよ。受付の人は言って、館内のその場所を教えてくれた。

小振りで居心地の良い図書室だった。

中にはだれもいない。三方の壁にコの字型に、焦げ茶色の木材の書棚が造り付けられ、それに囲い込まれるようにして、老婦人がいつも座っているのに似た、背もたれの高い肘掛け椅子が二脚。脇に、お揃いの生地で布張りされた長椅子が一脚、置かれていた。肘掛け椅子は、覆いの布を床のすぐ上まで垂らしてすっぽりと深く、古風な猫足の長椅子は、座席の片側が優雅にせり上がって、そこに背を凭せて座れば、きっと靴は自然と脱げて足を伸ばしてゆったりと。どちらも、一度座ったら二度と立てなくなるくらい、座り心地がよさそうに見えた。

北の異国の風景を思わせる端正なポプラ並木も、芝生の斜面に鮮やかに整えられた花壇も、貝殻の内側に入ったみたいに渦を巻いて上がっていく螺旋階段も、どれもがこの上なく美しかったけれど、どこか芝居の書割めいて現実味に欠けていた。そのせいか羨ましさを喚起することはなく、いつかこういうところで暮らしてみたいと、そんな思いが湧いたこともなかった。ただ、この図書室だけは違う。もしもここに籠もってずっと本を読み続けられるなら、その代償に自分のささやかな何かを差し出してもいいかもしれないと、一瞬甘美な思い付きに脳の襞の一部が浸かった。

ことさらゆっくり書棚に近づいて、並んだ背表紙を見て回る。画集や写真集の棚、ノンフィクションと随筆、そして小説本の棚。大まかには分けてあったが、特に関連のある内容別にまとめてあるのではないようだ。書名か著者名が、あいうえお順に並んでいるわけでもない。こうした施設の図書室なら、司書を置くまでのことはないのだろう。棚の本の列はただ、その大きさや厚さ背表紙の色や質感が調和して見栄えの良いように、入れられているらしかった。

小説の棚の前をゆっくりと移動しつつ、並んだ背表紙を一通り読んでいったけれど、老婦人の名前はそこにはなかった。もしかしたら、筆名を使って書いているのかもしれない。受付の人は数冊寄贈と言っていたから、同じ著者名が並んでいるところを探してもう一度確かめてみたけれど、だれでも知っていそうな有名作家の本が二、三冊隣り合っているだけで、それらしい本は見つからなかった。

腕時計を確かめてきっちり三分間、長椅子に座った。頭のずっと上の方を、空気が流れているのが感じられる。きっと天井近くの見えないところに装置があり、弱冷房か除湿を選んで稼働しているのだろう。どこかで回っているファンの音を、じっと座って聞いていた。秒針が二の数字を過ぎたところで立ち上がり、図書室を出た。

遊歩道から踏み出して、草地を川へと急ぐ、行く手に立つしだれ柳は今日は頭を上げて、先日よりもっと背が高くなったようだった。幾本も垂らした枝を微かに揺らして、差し招いている。その下をくぐるようにして反対側に回り込んだ。草の残る地面をぎりぎりのところまで進んで、水際に立った。流れから取り残された水面が、曇りがちの鏡のように空を映しているところを透かし見れば、下に円みを帯びた輪郭が見える。野鴨は相変わらず無理に首を曲げた姿勢で、同じところに沈んでいた。

どこか虚ろな表情をしているのは、目の玉がなくなってしまっているからだ。頭骨を傾け、眼窩の窪みを見開くようにして、あてどなく上空を見上げている。羽根も肉も取れてしまった胸が、ただ胸郭の形に白かった。胸骨が何本も絶妙な曲がり具合で並び合い、なくなってしまった胸の内側を囲い込んでいた。それは、象牙で編まれた籠か何か、わけあって水中に展示された精巧な工芸品のように見えた。

今夜も庭に息子が出ている。

雨上がりの庭の植木の根方に、静かにじっと佇んでいる。二階の寝室の窓から見えるそのパジャマ姿は、礼儀正しい幽霊とでもいった趣で現実感が薄い。

足下は暗がりに沈んでよく見えないけれど、たぶんスニーカーを履いている。私のサンダルは小さ過ぎて、息子の足ならかかとから土踏まずまではみ出してしまうし、他に持っている靴もないだろうから、いつものスニーカーを、きっと紐をきちんと結んで履いている。

そのうちに、つと地面にしゃがみ込んだ。何をしているんだろう。目を凝らしても、屈み込んだ背中に隠されて手足は見えない。パジャマの裾は、ちゃんと折って捲り上げたのか。土がついたところは予め手もみ洗いをしてから洗濯機に入れるのか。それともいくら洗っても落ちない汚れが滲み込み、裾模様となって残るのか。いずれにしても、パジャマを洗濯するのは私ではないから分からない。

受験勉強中に昼夜が逆になり、食事の時間が合わなくなって、部屋でひとりで食べるようになった。キッチンに来なくなると、リビングで一緒にテレビを見ることもない。トイレや浴室に行くのに、たまに廊下を横切って行くだけ。家の中でその姿を見ることがほとんどなくなり、気づけば息子は、自分の部屋に籠もり切りになっていた。

これは、ちょっと……。うん、いくら受験だって言っても、これはちょっとね。

異動の辞令が下りるずっと前のことで、夫はまだこの家に住んで仕事場に通っていた。私たちは毎夜二階の部屋でそうした言葉を交わし合い、どうしたものかと思いつつ、どうしていいか分からずに、考えあぐねていた。

二時間以上経って息子の部屋から出て来た夫は、説得されたくない内容を、説得されたくない相手に説得されてしまったみたいな顔をして、うーんと持ち上げた手で口の周りと顎をさすった。つまるところ、息子は大学には行かないのだと言う。自宅でインターネットを使って学位や資格を取り、仕事も家で行うつもりであると。そんなことが可能なのかと、私は訊いた。

それがさあ、どうやら今では可能らしいんだよなあ。いろんなサイトを見せられたけど。

でも仕事って……。

うん、ＩＴ関係だね、やっぱし。

それを聞いて立ち止まってしまう。そこから先にはもう進めない、一歩も足を踏み込めない。自分には絶対に触れることのできない領域、技術と進化の呪法に守られた結界だった。あまりに漠然と分からな過ぎて、心配することさえおぼつかない。私が打つ手もなくぼんやりとしている間に、息子は部屋で学業を修め、必要な技術を習得し、引き籠もりを続けたまま仕事を始めた。

三度の食事は今も変わらず、自分の部屋で摂っている。廊下に置いておいたお盆はいつの間にかなくなって、使い終わった食器は洗われ、いつもシンクの隣に伏せてある。風呂は、家族が寝静まった後に追い炊きして入っているらしい。真夜中にときどき洗濯機のドラムの回る音が、遠い子守唄のように階下から響いてきて、次の日庭に出れば、部屋の窓の庇の下に数少ない洗濯物が下がっている。下着類と靴下、ティーシャツとジーンズ、トレーナーにパジャマなど、必要最低限の衣料品が年に一度通販会社の箱に入って届く。外出しなければ、多くは要らない。底が減ったり傷んだりもしないから、靴が買い替えられることもない。

おそらくそれは、息子の仕事が軌道に乗り、定期的で安定した収入をもたらすようになった時期なのだろう。ちょうど切らしかけていたトイレットペーパーのロールが、八個セットで届いた。ああ、と思っていると、ティッシュペーパーとキッチンペーパーが相次いで、頃合いを見計らったように届けられた。その後、洗剤類、除湿脱臭剤、防虫剤、米、味噌、醤油、酒、米酢、菜種油、胡麻油、オリーブオイル、みりんその他もろもろの調味料まで、配送される製品は幅を広げ、基本的な食料品と日用品をカバーするようになった。生活必需品は適時に補充され、代金は息子のクレジットカードから引き落とされ、重い物や嵩張る物を買って持ち帰る必要がなくなり、主婦としての私の生活は、以前よりずっと楽で快適なものになってしまった。

一切手のかからない重病人とか、気前よく家計を援助してくれる居候とか。定義と形容が全的に矛盾するような人種がもしいるとしたら、息子は明らかにそのような種族に属している。

しばらく見下ろしていたけれど、屈み込んだパジャマの背中には目立つ動きもなくて、私は窓から離れ、ベッドに入って明かりを消した。

あのコロですけどね。老婦人は小指を伸ばした手に匙を持って、ゆるりと回す。あとから、戻ってまいりましたの。

跳ねたり跳んだり一緒に駆け回る犬がいなくなって、夢中になって作り上げた墓もあらかた壊され、姉弟はもう、庭に出て遊ぶことがなくなった。たいてい二階の子供部屋にいて、姉の方は本を読んだり、ときにはお絵かきなどをして無聊(ぶりょう)を慰めていたが、弟の方は日がな一日窓辺に寄って、あてどなく外を眺めていた。ズボン吊りの紐がバッテンになったシャツの背中を丸めがちに、窓枠に肘を突いて顎を支え、おでこを硝子に押し付けるようにして。

あるとき、弟があっと声を上げた。コロだ、コロがいる。窓硝子越しに指差して叫んでいた。姉は読んでいた本を放り出して駆け寄り、弟を後ろから抱えるような恰好で窓の外を覗き込んだ。

どこ、どこ。

まさかとも、あり得ないとも思わなかった。ただ戻って来てくれたことがひたすら嬉しく、窓枠の中を覗き込んでその姿を探した。

ほら、あそこだよ。

えっ、どこ。

庭の隅や木々の下に、必死で目を凝らしている間に、弟はするりと腕の囲みから抜け出して、足音高く部屋を飛び出して行った。

あっ、待ってよ。

後を追おうとして、さっきまで椅子の上で首にあてがっていたクッションが床に落ちているのに躓いて、遅れを取ってしまう。階段を駆け下り、玄関で靴箱を開けて手当たり次第に摑み出したのは、よそ行きの赤いエナメルの靴だった。甲を横切るベルトのスナップボタンがいつも固くて、なかなか嵌まらない。とうとうボタンを留めないまま、突っかけて走り出した。門を出た道の先に、町と反対の方向へ全速力で走って行く弟の後姿が見えた。

弟はアタクシと違い、あまり運動が得意ではございませんでした。運動会の徒競走では、いつもビリの方でしたのに、なぜかその日は驚くほど足が速くて、なかなか追いつけなかったのでございます。ずっとずっと駆け続けまして、もうとっくに野原を越えて、その先の林のはずれまで来てしまいました。そして行く手には、あの橋が架かっているのでございます。

木立を抜けたところは白々とした河原で、一本の橋が向こう側へと架け渡されている。下を流れる川は水量が少なく、浅くて幅も狭い。両側の河原ばかりが広く白っちゃけた石を連ね、その上を何の変哲もない木の橋が、向こう岸の森に向かってまっすぐに伸びているのだった。それまでその橋を見たことがなかったのは、決して渡ってはいけないと言い聞かされていたし、その近くに行くことさえ禁じられ、いつもずっと手前の、林が始まるあたりで引き返していたからだった。

そんな剣呑な橋だったが、対岸の森はそれよりもっと危ない。一旦入ったら、二度と出ては来られない。そういう噂を聞いたことのない生徒は、姉弟が通っている小学校に一人もいなかった。その上、上級生たちが訳知り顔で囁いて、更なる恐怖の味付けをした。それによると、森の奥には自分たちとは違う人たちが住んでいて、その人たちが暮らしている村では、人が死んでも遺体を焼かない。昔からの習わしを守って、今も土葬にしている。お棺に入って埋められた人は、やがて目を醒まして起き上がって、土の中から這い出して来る。そうして体が半分透き通った幽霊になって、森の中を彷徨(さまよ)い続けているのだ。まことしやかに、そう伝えられていた。

かようにいわくつきの場所とあれば、肝試しをするには打ってつけ。何人もの男の子が出かけて行き、その冒険譚は、かなりの眉唾物でも本当にあった話と見做され、興奮に巻き込まれた聞き手を新たな語り手として、子供たちの間に語り継がれていった。一歩だけ橋の上に足を踏み出してみた者。半分渡ったところで、急いで引き返して来た者。向こうの端まで辿り着き、全速力で駆け戻った者。森の入口の木の幹に触ったり、証拠の小枝を拾って帰って来た者。その先まで踏み入って、戻って来た者、戻らなかった者。

ああ、あれが。見るのは初めてでしたのに、すぐにその橋だと分かったのでございます。地面から数段高くなった橋板に、何か白いものが飛び乗って跳ねているように見えまして。その後を、コロー、コローと追い駆けて行く弟の声が、聞こえるようでございました。あともう少しだ、もう少しで追いつける。そう思って速度を上げましたら、その瞬間ずずんと片足が引っ張られ、反動で前のめりに。どこかにベルトが引っかかったものでしょうか。靴が脱げ、体が飛び上がって宙に浮きますと、そのときはまるで時間が止まってしまったようでございました。弟が小走りで橋を渡り始めるのがつぶさに見えまして、いけない、渡ってはいけないと、その後ろ姿に腕を伸ばし、手を差し出したのが最後。次の瞬間、勢いよく頭から落ちて気を失ってしまったのでございます。

翌日、橋の近くの林の中に倒れているところを発見され、そのまま病院に運び込まれた。エナメルの靴が片方、切れかけたベルトをぶら下げるようにして木の根に引っかかっていたそうだった。靴の脱げた方の足をくじいていて、石にぶつけた額の上部が少し切れていた。傷は大したことはなかったが、意識を失うほどの脳震盪に見舞われたせいか、目が覚めても、しばらく何も思い出せなかった。弟の行方を捜すため、地元の人たちで捜索隊が組まれ、近辺が大掛かりに捜索され、森の中にも隊の一部が送り込まれたが、成果と呼べるものは何ひとつなかった。生きている弟は見つからず、遺体が見つかることも、衣服などの遺留品が発見されることもなかった。

子供の足で、そんなに遠くまで行けるはずはないし、いくらあの森の中だって、広さには限りがあるだろう、見つからないのはおかしい、まるで神隠しにでも遭ったようだ、と人々は噂しておりましたけど、アタクシにはちゃんと分かっておりました。あの橋の向こうは、この世の場所ではございません。弟はコロと一緒にあちら側に渡ってしまいましたから、もう戻って来ないのは当然のことなのでございます。ひどく悲しみながらも、なにかあるべき理のようなものと諦めまして、アタクシは病室の高い天井を見上げておりました。

老婦人は語り終えて、静かに紅茶を飲んでいる。私は指を把手に絡めたまま固まっていた手をようやく下ろし、できるだけ音を立てないように、茶碗をテーブルの上の受け皿に戻した。

川縁にしだれ柳が立っている。緩やかな川の流れを背景に頭を垂れ、細い枝を水際へ向かって長々と差し延べている。今日は風がないのか、葉群れがそよぐざわめきが聞こえない。幹の向こう側に回って、川面を覗き込んだ。淀んで静まり返った水面に、すぐ上の枝葉が映り込んで、その下には何も見当たらない。野鴨は姿を消していた。

どうしたのだろう、どこへ行ってしまったのだろう。

背骨は竜骨、肋骨は肋材。外側も中味も失った鳥の胸郭は、船の骨組みそのものと見えた。骨組みだけでは水に浮きようもなく、だから野鴨の死体も浮かばずに、ずっと底に沈んでいるはずだった。

じっと水底を見詰めているうちに、淡くおぼろげな輪郭が透けて見えるような気がしてくる。ああ、あそこ。あれは羽のなくなった頭部の骨、その下の斑(まだら)模様は穴になった眼窩ではないのか。一時(いっとき)、滑らかな首の曲線が浮き上がったように思われたが、目を凝らせば凝らすほど形は曖昧に崩れ、見極めのつかないままぼやけて泥の中に紛れてしまう。

流されたのかもしれない。普段は緩やかな川が雷雨で水かさを増し、流れが変わって速くなり、野鴨はそれに乗って下流へと流れて行ったのかもしれない。縮まっていた関節が、水に緩んで開いていく。翼の骨が伸び広がり、それにつれて胴体が揺らぎ、軋みながら持ち上がる。流れに身を浮かべ、飛翔の形に羽ばたいてみる。かつて数え切れぬほど空中に繰り返した動きを精確になぞり、水を掻いてゆるりと進む。そうやって鳥は蒼い水中を飛んで行き、私はそれを追って川沿いの草地のできる限り水に近いところを、流れに沿って足早に歩いた。

普段乗り降りしている「商店街前」を通り過ごして、四つか五つ先の停留所で降りる。バス通りから一本脇に逸れると、アブラゼミの声が周りを包み込み、人気のない道に庭木の影が落ちていた。
七、八年、あるいはひょっとしたら十年以上足を運んでいなかった図書館は、年老いて身の丈が縮んだように見えた。外壁の罅を修復したセメント部分が、縦に墨色の筋を刻んでくすんでいる。
新聞の閲覧ですか、年月日がお分かりになりますか。大体いつ頃のものでしょうか。一階の案内で聞き返され、足下の方から頼りなくなっていく。

いつなのか、さあ、それはちょっと……たぶん、昭和の初めごろじゃないかと。

そうですか。古い時代のものとなりますと。

一年以上前の新聞は、全国紙も地方紙も中央図書館に保管されており、この図書館には置かれていない。ただし、古い物については縮小版が作られているだろうと言う。

二階の閲覧室に利用者用のパソコンがございますから、そちらで検索なさってください。

え、パソコンですか。

あれはマイクロフィルムだったのに。一枚ずつカチャカチャと、画面が切り替わっていく音がする。壁の掛け時計の針が早回しで回り、窓の外がたそがれて、部屋の床が端からたちまち翳っていく。不安と期待とを同時に醸し出す旋律が高まり切ったその頂点で、忽然と黒々と、見出しの文字が目に飛び込んでくる。そうした場面が様々に変更を加えられて演じられるのを、幾度も見てきたはずだ。

パソコンの使い方は、こちらに。ラミネート加工の説明書きを手渡される。左側にコンピュータの画面を写したらしい写真が矢印付きで縦に並び、右には、大きく色付けされたポップ体の文字が印刷されている。その間を横に視線を彷徨(さまよ)わせていると、二階にも同じものが置いてございますので、と図書館員の声がした。

エレベーターは、右手通路奥にございます。

閲覧室の椅子の背もたれに背を預けて、両眼をこする。

ラミネート版を参照し、パソコンを使って情報を検索する試みは、表記法の異なる言語で書かれた地図を片手に、迷路を辿るようなものだった。目星をつけた方角に進んで行けば、その先はいつも袋小路の行き止まり。仕方なく引き返して指示通りに角を曲がると、また同じところに出る。堂々巡りを繰り返しますます深く迷い込んで、地図を見てももう、今どこにいるのか見当がつかない。そもそも、何を探していたのだろう。尊属殺人あるいは神隠しか。目的地そのものが、疑わしく感じられてくる。どこにあるのかはもちろんのこと、辿り着くべき地点があるのかどうか、それさえ怪しく思われて、見知らぬ三叉路に悄然と佇んでしまう。

映画の中で頻繁に起こるようなことは、現実には万にひとつも起こらない。もしも起こってしまったら、その後、どうしていいのか分からないだろう。私は迷路の地図を閉じ、一階に降りて開架式の棚を探し、外国の短編小説集の翻訳本を一冊借りて図書館を出た。

もう一杯、いかがかしら。老婦人が大振りのポットを細腕で持ち上げ、茶碗の方へと傾けている。

あ、はい、いただきます。

赤茶色の液体が縁近くまで満ちて、茶葉の破片が渦巻いて底に落ちる。

実はね、この間のコロと弟のお話には続きがございますの。

いかにも興味をそそる巧みな切り出しは、もうそれだけで話半分に聞くべきもの。どこか遠くで警鐘の鳴る音が聞こえたが、体は自ずと傾聴の態勢に入り、身を乗り出すようにして耳を傾ける。

この間お話しいたしました通り、弟はコロを追って橋をあちら側へと渡ってしまいました。ですけれど、死んでしまったコロは、一度こちらに戻って来たわけでございます。弟をあちらに連れ去るためというより、ただ一緒に遊びたかったのでございましょうけど。ともかく、一旦は家の庭へと帰って来たのでございます。でしたら、もう一度またアタクシのところへ遊びにやって来ても、不思議はございません。コロが来るのでしたら、弟も一緒に戻って来るやもしれませんわね。

犬が橋を渡るように仕向ければ、弟も必ずやそのあとから橋を渡って、こちら側に帰って来てくれるはずだ。そのためにはまず、犬の関心を引くのがよい。そう考えた姉は台所に忍び込んで、不要になって捨てられずにあった犬用のエサ袋を見つけた。中には、以前おやつとして与えていた骨型のビスケットが入っていた。それを三本、ハンカチで包んでスカートのポケットに入れて家を出た。今回は歩きやすい運動靴を履いて、紐も甲の上にきつく縛った。

その日は曇りがちで、野原の上の空はどんよりとして林の中も薄暗く、遠くの禁じられた橋までひとり歩いて行くのはかなり心細かったが、嬉々として駆け戻って来るコロと弟の姿を思い描いて進んで行った。林を通り抜ける頃には薄日が射してきて、向こう岸の木々の梢が青々と、橋桁の輪郭もくっきりと川面から浮き上がって見えた。

手前に立って、ポケットから骨型のビスケットをひとつ取り出した。それを片手に握り締めて、橋に足をかける。一歩一歩踏みしめるようにして橋板の上を渡り始めると、向こう岸に小さく人の形が見えた。更に数歩進むと、橋のはずれに犬と弟がこちら向きに並んで立っていた。ああ、やっぱり来てくれた。

でも、本当に死んでしまっているんだなあと、アタクシはそう思いました。なぜかと申しますと、コロは真っ白のきれいなお顔をして、首のところに真紅のリボンを巻いておりましたし、アタクシが古いクッションをほどいてこしらえた経帷子を纏(まと)っているのが見えたのでございます。それならばやはり弟も、と隣を見ますと、白のワイシャツにチャコールグレーの半ズボン、それにいつものズボン吊りをして、あの日と同じ格好でおりました。もっとも弟は、いなくなる前から、毎日たいてい似たような服装をしておりましたけど。

もっと近くへと、ビスケットを握っていた手を開いて見せながら前に踏み出すと、向こうは同じだけ、後ろへと下がる。一歩前と一歩後ろ。何歩か進むたびに同じことが繰り返されて、間の距離は縮まらない。正面を向いた弟と犬の体には動きがなく、一人と一匹が隣り合って立つ一枚の絵が、つと後方にずれたかに見える。それ以上下がったら、森の中に入ってしまう。姉は足を止め、橋を半分行ったあたりに立ち尽くした。

気づくと、霧が出ていた。川霧なのか、左手から急に湧き出して、幕を引くように流れ広がった。向こう側の光景が、束の間紗をかけたように透けて見えたかと思うと、濃い靄(もや)に遮られてたちまち掻き消されてしまう。霧は対岸を覆い川を覆い、橋そのものを包んで流れ寄せる。運動靴の足下はおろか、脛から胸元まで白く霞んでもう見えない。濃度の濃い液体に浸かっているみたいに身動きができないまま、爪先から頭のてっぺんまで全身が包み込まれ呑み込まれていく。

それから、永遠に近い時間が流れたように感じたが、実際は三分か一分か、あるいはほんの数十秒足らずのことだったのかもしれない。霧は、立ち籠めたときと同じ速さで引いていった。足下から橋板の古びた木目が浮き上がり、視界が一挙に晴れ渡り、向こう岸まではっきりと見通せる。行く手には、だれもいなかった。橋はまっすぐに伸び、河原を渡って終わり、その向こうに、ただうっそうと木々が立っていた。密に茂った枝葉の下の暗がりが、祠(ほこら)のように窪んで見えて、森の奥深くへと導くように続いていた。

アタクシは、橋の真ん中に立っておりました。まるで夢から覚めたような心持ちで、ぼんやりと佇んでいたのでございます。弟とコロがそこにいることは、はっきりとしておりましたけれど、やはり向こう岸へと渡ることはできませんでした。森の入口をしばらく窺ってから回れ右をして、こちら側へと戻ってまいりました。それから、トボトボと林の中を歩きまして。そうして家に向かってひとりで野原を横切っている最中に、兎の穴に落ちてしまったんですの。

えっ、それは。

ええ、もちろんあの兎の穴でございますよ。時計を持った白兎からご招待を受けたわけではございませんが、女王様にも帽子屋さんにもお目にかかりましたし、しっかりとお茶の供応にもあずかりました。

ひたすら呆気に取られ、眼前の顔に見入ってしまう。額と目の周りと口元にその歳ならではの深い皺が刻まれてはいるが、他の箇所はやけに艶々と、ほとんど艶(なま)めかしいまでに若やいで見える。

それがきっかけとなりましたのか、以来午後のお紅茶をいただくのが習慣になりましてね。

婦人はテーブルの上のお茶道具を両手で指し示して、嫣然(えんぜん)と微笑む。

英国のおそらくは上流階級のアフタヌーンティーの場面は、小説だの映画だので様々に取り上げられてきたから、その模様は比較的容易に思い浮かぶ。目の前のテーブルに並べられた食器類は、いかにもそうしたお茶会に相応しい道具立てと映ったが、映画の中で、テーブルの上にラム酒の瓶やウイスキーボトルを見かけたことはない。強度のアルコールを投入するのは、いつどこからどうやって来た風習なのだろう。

　これらはみんな、ただのお話なのだ、小説家だった人の脳裏に、雨後の竹の子か梅雨時の雑草のごとく、盛んに生え出て繁殖する植物群のようなものなのだ。きっとそうなのだろうと思う。昔、もっとずっと若いときに何度も読み返した小説の、一番のお気に入りの科白（せりふ）を思い出した。

「嘘よ、嘘、嘘っぱちよ」口に出さずに囁いて、陶然とする。

　あれは、主人公を翻弄する若い妖女が口にした言葉だったのか。いや、そうではなくて、共犯関係にあった女性作家が、歌うように呟いたのかもしれない。子供から大人になりかけの、ややこしく多感な時期に読んでしまったのが仇（あだ）だった。そう判明するのは遥か遥か後のこと。ないことないことが書き連ねられた物語、この世の裏側に窪んだどこにもない場所。魅惑に溢れた異世界へと、取り込まれるきっかけとなった本だった。妄想の竹は異常なほどに繁殖力が強く、塀の下からその根を伸ばして越境を遂げる。見えないところに根を張り巡らせて、堅牢であったはずの読み手の現実を緩やかに侵食しつつ、その領土を確実に広げていく。

　自分はそれなりに現実的でまともな生活を営んできたつもりでいながら、そのように生きたのは実は陽炎のように頼りない分身で、本体はかつて魅惑された地点に囚われたまま、いつまでも同じところに留まり続けているのかもしれない。近頃では、そんなふうに思うことがある。

二階から下り、玄関のたたきにいつもあるサンダルを突っかけて外に出た。庭の隅へと近づいて行くと、土の上から息子が起き上がり、キンモクセイの傍らにゆらりと立った。もうどれだけのときが過ぎたのか忘れてしまうくらい長い間、身近に対面することがなかったから、あこんなに背が高かったのかと、素直に感心してしまう。

息子はこちら向きに立っている。真後ろの垣根の外の街灯の明かりを背負って、一面に顔が暗い。白っぽいパジャマの袖口から白い手首が出て、その先の拳が上向きに握られている。ずっと見ているうちに、小指の爪の先が僅かに持ち上がった。曲げられていた指の関節が、ひとつひとつ緩やかに開いて、下から飴色の縞が現れる。脇に、細く尖った微細な棘。露わになった掌の窪みに載っているのは、乾いた蟬の抜け殻だった。

カサカサと、薄い殻が震えた。縦に割れた隙間から白っぽいものが覗き、それが外へとにじり出ようとしている。やがて乳白色の体が現れ出て、反り返り逆さに吊り下がる。頭の左右離れたところについた目の玉だけが、黒ずんでいる。身を丸めて起こし、棘のついた肢で殻につかまって上向きに。薄緑の翅の前身を背中に乗せ、己の抜け殻の上でじっとしている。翅が伸び広がって胴体を覆い、飛べる硬さに乾くまで、ずっと動かず待っている。

日暮れから明け方にかけて、蟬が脱皮して飛び去るまでの過程をつぶさに見たことがあった。あれは、この庭の中でのことだったのか。ならば、息子も一緒にいたのだろうか。それとも、まるで違うときとところ、遙か昔の子供の頃に、どこか別の場所で見た光景なのだろうか。思いを凝らしても分からない。いつどこのものとも定められない記憶は、蟬の翅そのままに、葉脈に似た筋だけを浮き上がらせ、あとは透き通って溶けてしまう。

ともに掌に注がれていた息子の視線が、つと動いたようだった。地面へと向けられたその先を見れば、園芸用の小型スコップが植わっている。木製の握りを上に、小さな黒土の山に幾分斜めに刺さって立っている。浅く掘られた穴の底に黄土色の抜け殻がいくつか、頭を上に横縞模様の胴体を隣り合わせにして並んでいた。あたりには木の十字架も小石の墓標も見当たらなかったが、こんなふうに入れてあるのだから、ここは墓なのだろう。この後は、掘り返された土の山がスコップで掬われて穴に戻され、埋め終わった地面が均(なら)されて元通りになる。埋葬は、この上なく丁重で静謐な手つきで為されていくに違いない。

蟬の抜け殻の列を見下ろす私を、息子が見ている。顔を上げて、その顔を見た。子供のときから少しも変わっていない丸い目が濡れたみたいに黒々として、表面に夜の庭を映していた。

幕切れは、ひどくあっけないものだった。あまりにあっけなさ過ぎて、気が抜けてしまった。青い硝子玉がコトンと下に落ち、薄水色に透き通った瓶に眺め入ってから飲み出して、三分の一ぐらい残して忘れていたのを、翌日何の気なしに傾けて口に含んだラムネの舌触り。味蕾を浸して広がった液体は、けれど幾分苦い味がした。

電話口の声が施設の名前を告げたときは、また傾聴ボランティアの依頼だと思った。先回老婦人の話を聞きに行ったのは、一月ほど前のこと。依頼は不定期で、以前にも長く間が空いたことがあったから、単にああ久し振りだと思っただけだった。

お世話になっております。

こちらこそ。

あのう、実は。

常にない声の硬さに、耳が緊張して身構える。

××様が、お亡くなりになりました。

え……。

五日前の朝方、スタッフが見回りに参りますと、すでに亡くなっていたそうです。

訃報に接してほぼ反射的に出てくる常套句が、喉仏のすぐ下につかえた。施設の人に遺族に向けた言葉は返せず、それ以外に言うべきことも思い浮かばない。お悔やみを言う相手がどこにもいないことに、改めて思い当たった。

葬儀その他は、既に済んでおりますが、実はお願いと申しますか……。

老婦人の部屋のライティング・ビューローに、プレゼント用に包まれた箱があり、手書きの文字で、傾聴ボランティアの人にあげてほしいというメモ書きがついていた。ひいては、一度お越し願えないものだろうか。どうしても無理であれば、もちろん郵送することも可能ではあるけれど……。もちろんすぐに伺うと私は答えた。

ありがとうございます。本日でしたら、施設付きケアマネージャーの○○が、お部屋でお待ちしております。

目安の時間を伝えて通話を切り、二階に上がって身支度を始めた。ケアマネージャーに会えば、老婦人の最期がいかなるものであったのか、また家族や境遇についても、何か教えてもらえるかもしれない。緩く吹き渡る川風のにおい、遊歩道から逸れた草地の、足裏にせり上がって来る草の根の感触。住宅街の小道は隘路のように折れ曲がり、そこを抜けた先に、ポプラの木々が高く枝を掲げて立ち並んでいる。その下を通り、もう一度あのサナトリウムのような建物に行って見ておきたい。そんな思いもどこかに、影を落として佇んでいるようだった。

巨大な疑問符が鮮やかに色付けされてせり上がってきたのは、バスに乗り一番後ろの座席に腰かけた後で、急ブレーキが踏まれ、反動で前のめりになった瞬間に、揺すり起こされ立ち上がってきたような按配だった。

老婦人が名指しで残してくれた遺品とは、一体何なのだろう。

何か、一緒に過ごした時間に繋がるようなものなのか。ウイスキーボトルか紅茶茶碗か。あの優雅な磁器に厚紙が一枚添えられていて、裏を返せば菓子店の名刺。その住所を訪ねて行くと、住宅街の奥まったところに構えた店舗で、あのジンジャークッキーを売っている。だとしたら、いかにも粋な計らいではあるけれど、高価な舶来品の一式をばらして、茶碗を一客だけ他人に譲るとは思えない。ウイスキーボトルも、何だか違うような気がする。

過去にあったかもしれないこと、なかったかもしれないこと。記憶を呼び覚ますような、そんな品。いつまでも、ずっとそこにあるもの。お話、語られた物語。ああ、本だ。老婦人の贈り物は、きっと本に違いない。そう思い付くと、思いはたちまち確信に変わり、歓喜のフィルターを通して速やかに視覚化されていった。

いささか古めかしい装丁で、贅沢な箱入りの本が二、三冊、表紙を上にして、開けた箱の中に重ねられている。もしかすると臙脂色か浅黄色の紙紐で括られて、一度に取り出せるようになっているかもしれない。表紙と背表紙に、縦に記された書名と作者の名前。その筆名は本名のアナグラムか何か、粋なひねりが加えてあり、ああなるほど、こうやってペンネームを作ったのかと、即座に納得と感心を誘う。表表紙を開いて改めて表題を読み、長編なのか短編集なのかと、逸る思いで目次を探す。あわよくば扉に、自分の名前と謹呈の二文字が、ブルーブラックのインクを使い、老人の手らしく少し震える筆跡でしたためられているかもしれない。

捲った頁の吸い付くような手触りが指先に残り、思わず掌に押し付けると、湿気なのか汗なのか、指の腹がどれも一様に湿っているのだった。

部屋のドアが半分開いていて、框の向こうにがらんとした室内が見えた。家具は全て取り払われて、肘掛け椅子もテーブルも鏡台も、ライティング・ビューローも本棚もない。衝立が除かれたその奥に、医療用ベッドが素っ気なく一台。金属の枠を剥き出し、ひたすら衛生的機能いる。

的な姿で残されていた。一方の壁際に、同じ形と大きさの段ボール箱が十数個積み上げられて

洗面所の扉が開き、紺のベストとスカートの制服を着た中年の女性が現れ、こちらに数歩歩んで来て会釈した。

ケアマネージャーの○○です。

どうも、△△です。

きょうは、わざわざお越しいただいて。

廊下から複数の足音が近づいて入口に迫り、ツナギを着た若い男性が数人入って来た。壁のダンボール箱に取り付き抱え上げ、次々と運び出していく。これで全部ですねー。最後に出て行く人が声を上げたのに、ご苦労様と頷き返し、ケアマネージャーは戸口に向かって合図を送った。ドアが後ろ手に閉じられ、廊下の物音が遮られ、室内の空気が一挙に入れ替わったかのように静かになる。

お亡くなりになったのは、五日前です。電話口の話し声とよく似た口調で、より細かく経緯が語られる。

朝、係の者が巡回に参りまして。異変に気づいてすぐ、医師を呼びました。おそらく三、四時間は経過しているということで、夜中のうちに亡くなられたのだと思います。特に不審な点はなく、すぐに死亡診断書が出されました。××さんの近しい親族は、もうどなたもいらっし

ゃいませんので、ご連絡する先もなく。葬儀は既におととい、ご本人の生前の希望に沿って、ごくささやかに済ませております。

そのう、ご葬儀はキリスト教で。

はあ。

いえ、あの……、キリスト教徒だったようにお聞きしていましたので。

いいえ、そのようなことはございません。ケアマネージャーは左右に首を振り、ブラウスの襟元に結ばれたリボンが顎の下で揺れ動いた。菩提寺は分かっていたため、葬儀は仏式で行われたと、宗徒数で一、二を争い主流と呼んで差支えのない宗派の名を挙げる。

それで、その、どうして……、どうして亡くなられたのでしょう。

あら、まだお知らせしておりませんでしたか。ケアマネージャーは目を見開いて顎を引き気味に、意外と遺憾と憤慨の間で行き先を決めあぐねているような表情になった。

医師の診断では、老衰とのことで。

そうですか。あんなにお元気だったのに。

ええ、でもご高齢でいらっしゃいましたからねえ。あのくらいのお歳になりますと、いつ何があっても、おかしくはないと。私どもも最期のお姿は拝見しましたが、とても安らかでいらっしゃいました。

そうなのか。老婦人の死を悼んできた気持ちの流れが、束の間滞る。あんなにも荒唐無稽な話を聞かせておいて、速やかに穏やかに最も自然な自然死で逝ってしまうなんて。気づかぬ間に翻弄され、気づいたら取り残されていたように感じる。取るに足らない恨みの小さな塊が、川床から顔を出して透明な流れに逆らい、その向きを少しだけ変えさせた。

ところで、今日来ていただいたのは、これを。

手渡されたのは、赤いリボンのかかった箱だった。

あ、いただいていいんでしょうか。そう確かめると、もちろんですと頷かれた。遺言書を預かっている弁護士に相談したところ、些細な物なら、書類に記載がなくとも故人の遺志を尊重し、遺贈して構わないだろうとのことだったと言う。公式の相続人はいないはずであるから、と。

箱は、思っていたより遥かに小さい。紅茶茶碗は把手を対角線上に置いて何とか入れられるかもしれないが、対の受け皿はどうやっても入らない。ウイスキーボトルを入れるには丈が足りず、キャップの部分が大幅にはみ出してしまうだろう。文庫本でも、どんな私家版の本であっても、納めようがないと一目で分かる大きさと形状だった。バッグの口を開け、底の方に仕舞い込む。

あの、××さんには、弟さんがいらっしゃったんでしょうか。

ええ、そうでした、とか、いいえ、ご兄弟はいらっしゃいませんでしたよ、など。どのような反応が返ってこようと驚くまいと構えて待ち受けたが、相手はさあと視線を落としたまま、はかばかしい答えの兆しは窺えない。

　他に何かご質問は。

　それが儀礼上の形式を踏んだ形ばかりの問いかけで、会見の終わりをやんわりと、けれどきっぱり促しているのは、私にも分かった。それでもやはり、確かめておきたかった。

　××さんは、作家でいらっしゃったとか。そう水を向けると、まあと、笑顔が持ち上がった。表情が緩んで、明るい笑いにほころんでいる。取るに足らない噂を一笑に付しつつ、愉快な話の種を掌に転がしているような顔つきだ。ああ、これは、いつかどこかで見たような。既視感の元を辿っていけば、受付の人の上に重ねてみた顔、「作家」という他愛のない自分の思い付きを、即座に否定してくれたはずの笑みなのだった。

　でも、本を出されていて、図書室にも寄贈されていると、確か受付の方が。

　取り合う素振りも見せず、さもおかしそうな様子を改めることもなく、ケアマネージャーは最後の注釈を述べる。

　まあ、なにかと、いろいろ想像力豊かな方でしたからねえ。そう言って、過去に向ける眼差しで、何もないベッドの上を見やった。

　雨が降りそうで降らない。

　車体ごと濃霧に包まれ閉ざされたかのように、全ての窓硝子が白く曇っていた。タイヤが路面の凹凸をなぞり、車軸へそして車体へと伝え、座席が絶え間なく振動している。

大腿部の膝と脚の付け根の間のおよそ真ん中のところが、ビニール製のバッグに圧され、スカートの生地の下に熱と湿気が溜め込まれていく。使い慣らしたバッグの中にいつもあるのは、ハンカチ、ポケットティッシュ、財布、化粧ポーチ、文庫本、それに折り畳み傘などで、今はそれらと一緒に、プレゼントの小箱が入っている。

帰り道で取り出して片手に持って揺すると、かたかたと微かにくぐもった音が聞こえた。何か小さく硬い物。それがティッシュペーパーか梱包用の発泡シートか、柔らかな素材にくるまれ、それでも埋まり切らない隙間を滑って、内側に鈍く打ち当たっているようだった。

今も、耳の奥の方で鳴っている。バスのモーターの通底音に、人の声やしわぶきや外の喧騒が被さり、それらに濾され、角が取れて鈍く和らいだ響きがする。車両の揺れに合わせ箱が振動し、中味が小刻みに震えるのが、バッグのビニールを通して太腿に伝わってくる。

優雅に裾を広げた香水瓶では、たとえポンプを外したとしても箱には入らないが、円筒形寸胴小型の硝子瓶なら、ちょうどすっぽりと納まるように思える。例えば、オレンジ、アップル、ストロベリー、ブルーベリー、アンズ、単身者家庭をターゲットにしているのだろう、容量のとても少ないジャムとママレードの瓶詰を、普段行くスーパーでも必ず売っている。あのくらいの大きさの小瓶ならば、薄紙を二重に巻いて難なく箱の中に納まりそうだ。中味を全部食べ終えたら、小型のスポンジで中を洗って乾かして、底と縁の溝の部分を念入りに布巾で拭う。

空き瓶の中には、様々なものが入れられる。金属製の蓋を半回転捩じって留めれば、どんなものでも手軽に密封できる。

赤地に黒い水玉のてんとう虫が、円い瓶底を這っている。たちまち壁に突き当たり、硝子の表面をよじ登ろうとする。針金みたいな肢には、よく見ればハーケンの形の棘がついているのだが、つるつるの硝子面には僅かなとっかかりもなく、すぐに下に落ちてしまう。ひっくり返って仰向けになって、宙に浮いた肢をばたばたさせてもがく。めちゃくちゃでまるで効果のない動きと見えて、そのうちふとした拍子に起き上がり、這って行ってまた壁に取り付く。そうやって何度でも、健気に硝子の筒の中をよじ登ろうとする。

てんとう虫は瓶の底で、丸い殻を下にしてもう動かない。五本の肢がきちんと折り畳まれていて、残りの一本だけが途中で止まり、斜め上の方を指して突き出されている。

肢が、また這って来る。てんとう虫の物より色が薄いから、こちらはカナブンだろう。やはり棘のある肢をカチカチ鳴らして這い出てくる。コーヒー用のマグカップは、図案化された五色の虹の模様入り。大体半分ぐらいの高さのところから底に向かって弧を描いていたのが、ひっくり返され、水面に映った眼鏡橋みたいに逆さになって架かっている。

そう言えば、あれはどこにやったのだろう。もうずっと長いこと目にしていない。人にあげたり、不燃ごみに入れて捨てたり、落として割ってしまったり、そんな覚えはないから、食器棚の中を徹底的に捜せば、他のカップやコップの後ろの隅で薄く埃を被っていたりするのだろうか。それとも、夫が何も言わずに赴任先に持ち去った、または息子が部屋に持って行って勉強机の上に置き、鉛筆立てとして使って重宝しているとか。まさか、そんなことはありそうにないけれど。

バスが大きく縦揺れして、体がふわと大きく浮き上がる。

家に帰り着くと、何かが少し変わっていた。

何だろう。玄関のたたきに立って奥を見れば、廊下の右手、一番手前のドアがほんの僅かに開いている。間近に寄って顔を近づけ覗いた隙間に、真ん中が窪んで皺寄った枕が見えた。その下に、人の形を巻き込んで丸まった夏掛け布団。筒の端が捲れて、その奥がどこまでも暗い。念のため、折った中指の関節をドアに当てて鳴らしてから開けた。

庭に面した窓が掌の幅に開いていて、そこから微風が吹き込んでくる。手前に掛かった薄手のカーテンが、二襞分ほど裾を持ち上げ膨らんで、また元に戻って平らに垂れ下がった。部屋の中には、だれもいない。

おかしいな。廊下を進みつつ思う。今朝はどうだっただろうかと振り返ってみても、出かける直前に見たはずの屋内の場景が思い浮かばない。あのドアはいつも必ず閉まっているものと決まっていたから、たとえ目にしたとしても記憶には残らないのかもしれなかった。

まっすぐダイニングに入り、食卓の上にビニールバッグを下ろした。中からもらってきた小箱を取り出せば、相変わらずくぐもった音を立てて中の物がずれ動く。目の前のすぐ手に取れるところに置き、椅子をひとつ引いて腰かけた。

雨が降っている。

屋根瓦に水滴があたる音が、聞こえるか聞こえないかの幽さで圧し包んでくる。静けさを音に表したような、無音を創り出す効果音のごとき雨音だった。

生きているものの気配がない。だれもいない。今こそ、この家の中にひとりきりだと思う。

両手を伸ばして、箱を手前に引き寄せた。何と完璧な立方体だろうと、ためつすがめつする。にわかに、中に入っているのは貝殻ではないかという思いが湧いた。そう思って見れば、殻が丸く盛り上がった巻貝を入れるのに、これ以上適した箱はないだろうという気持ちになる。これまでに聞いた途方もない話の数々を、螺旋の渦巻の下に抱え込んでじっと保ち続けているツメタガイの殻。そんなはずはないはずなのに、薄紙に包まれ箱の底にうずくまっている姿が浮かんで、いつまでも薄れない。

白地の紙に包まれ、真っ赤なリボンがかけてある。つやつやした包装紙の表面には、流れるような銀の曲線が入っていた。その模様の柄にどこか見覚えがあるような気もしたけれど、ごく普通に売っていそうな贈答用の高級紙だったから、住宅街を少し離れた国道に面した量販店か、商店街に一軒だけある文房具屋で見かけたものかもしれない。

上には、艶のある真紅のリボンがきれいに左右対称の蝶結びを作っている。その両端の、三角形の切れ目から一センチ程上のところをそれぞれ、指先でしっかりと摘まむ。両手を同時に引くと、二つの環がするすると小さくなっていき、結び目の下をくぐってあっさりと消えた。蝶結びがほどけてなくなった後に、真っ赤な十字が残り、その中心がきつく堅結びに結ばれていた。

そこに小指の先の尖った爪の先端を、ねじ回しを使う要領で差し込んで、私は最後の結び目をほどきにかかる。

鼎(かなえ)ケ淵(ふち)

夏休みになって、むぎわらぼうしを買ってもらった。地球ぎを半分に切ったような山のまわりに、リボンがまいてある。赤地に白の水玉もようで、とても長くて、後ろでちょうちょむすびになって、余った部分がたれ下がっている。それをかぶって、バスに乗った。ほんとはずっとかぶっていたかったけど、そのうち暑くなって、頭がむんむんしたからぬいだ。あらう前のかみの毛のにおいがして、すぐに風にふき飛ばされた。

ひざの上に、リュックサックが乗っている。とても重くて、ずっと乗せてると、ももがいたくなってしびれてくるから、ときどき少し持ち上げてずらす。リュックサックはさくら色だ。一年生の遠足のときから使ってて、外のポケットと底がちょっとよごれてる。そういうの、消しゴムでこすると取れるよって、マナミちゃんが言ったから、消しゴムでこすったら、よごれた色がちょっとだけうすくなった気がしたけど、しみみたいになって、取れなくなった。

となりのおばさんは、上を向いて口を開けてねむっている。ぐがががっ。ときどきいびきをかいて、びっくりしたみたいにはね起きるけど、目はつぶったままだ。ぐおっと息をすって、またねむって、ぜんぜん目をさまさない。そのうち向こう向きになったから、もう顔は見えない。

バスは町の中を通って、国道をずっとまっすぐ行った。それから右に曲がって畑の中を走って、山のふもとに着いて、どんどん高いところに登った。はじめは下のほうに小さく町が見えたけど、坂が急になって、草がたくさんはえていて、下が見えなくなった。坂をもっと上がって、しばらく行ったら、広場みたいなところに出て、ぐるっと回って止まった。

アタシはうで時計をはめていて、出発するときにちゃんと時間を見たから、どのくらいかかったかわかった。二時間七分だった。となりのおばさんは目を開けて、まわりを見て、あわてて「着いたわよ」と言った。そんなこと、言わなくたってわかってるのに。おばさんはいそいで先におりて、地面からこっちに手をのばした。アタシはひとりでちゃんとおりられるから、おばさんの手はにぎらないで、バスの手すりにつかまっておりた。

バスのていりゅうじょには、もうひとりのおばさんが立って待っていて、アタシを連れて来たおばさんは、その人にアタシを引きわたした。そしてすぐ「じゃあ」と言って、手さげからさいふを出して、すたすたと自動はんばい機のほうに歩いて行った。

立って待っていたおばさんは、アタシを連れて来たおばさんよりも、わかそうだった。首とひざを曲げて、にっこりしたけど、なんだかちょっとさびしそうな感じだった。こういうようすを、なんて言うんだったっけ。なんかとてもぴったりのことばがあったような気がするけど、人だけじゃなくて、ほかのことにも使うようなことばだった気がしたけど、思い出せなかった。

おばさんがていりゅうじょと反対のほうを指さして歩き始めたから、アタシはとなりに並んで歩いた。バスのほうをふり返ったら、さっきのおばさんが入り口の手すりにつかまって、ステップを登っていた。

かどにパチンコ屋があって、中からじゃらじゃらいう音と音楽が聞こえる。少し先の反対がわはスーパーで、外にまあるいスイカが並んでいた。緑にぬったボーリングの球みたいだった。そのとなりが薬屋さん、そのとなりがパン屋さんで、なすめ前に服と布地を売っているお店があった。ほかのお店はシャッターが閉まっていて、下のほうがさびていた。

お店がなくなると、道のほそうがだんだんはげてきてなくなって、じゃり道になってちょっと歩きにくかった。右っかわは高いおかで左っかわははじに雑草がはえていて、その下はがけみたいだった。しばらく歩くと、道の真ん中がくぼんでいるところがあって、水たまりができていた。真上に来ると、茶色かった水に空がうつって青くなった。またごうとしたアタシの頭のかげも、手前にうつった。

おばさんはときどきアタシのほうを見て、そのたんびににっこりして、ずっとなにも言わないで歩いていた。せ中のリュックサックがだんだん重たくなって、両手でひものところを持ってゆすっても、かたにくいこんでいたかった。ずいぶん歩いた気がして、時計を見たら、ちょうど十五分たっていた。まだまだ遠いのかなあと思っていると、おばさんが立ち止まって、先のほうを指さした。道はゆるく曲がっていて、長い草とぎざぎざの木の葉の間から、こげ茶色の建て物が見えた。

建て物は、道と同じじゃりの地面に建っていた。外がわが全部木でできていて、一階にも二階にも四角いガラスまどがついていた。大きくて古そうで、昔の学校の校しゃみたいな感じだった。おばさんについてげん関に入ると、前が一だん高くなっていて、その上がたたみの部屋で、右がわに急な階だんがあった。おばさんがくつをぬいで左のほうに入って行ったから、アタシもくつをぬいで入った。食堂みたいなまっすぐの木のつくえといすがあって、かべのほうに流しとコンロがあって、お台所になっていた。

すわってリュックサックをおろして、いすのせにもたれていたら、おばさんは手をあらってエプロンをつけて、冷ぞうこからびんを二本持って来てつくえに置いた。片ほうにソーダ、もう片ほうにオレンジジュースを置いて、どっちがいいか聞くみたいに、右と左をかわりばんこに見た。

「お水をください」アタシは言ったけど、おばさんはきょとんとしていたから、水道のじゃ口のほうを指さしたら、おばさんはパタパタとスリッパの音を立てて流しに行って、コップに水をくんで来てくれた。それをいっきに飲んでから、ソーダのびんを開けてもらって、おばさんと分けて飲んだ。のどがかわいたときは、最初に水を飲みなさい、あまい飲み物は、そのあとに飲みなさい。オカンにそう言われていたから。そうしないと、のどのかわきはちゃんとおさまらないのよ、って。

おばさんはエプロンのむねポケットからメモちょうを出して、ひもでむすんだえんぴつで書いて、こっちに向けて見せた。

【お昼ごはんは、インスタントラーメンでいいですか？】

アタシはとてもびっくりして、ただうんとうなずいてしまった。おとなの人が、「いいですか」なんて聞くことなんか、これまで一度もなかったし、紙に書いたのを見せられたのも初めてだった。

おばさんはいそいそと、冷ぞうこからなにかを出した。コンロの下にかがみこんでやさいを取り出して流しであらって、まな板の上でとんとんきざんだ。こちらからはせ中しか見えなかったけど、なんだかとっても元気そうになって、いきいきしていた。後ろすがたをぼんやりながめているうちに、とてもいいにおいがしてきて、おなかがぐうとなった。

目の前に置かれたおどんぶりから湯気が上がって、中に入った色のうすいしるは塩ラーメンらしい――塩ラーメンは大好きだ、しょうゆラーメンでもいいけど、みそラーメンは好きじゃない――もやしとか長ネギとかやさいが入ってて、焼きブタとメンマが乗っていて、上に白ゴマがかかっていた。

「いただきます」とアタシが言うと、おばさんも向かいで、いただきますの形に口を動かしてから、わりばしをパリンとわった。

いろんなものが入った塩ラーメンは、とってもおいしかった。アタシはふだんは熱い物がゆっくりしか食べられないのに、あんまりおなかが空いていたから、すごい速さで全部食べた。

「ごちそうさまでした。とってもおいしかったです」そう言って、小さくおじぎをした。

おばさんはなにも言わないで、でもとてもうれしそうな顔になって、うなずいた。

おばさんのあとについて階だんを登って行ったら、二階はとても明るくて広かった。柱が何本も立っていて、間にふすまがなくて、全体がひとつの部屋になっていた。おくのほうは屋根が低くなった板の間で、となりにおし入れがあった。全部で何じょうあるんだろう。たたみの数を数えようとしたけど、いつも十五ぐらいいったところで、どこを数えたかはっきりしなくなって、わからなくなってしまった。

建て物のげん関のある表がわと、うらがわと、両がわにまどが開いていた。表がわのまどのすぐ下は、たたみじゃなくて板のろうかみたいになっていて、まどのとなりのガラス戸の外に、物ほし場が見えた。おばさんはそこにほしてあったふとんを取りこんで、部屋のろうかに近いところにしいた。上にシーツをひろげてしいて、まくらにまくらカバーをかけて、タオルケットを半分にたたんで足のほうに置いた。手つだわなきゃと思ったのに、アタシが言い出す前に全部、おばさんはとても速くやってしまった。

しいたふとんの横から、おばさんがこっちを見上げている。アタシはわけがわからなくて、首をかしげて見せた。おばさんはまたポケットからメモちょうを出して、えんぴつで書いた。

【おひるね？】

アタシはううんと首をふりそうになったけど、そのまま首をかしげたままにした。おひるねの習慣なんかなかったけど、しないと答えたら、おばさんがこまりそうな気がしたからだ。着ていたブラウスとスカートをぬいで、くつ下もぬいで、下着のシャツとパンツだけになってふとんに横になった。タオルケットをむねまでかけて見上げると、おばさんは階だんのおり口でふり返って、おやすみと言うみたいに一度こっくりした。

しきぶとんは、お日さまのいいにおいがしてあったかだった。これじゃあ暑いかなって思ったけど、まどから風が入って来て、すずしかった。チリンチリンと、ふうりんの音も聞こえた。まどの外の、のきの下に下がっているんだろう。かたと足のうらが、ちょっとじんじんするな。と、ね返りをうって体をのばしたら、それからもうなんにも聞こえなくなって、暗くなるまでずっとねむった。

晩ごはんは、焼き魚とかつおぶしがたくさん乗ったひややっこと、カブと油あげのおみおつけとワカメときゅうりのサラダだった。サラダは和風ドレッシングの味で、プチトマトとカニぼうがついていた。カニぼうはうちではいつもマヨネーズをつけて食べるだけで、サラダに入っているのを初めて食べて、こっちのほうがおいしいと思った。アタシが全部残さないで食べたので、おばさんはとてもうれしそうだった。デザートにはいちごアイスを出してくれた。おばさんといっしょに、部屋のすみに置いてあるテレビでドラマを見ながら食べた。

おふろは一階のおくの、建て物のうらがわのほうにあった。服をぬぐところにカゴがいくつもあって、銭湯や温泉みたいだった。くもりガラスのとびらを横に開けると、中からぼわっと湯気が出て来て、とてもいい木のにおいがした。「これはなに、なんのにおい」思わず聞いてしまってから、おばさんには伝わらないんだったっけと顔を見たら、きっとアタシが鼻をくんくんさせていたから、それでわかったんだろう。そうそういいにおいでしょう、って言うようにほほえんだ。

おふろ場の中は、かべも湯船もゆかも全部木だった。おばさんは、メモちょうに【檜】と漢字を書いて、わきにカタカナで【ヒノキ】ってふりがなをふった。ふうん、この木はヒノキって言うんだ。アタシは感心して体をあらってお湯に入って、あごまでちゃんとつかって三十まで数えてから出た。ぬいだ服をたたんで入れておいたカゴの中に、白いバスタオルと、リュックサックに入れて持ってきたパジャマが入っていた。せん面台には、持ち運び用のプラスチックのコップと、それに入れてあった歯ブラシと歯みがきのセットが置いてあった。

「おやすみなさい」

おやすみなさい。おばさんは口を動かして、台所から手をふった。アタシははだしで階だんを上がって、昼間にあんなにねてしまったし、初めての場所だからよくねむれないかもしれないと思った。天じょうの電気は消えていたので、リュックサックからかい中電とうを出して、持ってきたマンガを読み始めたけど、すぐにねむたくなった。電とうを消したらすぐにねむって、朝になるまで目がさめなかった。夢も見なかった、見たのかもしれないけど、覚えていなかった。鳥の声で、目がさめた。目を開けたら、足の先が向いたうらがわのまどのはしっこに、まぶしい朝日が上がって来るのが見えた。

朝ごはんは、ごはんとおみそしるとなまたまごとのりとつけものだった。アタシはなまたまごでごはんを食べたことがあまりなかったから、うまくおはしですくえなくって、スプーンをくださいっていってたのもうかと思ったけど、ちょっとはずかしくて言えなかった。だまっておばさんのやり方を見ていたら、のりで包めばいいんだとわかって、ためしてみた。のりがしめって、くったりして、ごはんはちょっとしか包めなかったけど、何度もやって全部食べられた。豆乳みたいな味だったから、おしょうゆをたくさんかけた。

ごはんのあとで二階に行って、出かけるしたくをした。デニムのジャンパースカートをはいて、くつ下もはいて、とんとん急な階だんをおりた。おばさんは食堂のつくえにかがんで、なにか読んでいた。アタシがむぎわらぼうしをむねの前に持って近づいて行くと、おばさんはふっと顔をあげてアタシを見た。あらっと言うふうに目を細めて、エプロンのポケットからメモちょうを出した。

【おさんぽ？】

うん。ほんとは「おさんぽ」じゃなくて、「たんけん」なんだけど。

アタシがうなずくと、おばさんもうなずいた。わきにたたんであった新聞や広告の紙の中からチラシを取ってうらがえして見て、うらになんにもない黄色い紙を前に広げて、両手でしわをのばした。その下のほうに家のマークをひとつ書いた。そこから下に二本の線を引いて、間に下向きのやじるしをつけて、その先に【バスてい】と書いた。それから家の反対がわにも道を書いて、上のほうにのばしていって、紙の三分の二ぐらいを大きくマルでかこって、中にたくさん二等辺三角形を書いた。底辺が短くて、上がとんがっていたから、きっと木のしるしで、それがたくさんあるところは林か森なんだろう。その真ん中にソラマメみたいな形を書いて、中をさらさらとえんぴつでぬった。たぶん、池があるんだ。そう思って見ていたら、豆のとなりにむずかしそうな漢字がたてに並んだ。

【鼎が淵】

下の漢字は、どこかで見たことがあるような気がするけど、上の漢字はぜんぜん知らない。おばさんがすぐにふりがなをふってくれる。

【かなえがふち】

ふうん、池じゃあないんだ。「ふち」って、なんか山の中にあって、まわりががけになっていて、たきとかがあって、とっても深いんだと思う。アタシがじっとその字を見ていたら、おばさんは顔をのぞきこむようにして、短いえんぴつをまたにぎった。

【とても、けしきのいいところ】そして、でもと、首をふった。

【およいではいけません。入ってもいけません】

アタシはちょっとびっくりして、おばさんの顔を見た。オカンがおこって言うときとは、まるでちがう。学校のろう下のはり紙に「いけません」と書かれているのとも、なんかちがう感じがする。とっても静かで、だれも行かない森のおくに、ひっそり立ってる立てふだみたいだった。

プールや川に行くかもしれないから、水着は持って来ていたけど、きょうはまず「たんけん」だったから、水着は二階に置いてきた。アタシは泳ぎがあんまり得意じゃなくて、足のつかないところはこわいから、初めて行く知らないところで、いきなり水に入ったりなんかしない。えんぴつをかりて、「かなえがふち」の、おばさんが書いたのと反対がわにたてに書いた。

「わかりました。ぜったいに入りません。やくそくします」

おばさんはそれを読んで安心したらしくて、目を細めてアタシを見て、何度も首をたてにふった。

建て物の横の小道を、木のはえているほうに向かった。小石が少なくなって、足もとがじゃりじゃりしなくなって、もっと進んで行くと、地面は茶色い土だけになった。道は、両がわから木にはさまれてせまくって、ところどころ根がつき出していたり、雑草がかたまってしげっていたりして、曲がりくねって歩かなきゃならなかったけど、だいたい同じ方角に、林のおくのほうに続いていた。

上からも横からも枝が突き出して、葉っぱのトンネルみたいだ。林――これは「林」じゃなくって「森」かもしれない――の中は、うす暗かった。ちょっとしめって、ひんやりしている。

古くて黒くなった切りかぶのところに、げんこつぐらいの大きさのキノコがはえていた。ちょっと気味が悪いなあと思って歩いて行くと、まるくて草のない小さな広場みたいな場所に出た。地面がまだらに明るくて、そのまだらが少し動いている。広場みたいなところの中央に立って見上げたら、ずっとずうっと上のほうで黄緑色の葉っぱがゆれているのが見えて、さわさわと音がした。

アタシはおばさんのまねをして、お気に入りのユニコーンの絵が表紙についている手ちょうと、おそろいのボールペンを、ジャンパースカートのむねポケットに入れて来た。おばさんが書いてくれた黄色い紙の地図も、四つにおって手ちょうの中にはさんでおいた。道は、二等辺三角形の間をまっすぐにソラマメのところまでのびていたし、ほかの道なんて書いてなかったから、このままずっと歩いて行けば、ちゃんと「かなえがふち」に着けるはずだと思う。アタシはうで時計を見て時間を確かめながら、ずっと森の中を歩いて行った。

高い木の下に低い木と草がかたまっていて、そのやぶを回りこんだら、葉っぱのトンネルの先が明るかった。太陽の光で、きらきら光っていた。気をつけて木の根をまたいで、急ぎ足になって、最後はかけ出した。

森を出たところは、小さな野原だった。しばふみたいな短い草がはえていて、それが先のほうへだんだん低くなっていって、その向こうに池があった。はい色のさん橋みたいなのが、ちょっとだけ水の上に出ていた。その手前の右がわのところに、やっぱりはい色の木のさくが立っていたけど、それは短くてさくの役に立っていないから、「さく」じゃなくて「手すり」なのかもしれない。左がわは緑の水草がはえていて、細い葉っぱがたくさんしげっていて、どこからが岸なのかよくわからなかった。水草はとてもまっすぐで高くて、アタシのせよりも高そうだ。学校の理科の時間に見た「水辺の植物」の写真ににている。たぶんアシだろう。

池の水面は、そのアシの向こうがわにもずっと続いていて、さん橋のちょうど反対がわに岸が見えた。岩の上にたくさん木があって森になっているようだったけど、遠くて暗くてあまりよく見えない。たきは見当たらなかった。岩はがけみたいな感じで、近くに行ったら、とっても急で高いのかもしれない。だからきっと、「池」じゃなくって「ふち」なんだ。こんなにたくさんアシがはえているところは初めて見たし、「池」というのは、たいていもっとずっと小さいと思う。

反対がわの岸まで、歩いてたんけんに行きたかったけど、ふちの右がわにも左がわにも道はなかったので、アタシはさん橋に乗ってはい色の板の上にすわった。

建て物を出てたんけんを始めたときは、少しくもっていたのに、いまはすっかり晴れて空は真っ青だ。頭の真上に太陽があって、光が熱くてまぶしい。アタシはむぎわらぼうしをかぶり直して、つばを顔の前で下におろした。すわっているところの後ろのほうに両手をついて、思いっきりあおむいて目をつむった。

ここは山の中だけど、さっき見た青空は海の上とまるで同じ。雲がちょっとしかなくて、日がじりじりとてって、でも、ときどき急にすずしい風がふいて来る。おしりの下は板じゃなくって、砂の上にしいたビニールシートだ。

オカンはパラソルの下であぐらをかいて、本を読んでいる。アーちゃんはオトンにつかまって、波が来るたびにきゃあきゃあ言って、いっしょに飛び上がる。アタシもさっきまでいっしょに波乗り遊びをしていたけど、水が冷たかったから、海から上がってオカンにむぎ茶をもらって飲んで、それからシートの上でこうらぼしをした。うでにひたいをつけて目を閉じていると、波と風の音が大きくなって、人の声も聞こえて、上のほうでカモメがなくのも聞こえて来る。顔を横に向けて目を開けたら、まぶしくにじんだ波の手前に、オトンとアーちゃんが手をつないで並んで、その形が黒いかげ絵になって見えた。

体がせ中からあったまって暑くなって、シートの表面があせでべとべとしてきたので、アタシはバスタオルをシートの上に広げて、あおむけになった。シートのはじから足だけを出して、砂の上に置いた。砂はかわいて焼けていて、両足の親指とほかの指を、カニさんのはさみみたいに広げたり閉じたりしてみた。タオルのはしを顔の上にかぶせて、タオルの布地ごしにお日様を見上げた。

お昼におにぎりとスイカを食べてから、アタシたちは砂のちょうこくを作った。おしろじゃなくて、なんかほかのものがいいと言ったら、オカンがおやつを包んで来た紙に、タツノオトシゴの絵を書いてくれた。目がまるくて、しっぽもまるまっていて、とてもじょうずだった。

アタシはその紙を片手に持って、アーちゃんといっしょに砂をほってもり上げて、かためたりけずったりした。頭とどうのやさしいところはアーちゃんが、しっぽやはなのむずかしいところは、アタシが作った。ここに水かけて、でもあんましかけすぎちゃだめだよ、ほらこっちにもかけてね。うん。アーちゃんはうなずいて、何度もプラスチックのジョーロで水をくんで来て、まいた。拾って来た海草をせびれにして、小さい貝がらをしっぽにかざった。目のマルの中に、すじのある一番大きな二まい貝のかけらを入れた。なるべく白い砂を取ってきて、しあげに上からかけた。ああ、よくできたな、うん、すてきだね。オトンとオカンが立って見下ろして、オトンはパラソルの下からカメラを持って来て、タツノオトシゴとアタシたちの写真を取った。「うみのいえ」に帰る前に、アタシは砂浜を少し歩いてみたけど、アタシたちの砂のちょうこくが一番きれいでいいできだと思った。

最後にふり返って見たとき、太陽は空の低いところでものすごく大きくなって、うれたカキみたいにつぶれそうだった。高いところはだいだい色、低くくぼんだところはかげになって、砂浜の上にも波ができていた。遠く下のほうにタツノオトシゴの形が見えて、さっきよりずっと海に近かった。ずずーっと波が来て、どうのもり上がったところはそのままだったけど、みぞに海水が入ってまわりが深くえぐれた。次の波が来て引いたあとは、はなの先がくずれて顔がたいらになってしまった。ああ、しずんじゃう、海にのみこまれちゃう。アタシは海底に横たわったタツノオトシゴを思いうかべたけど、砂はそんなふうにかたまって残ったりはしないから、きっと水の中に形がとけてなくなってしまうんだろうと、そう思った。

強い風がふいてきた。ぼうしを飛ばされそうになって、アタシはあわてて頭をおさえた。まわりに「も」のにおいがする。しばらく水を取りかえていない金魚ばちのにおいだ。しおからい海水のにおいとはちがう。足の下には砂じゃなくて、古くなったはい色の板がある。板はすぐ先で四角く切れて、その下に波のない水面が、向こう岸まで静かに広がっている。

あの日に海で写した写真は、あまりよく取れていなかった。オトンが取ったのはどれも、逆光で顔が黒くつぶれていたり、ピントがぼけていたりした。みんなでそろって取ろうと言って、自動シャッターを使ったときは、三きゃくがぐらぐらしてシャッターが切れるときにたおれてしまって、白い雲がゆうれいみたいにブレたのが写った。カメラが砂まみれになっても、オトンもオカンも気にしないで、ただげらげら笑っていた。アーちゃんが画面の雲を指さして「おばけー」と言ったので、アタシも笑った。写真は、オカンがカメラをかまえてアタシたち三人を写したのだけが、じょうずにきれいに取れていた。砂のちょうこくの前にオトンが立って、右手をアーちゃんと、左手をアタシとつないでいる。アタシはいつもいつもその写真が見たくて、オカンに見せてとたのんだ。「見たからって、会えるもんじゃないのに」って、オカンはぼそっと言ったけど、会えないから見たいんじゃないかとアタシは思って、何度もせがんで、とうとうプリントしてもらった。そうやって写真は一番大切なたから物になったけど、毎晩取り出して見ているから、ふちのところがすり切れて、ちょっとやぶれかけている。

海に行ったのは、二年前だった。

さん橋のはずれまで行ってすわった。オカンのまねをしてあぐらをかいて、むねポケットからお気に入りの手ちょうを出した。手ちょうにはこいむらさきのしおりがついていて、それを引っぱれば、するりと開く。ページをおさえて、最後に書いたことばを読んだ。

スリギリキ、マウドマカ、ハゲアスラカ。

夏休みが始まる前に、今年は二週間ひとりで山に行くんだと言われた。アタシは海のほうが好きだし、それにひとりって、オカンはいっしょに行かないのかって、最初はおどろいて、それから不満になった。山なんてつまんない。小さい声で言ったら、オカンが、山には山の楽しさがあるんだよと言って、たばこのけむりをはいた。たとえばさ、町では見られないいろんな動物がいるよ。キツネとかタヌキとか野生動物にはめったにお目にかかれないけど、こん虫なら、見たことないのがたくさん見つかるよ。

だからアタシは図書館に行ったとき、こん虫図かんをさがした。こん虫図かんは三さつあったけど、一番大きくて厚くて、写真がたくさんあるのにした。たなから出すときは、ちょっと重たかった。つくえに持って行って席にすわって、開いてみた。ちょうちょのはねとかはきれいだったけど、黒くててらてらしている虫の体や、ごはんつぶみたいな卵や、それがいっぺんにかえるときの写真なんかは、かなり気持ちが悪かった。虫の写真の下には、カタカナで名前が書いてある。黒くてかくかくした文字が、虫の足にそっくりだ。「ドウガネブイブイ」、右から読んだら「イブイブネガウド」

ぜんぜん知らない外国の人や町の名前みたいで、なんだかかっこいい。ページをめくって、ほかの名前もさかさに読んでみた。ルタボジンゲ、リキマカズミ、ウロゲカバスウ。

変な音の組み合わせが、おかしくっておもしろい。ちゃんとしたことばじゃないのに、どこかで聞いたことがあるような、ほんとは意味を知ってるはずの、まほうのことばみたいな気がする。口のなかでとなえると、おまじないのようだ。アタシは夢中になって、片っぱしから名前を読んだ。そして合格したのを、手ちょうに写した。しりとりと同じで、「ン」で始まるのはだめ。小さい「ッ」や「ャ、ュ、ョ」も、ちゃんと読めないのは入れない——ケンケン遊びで「チョコレート」を「ち・よ・こ・れ・い・と」って言うのは、ズルだと思う——

ページはすぐにいっぱいになった。

ギロウコマンエ、シウボクツクツ、チバメズスロイキ、シムゴンダカオ、モグテタトリボノキ、ネガコガナテルバンヤ。名前のコレクションを、全部一度読んだ。二回目は声に出して読んで、少し笑ってから、手ちょうをポケットにしまった。うちに帰ったらまた図書館に行って、こん虫図かんを見て、虫の名前をさがしてみよう。おもしろい名前を集め終わったら、植物図かんも見てみようと思う。

パシャと、水音がした。魚がはねたんだろうか。はしから足をたらしてすわって、下をのぞいたけど、なにもいなかった。なにかが飛び出したり、動いたりしたようなあともなかった。水面は平らで水はにごっていないのに、中は暗くてあまりよく見えない。目をこらして見ていると、いろんな形が見えたり見えなくなったりする。深緑のもが生えていて、その下に明るい茶色の物があるみたいだった。なんだろう。岩かな木の枝かな、カエルかもしれない。アタシは板のはしに両ひざをついて、両うでで体をささえて、のぞきこんだ。

水面にかげがうつっている。水たまりの中で見たのとおんなじに、自分の頭がまるくかげになっている。どんどんうつむいていって、もっと近くなる。むねの上でなにかが動いて、すべった。あっ、手ちょうが……。あわててポケットをおさえた。

ポチャン。水面にわっかができて、真ん中にうす緑のマルが見えた。ユニコーンの頭だ。手ちょうとおそろいの、お気に入りのボールペンだった。リボンみたいに、やわらかそうにゆれている。そうしてゆらゆらと、水の中にしずんで行った。

しばらくの間、アタシはぼうぜんと水中を見つめていた。ずっと下のほうに、白っぽい小さな点が見えている。片手をそこに向かってのばしたまま、もう片方の手をむねにあてていた。それから立ち上がって、どうしようかと思った。ボールペンはしずんでしまったけど、ある場所はわかっている。ボートに乗っていけば、オールか長い木の枝をおろせば……。岸を見まわしても、ボートはない、役に立ちそうな木の枝もない。でも、もしかしたら、あそこはそんなに深くないかもしれない。足が立つところなら、歩いて行けると思う。

アタシは運動ぐつをぬいだ。くつ下もぬいで、右も左もまるめてくつの中に入れた。さん橋をもどって、はだしで草の上を歩いて、さくを回った。水のほうへおりて行くと、小石の角が足のうらにちくちくちくしたけど、がまんしてまっすぐ進んだ。ぬれた石の上に片足で立って、もう片方の足のつま先をつけてみた。ふちの水は海の水ほど冷たくなくて、ちょっとなまぬるかった。スカートのすそがぬれないように両手で持ち上げて、そろそろと中に入った。

水は、だんだん深く冷たくなっていく。さん橋の横を半分ぐらい進んだところで、ひざともも の間ぐらいまで来た。底のほうがどろで少しにごったけど、自分の足はちゃんと見えている。さん橋の下をのぞきこんだら、水面は真っ黒で、まるで油が流れているみたいだった。

このくらいの深さなら、これ以上深くならなければ、深くなってもむねまでならば、このまま歩いて行ける。ボールペンは、落ちた場所から動いたりなんかしていないはずだから、さん橋の前に回りこんで、落ちてるところに行ってかがめば、きっと拾える。とどかなかったら、場所を確にんして、目をつぶってもぐればきっと取れる。

ずぼっ。足の下が急にやわらかくなった。片足がもぐって、ころびそうになって、思わず手をのばして、さん橋のくいにつかまった。つかまったまま向きを変えた。水の中をばしゃばしゃ歩いて、石の上を速足でさくを回って、さん橋に上がって、運動ぐつのあるところまで急いでもどった。両ひざに手をついてかがむと、心ぞうがどきどき鳴っていた。

少ししてからさん橋のはしまで行って、もう一度上から見下ろしてみた。白っぽい点は、まだ見えるけど、とっても遠い。やっぱりきっとすごく深いんだ。足なんかつかない、歩いて行くのは無理なんだ。それとも、さっきの場所がたまたまそこだけ深かったんだろうか。あの先でまたあさくなって、ふつうに歩いていけるのかもしれない。そう考えてみたけど、やっぱりこわかった。あのぬるっとしたどろの感じ、底なしみたいな感じがすごく気味悪かった。二度とあそこは通りたくない。

板の上にぽたぽたと水がたれている。スカートは水びたしで、ものにおいがした。アタシはぬれたすそをにぎって、両手でしぼった。それからその部分を広げて、できるだけしわをのばした。

日にあててかわかそう。海に行ったときみたいに、こうらぼしをしよう。そう思って、ふちのほうを向いて、さん橋の真ん中にうつぶせになった。最初は海ほど暑くなかったけど、そのうちせ中がちりちりして、スカートもかわきかけたおしぼりみたいになった。後ろだけじゃなくて前もぬれていたから、ね返りをうってあおむけになった。

あのボールペンは、もうもどって来ない。ずっとこのままあそこにあるんだ、いつまでもいつまでも、永遠にしずんでいるんだ。ユニコーンの頭が水の底に横になっているところを思いうかべたら、出て来たなみだが顔のわきをつたって耳の中に入って、くすぐったかった。手のこうでそれをふいた。お日様がまぶしかったから、目の上にそのまま片手を乗せていた。そうやってあおむけになって、顔とスカートがかわくまで、アタシはさん橋の上にねころんでいた。

おばさんは、お台所のつくえで新聞を読んでいた。アタシが入って行くと、顔を上げてこっちを見た。

「ただいま」

おばさんの口は「おかえりなさい」と動いて、まゆがよった。たぶん、アタシがしょんぼりしていたからだろう。メモちょうを出して、書いて見せた。

【どうしたの？　ぐあい悪い？】

アタシはううんと、首をふった。ボールペンをなくしたことは話してもよかったけど、そしたら約束をやぶってふちに入ったことも、言わなくちゃならない。それに、ユニコーンの頭がしずんでるところを考えたら、またなみだが出そうだった。泣くのは、オカンの前でもいやなのに、ほかの人の前だったら、絶対にしたくない。

おばさんは心配そうにあたしの顔をのぞきこんでいてから、またえんぴつを取って書いた。

【おやつ食べようか】

うん。アタシはうなずいて、なるべくえがおになるようにした。そして、メモちょうのとなりに書いた。

「あせをかいたから、着がえてきます」

おふろ場で手をあらって、階だんをかけ上がって、二階に行った。下着とティーシャツをかえて、ジャンパースカートをショートパンツにはきかえたら、ちょっとさっぱりした。手ちょうを、むねのポケットから取り出した。ぜんぜんぬれていないのを確にんしてから、リュックサックの中にしまった。とんとんと階だんをおりて行くと、なんだかどっかでかいだことがあるような、なつかしいにおいがした。

二まいのお皿の上に、サツマイモが一本ずつ乗っている。おイモはどっちも細くひねこびた感じで、赤むらさきの皮にたくさんしわがよっていた。これも、うちでときどき食べる「焼きイモ」と同じなんだろうか。

「石焼きイモ」ってさ、ずっと昔は売りに来たんだよ。いしやきいもー、いしやきいもーって。小型トラックの後ろにジャリが入れてあってさ、軍手したおじさんが、そこからイモをほり出して、天びんばかりではかるんだ。なつかしいなー。オカンはそう言った。そんなふうに売っているのは見たことなかったけど、「焼きイモ」は、商店街の八百屋さんのガラスケースに入っている。オカンがときどき買って来て、いっしょにおやつに食べる。ほくほくしてあまくて、とってもおいしい。でも、あれはいつも冬じゃなかったっけ。

おばさんはほうちょうを持って、お皿の上でおイモを切った。切れたところが、なんだかべちゃっとして、黄色の色がにごっている。並んだわ切りの下の皮が、つながったままだった。おばさんはどうぞと言うように、お皿をアタシの前に置いた。

「いただきます」真ん中のところを皮からはがして、口に入れた。見た目といっしょでべちょっとして、それにぜんぜんあまくなくておいしくない。おばさんのほうを見ると、ふつうの顔をして、平気で食べている。アタシは口の中にべったりくっついたかたまりを、いっしょうけんめい飲みこんだ。

一切れ食べただけでやめてしまったので、おばさんはまた心配そうな顔になった。もぐもぐ口を動かしながら、メモちょうを引きよせて書いた。

【おいしくない？　おイモ、好きじゃないの？】

アタシはメモちょうに手をのばして、自分のほうに持って来て書いた。

「あまくない」

おばさんは、ああと立ち上がった。たなに行って、古いかめみたいな茶色いつぼを取って来て、つくえの上に置いた。ふたを開けて、中に入っていたさじで、白い物をすくってアタシのお皿のすみに乗せた。いつもうちで使っているグラニューとうじゃなかった。お台所の調味料の戸だなに入っている「あらじお」みたいに、べったりしている。アタシがそれを見下ろしていると、おばさんはだいじょうぶと言うようにうなずいて、またメモちょうに書いた。

【おさとうよ、あまいわよ】

アタシはおそるおそる人さし指を出して、指の先にその白いのをつけてなめてみた。ほんとにあまくて、おさとうの味だった。それを、おイモにまぶして食べた。お皿の上のおさとうがなくなったから、さじですくってつけた。おばさんはそれを見て、うれしそうな顔をした。たくさんおさとうをつけたおイモは、「焼きイモ」よりも、お正月の「くりきんとん」ににた味になって、アタシははじっこも残さないで、一本食べた。

晩ごはんには、ブタ肉のショウガ焼きとポテトサラダと中か風スープとごはんが出た。どれもおいしくて、おなかもすいていたから、全部食べた。デザートは、モナカアイスだった。テレビでは、ドラマじゃなくてクイズをやっていた。下に字まくみたいなのが出ていた。答えがわかるとアタシは大声で言い、おばさんはメモちょうに書いて、司会者のほうに向けて見せた。

アタシがヒノキのおふろに入っていたら、がらがらととびらが開いて、おばさんがなにか持ってきた。さっと湯船の中に入れたのは、キューピー人形みたいにはだ色のアヒルだった。おばさんはきびすを返して、戸口でにこにこと手をふっている。アタシは手をふり返して、おばさんが出て行ってから、ビニールのアヒルを手に取ってみた。どうのところに、はねの形に線が入っていて、片がわにかすれた漢字がついている。「山本薬局」。薬屋さんのおまけだったんだろう。目は白い点のまわりがこん色で、その外が水色のマルで、太いまつ毛が五本ついている。くちばしのはしが上に曲がっていて、にんまり笑っているように見える。手をはなすと、ぷかぷかとお湯にうく。ユニコーンのボールペンとちがって、ぜんぜんしずまない。アタシはアヒルのしっぽをつかんで、引っぱった。湯船の底までしずめて、ぱっと手を開くと、アヒルはぷくぷく上がって、ぽかっとお湯の上にうかび上がった。それをまたつかんで、底にしずめる。手をはなすと、また同じようにぷくぷくとのぼって来る。

昔持っていた白鳥の形のうきわを思い出した。体が入るわっかに首と頭とはねがついていて、横から見れば、ちゃんと白鳥の形に見えた。アタシはそのうきわがとても気に入っていたから、プールに行くときはいつも持って行った。いっしょうけんめい息をふいてふくらませて、水にうかべたわっかの中に入って、首につかまった。白鳥に乗っているんだと思って、足をこいだ。アーちゃんが大きくなってプールで泳ぐようになったら、かしてあげてもいいと思っていたけど、使っているうちにあなが開いて、空気がもれてしまった。オトンがガムテープをはってくれたけど、そのうちにほかのところが切れて、ぺしゃんこになって使えなくなった。

ビニールのアヒルは、お湯から上がるときに持って出て、せっけんばこのとなりに置いておいた。バスタオルで体をふいて、パジャマを着て歯をみがいた。

「おやすみなさい」

おばさんが、台所でにっこりとうなずいた。まだテレビがついていて、アナウンサーの声が聞こえた。天気よほうをしているみたいだった。

二階に上がってかい中電とうをつけて、ふとんに入った。マンガを一ページ読んだだけで、ねむたくなった。電とうを消して、タオルケットを首のところまで引っぱって、すぐにねむった。そしてゆめを見た。ゆめの中で、アタシはメリーゴーランドに乗っていた。どうがつるつるして、白くて大きな木馬だった。それが円の一番外がわを、上がったり下がったりしながら回っていた。

ゆっくりたてにゆれるので、ちょっとめまいがするような、でもそれが気持ちいいような感じがした。こっくりこっくりとゆれるうちに、いつの間にかまわりにいた木馬がいなくなって、木のゆかもなくなった。もうそこはメリーゴーランドじゃなくて、木馬はまっすぐ走っている。くらも手づなも足をかける金具もなくなって、アタシは白いはだかの馬にまたがっていた。つかまるところがないから、両あしでしっかりどうをはさんだ。馬のおなかがあったかくて、うす緑のたてがみがやわらかかった。アタシはその毛をなぜて、両うでを首にまきつけた。そうやって、ずっと、水の上を走って行った。

きょうの朝ごはんも、なまたまごとごはんとおみおつけだと思っていたら、カリカリベーコンをしいたいりたまごと、トーストだった。つくえの上に置いたトースターで、おばさんが四角い食パンを焼いてくれた。お皿のとなりに、長方形のマーガリンのはこがあった。紙カップに入ったオレンジママレードと、イチゴジャムもあった。アタシはマーガリンがあんまり好きじゃないから、トーストをふたつにちぎって、半分にママレードを、もう半分にジャムをぬって食べた。飲み物は、おこう茶だった。ミルクをいっぱい入れて、かめみたいなさとうつぼからさとうをすくって、たくさん入れて飲んだら、おいしかった。

きょうは「おさんぽ」には行かないで、建て物の中をたんけんしようと思う。

二階のすみっこに行って、まどの下に立った。右のほうにずっとまっすぐろうかがのびていて、まどの先はガラス戸だ。ガラス戸は開いていて、すぐ外にサンダルが置いてあった。公民館のトイレにあるみたいな木の底のサンダルで、足のこうのところのビニールは、赤と白の横じまだった。足を入れてみたけど、大人用だから、つま先がどんどん先のほうまではみ出して、地面についてしまう。かかとの後ろに、板が半分くらい余っている。ぬげないように、片足ずつ持ち上げて歩いてみた。コンクリートに木の底があたって、カランカラン鳴った。

まだ雨はふっていないけど、はい色の雲がいっぱい出ていて空が暗い。物ほしに、はじっこが白くてぼうのところが緑色の物ほしざおが、全部で四本あった。せんたく物は、ぜんぜんかかっていない。ぶかぶかのサンダルで物ほし場をひとまわりして、ろうかにもどった。ろうかの先は行き止まりで、つきあたりに木のドアがある。銀色のまるいとってがついていて、それをにぎって回したら、ぎいっといって開いた。かぎがかかっているかもしれないと、思っていたのに。

うす暗くって、中はよく見えない。左上のほうに、小さなまどがひとつあるっきりだ。ドアのわきにスイッチがあったから、それを入れたら、とたんにものすごく明るくまぶしくなった。天じょうから太いひもみたいのが下がって、電球がぶら下がっていた。かさをかぶっていなくて、こういうのを「はだか電球」って言うんだと思った。でも「はだか」なんて物に言うのは、なんだか変だと思う。

明るくなった部屋の中に、いろんな物が入っているのが見えた。小さいまどの下に、四角い板が何まいも立てかけてあって、足をたたんだつくえだった。おりたたみのいすが十五ぐらい、となりに並んでいる。同じ形のストーブが四つ。右のおくに、ふすまが重なって立っていた。ここはたぶん、物置きだ。きちんと片づいていたけど、物が多すぎてせまかったから、中には入らなかった。

右まわりに進むと木の柱があって、板の間の上の天じょうがななめに低くなって、その先がまたたたみになって、おし入れのふすまがある。両手を金具にかけて引いたら、最初はちょっとひっかかっていたけど、と中からすらすらと、さんの上をすべって開いた。おふとんの綿とほこりと、ちょっとだけカビみたいなにおいがした。

上のだんにはかけぶとんが、たくさんたたんで入っていて、その上にまくらもたくさん乗っている。どれもカバーはかかっていないから、みんな「はだか」だ。下のだんはゆかにスノコがしいてあって、その上にしきぶとんがたくさん入っていた。となりに、とても大きなふろしき包みが置いてある。ふろしきは、青緑に白いから草もようだった。真ん中がふっくらとふくらんでいて、中にいっぱいなにかがつまってるみたいだ。はばはおふとんの半分もないから、おざぶとんが重なっているのかもしれない。でも布のはしが一番上でしばってあって、包みはすぼまっているから、四角いおざぶとんじゃなくて、ほかのものが入っているのかもしれない。

なんだろうと思って、前にひざをついて見ると、上のほうのから草もようのまるまったくきの部分が、ちょっとふくらんでいるみたいだった。よく見れば、白いくきと葉っぱの間の青緑のところも、小さくつき出ているのが見える。上から指でさわってみたら、ゴツゴツとかたかった。まわりはおふとんみたいにやわらかかったから、そこだけなにかまるでちがうものが入ってるんだと思う。

結び目はおくのほうにあって、頭をだんの下に入れると、暗くなってよく見えなかった。うでだけ中にのばして手さぐりしたけど、きついかた結びになっていてほどけなかった。布地のはしをたどって、こちらがわに引き出すと、すき間ができた。ふろしき包みの中には、おふとんに入っているようなベージュ色の綿が上までつまっていた。

綿の中に、右手を入れてさぐってみた。指先がなにかほかのものにさわって、それはつるつるしてかたかった。うでをわきの下までつっこんで、それをにぎりしめて、綿の間をぐいぐい引っぱり上げた。ぱっと綿ぼこりが上がって、むせそうになる。ほこりの中に、小さな顔が見えた。

右手ににぎっていた物は、人形だった。きのういっしょにおふろに入ったビニールのアヒルより、もっとうすいはだ色だ。目は、やっぱり真ん中が白い点、そのまわりがこん色、その外がわが水色のかまぼこがたで、アヒルの目ににていたけど、もっとたくさん太いまつ毛がついていた。くちびるがまるくつき出していて、右上のはなの下に茶色のほくろがついていた。でも、ほんとのほくろなのか、あとからついたよごれなのか、よくわからない。かみの毛は金ぱつで先がカールしていて、あっちこっち綿がからまっているし、ちょっとぼさぼさしている。

かたから細いうでが出て、むねのところは、きらきら光るまるくて青い貝がらがふたつ、ちょうどむねの形になっている。どうは、おへその下から青と緑のウロコがはえて、足はなくて、魚のしっぽみたいで、一番下にたてのすじがついた大きなおびれがついていた。

人魚の人形だ。こんなの初めて見た。

ひみつのたから物を発見したみたいで、わくわくした。ほこりをはらってかみの毛をとかしたら、人形はもう少しきれいになるだろうと思った。けれどどんなにきれいにしてあげても、顔や形は変わらない。人魚の人形はかわいいはずなのに、かみをとかしても、かわいくならなかった。どうしてなんだろう、どこがいけないんだろう。ふしぎに思って、じっと見つめた。

くちびるが真っ赤で厚すぎる。目と目の間がはなれすぎだし、まつ毛が長くてこすぎる。目が大きく開いていて、横よりたてのほうが長いのがおかしい。顔にくらべて、どうもうでもとっても細くてアンバランスだ。それに、全体になんだかギラギラしていた。ずっとながめているうちに、オカンがときどき言うことばを思い出した。「チープだな」

オカンはデザイナーだ。服を作るメーカーで働いていて、服のデザインをしている。ほかの人がどんなカッコしてたって、自分には関係ないって言ってるけど、ほんとは服にはものすごくうるさい。オカンはほとんど白か黒しか着ないし、アタシが買い物に連れてってもらって服とかアクセサリーをえらぶと、気に入らないときに決まって言う、チープだなって。はじめはなにがチープで、なにがチープじゃないのか、ぜんぜんわからなかったけど――オカンはねだんには直接関係ないって言った——そのうちなんとなくわかって、オカンがなんて言うか、だいたいよ想できるようになった。かざりが多かったり、色や形がはでだったりするのは、たいてい「チープ」だ。

アタシが小学校一年生になった年に、オカンは、バービー人形をおたんじょう日プレゼントにくれると言った。アタシはもっとかわいい顔をしたほかの人形のほうがよかったけど、やっぱりバービー人形をもらうことになった。顔がおとなっぽくてほっそりしていて、着せかえ遊びをしたら、ファッションモデルみたいにかっこよかった。

それからときどき、バービーの着せかえセットをプレゼントに買ってもらった。子どもの日やクリスマスには、いつも服だけの小さいセット、おたんじょう日には、服のほかにバッグやくつやアクセサリーがついた大きなセット。三年生になっていっしょにおもちゃのデパートに行ったとき、アタシはまっさきにウエディングドレスの大きいセットをえらんだ。ドレスはむねのところがサテンで、そではうすいレース、スカートはサテンの上におそろいのレースがついて大きくひろがっていた。きらきらかがやくくつとベールもついていて、みんな真っ白だった。オカンは、こいグレーのオーバーコートが入った大きいセットをしばらく見ていたけど——アタシのおたんじょう日は一月なので、冬物の服のセットがたくさんあった——ふうんと一度ため息をついて、アタシがずっと手からはなさなかったウエディングドレスのセットを買ってくれた。そのうちあのグレーのオーバーも着せてやろうとかつぶやいていたけど、ウエディングドレスが「チープだ」とは言わなかった。

アーちゃんはその年に小学校に入って、近所の男の子たちと戦争ごっこばかりするようになった。ケンの人形と、アメリカのミリタリールックの服を買ってあげれば、いっしょに人形で遊ぶかもしれないと、アタシは思った。ケンとバービーは結こんするけど、ケンは兵隊だから、すぐに戦争に行かなきゃならない。二人でかなしいお別れをして、きっと帰って来るからまた会おうって約束する。そういうお話なら、服はふだん着とウエディングドレスとミリタリールックだけでいい。オカンにそう話すと、そりゃあ考えつかなかったなって、むふふと笑った。

アタシたちは子ども部屋で、電気を消してねていた。アタシはまだねむってなくて、オトンの声がしたから、二だんベッドの上に起き上がった。耳をすますと、下からすうすうとアーちゃんのね息が聞こえて来た。どうしてかわからないけど、高いところのほうが、となりの部屋の音がよく聞こえる。アタシはベッドの上にひざで立って、天じょうの近くのかべに片ほうの耳をくっつけた。

まあ、そりゃあ……。オトンがしゃべっていた。そりゃまあ、へいわてきっていやあ、そりゃ……。オカンもなにか言っていたみたいだけど、声が低くて聞こえなかった。だけどさあ、じぶんからほしいってんじゃないんだろ……なにもさ、おやが……わざわざにんぎょ……

けっきょくアーちゃんはおたんじょう日に、ケン人形もミリタリールックも、機関じゅうや戦車のおもちゃも買ってもらわなかった。そのかわりに、リモコンで動く黄色いトラックをもらった。タイヤが黒くて大きくて、ボタンをおしてそうさすると、後ろの台がななめになって本物みたいだったけど、たくさん砂を乗せたらこわれてしまった。

人魚の人形は、うでをつけ根のところから回して動かせる。でもひじは曲がらないから、まっすぐ上に上げるか、前につき出すか、下にさげるかしかできない。どうは一番細いところ——おへそのちょっと上ぐらい——で、かくかくと二度おれた。曲がる角度はだいたい、三十度と九十度だ。

アタシは人形を、まどのところに持って行った。ばんざいさせたり、おじきさせたり、いろいろなかっこうをためしてみた。結局うではおろしたまま、どうを直角におって、まどわくにすわらせた。ツイストバービーみたいに、首とどうがひねれればいいのに。そうしたら、いかにも岩にこしかけている人魚らしくなるのにな。そう思って、前を向いてすわっている人魚をながめた。

リュックサックから、色えんぴつのセットとお絵かきちょうを出した。それを持って行って、ろうかのはじにすわって人魚の顔を見ながら書いた。金色のえんぴつはなかったから、かみの毛は黄色でぬって、だいだい色の線をつけた。そのうちにまどの外がさっきより暗くなって、雨がふり始めた。はじめはぽつぽつだったのが、急に強くなって、まどガラスに水てきがいくつもついた。近くではあっと息をふきかけると、内がわがそこだけくもりガラスみたいになった。

アタシは人形の体をまっすぐにして、海の中を泳いでいるみたいにしようと思った。クロールだと顔が見えないから、片うでだけ上にのばして横向きにした。そうやって、人魚が横泳ぎで波の間をくぐって行くところを、想像して書いた。

晩ごはんは、エビフライとマカロニサラダとコーンスープだった。エビフライはアーちゃんとアタシの大好物だったけど、二年以上食べていなかった。太くてカリカリにあがったのを二本、タルタルソースをたっぷりかけて食べた。お皿に乗っていたキャベツの千切りも、ソースをつけてぜんぜん残さずに食べた。デザートはあんにんどうふで、オカンが買って来るのより、やわらかくておいしかった。おばさんのほうが、ずっと料理がじょうずだと思う。

次の日に、オカンがやって来た。アタシは物ほし場に立って、下を見ていた。カーブの向こうから、黒いワンピースを着て歩いて来るのが見えた。かたからショルダーバッグをさげて、両手に紙ぶくろを持っている。オカンが気がつかないうちに、アタシは中に入った。一階で、がらがらととびらが開く音がした。「ごめんください」が聞こえて、しばらく待ったけど、よぶ声は聞こえて来ない。階だんの下から、ひとこと声をかけてくれたっていいのに。おばさんには無理だけど、オカンにとってならかんたんなことなのに。

こっちから行くのはくやしいから、もうちょっと二階にいたけど、声がかからないし、だれも上がって来なかったから、しかたなく階だんをおりて行った。

いすからオカンがふり返って、おおと、手を上げる。お台所でむぎ茶を出してもらって、たばこをすっていた。つくえの上に、大きなガラスのはい皿が出ている。おばさんはよかったねと言うように、アタシに向かってにっこりして、オカンのとなりの席を指さした。それからすぐ冷ぞうこに行って、むぎ茶を出してコップに入れて、アタシの前に置いた。あ、そうそうと、たなのほうにもどって、かめみたいなさとうつぼを持ってきて、横に置いてくれた。

たばこを消してむぎ茶を飲んでから、オカンはアタシに「どうだい」と聞いた。どうだいって、なにさ。アタシは思って、だまっていた。なにを言おうかなと考えて、おばさんの前にあったメモちょうをかりた。

「ごはんがとてもおいしいです」そう書いて、二人が読めるように置いた。

ああ、そりゃよかった。オカンが手をたたいた。おばさんは、はずかしそうにちょっとかたをすくめたけど、うれしそうだった。

「これ、デザートに食べてね」オカンがとなりに置いていた紙ぶくろを、つくえの上に乗せた。中に、紙のはこが入っている。見たことのあるふくろとはこは、くだものゼリーのお店のだった。おいしいけど高いからって、おたんじょう日とか大事なおみやげとか、特別なときしか買わないやつだ。おばさんは、ありがとうございますとおじぎをして、いっしょに食べましょうと、はこのふたを開けかけたけど、オカンが首をふって、ジェスチャーをしながら言う。

「私はあまい物にがてだから、あとで二人で食べて」

あとでふたりでって、それじゃあ、おとまりもしないし、晩ごはんもいっしょに食べないんだろうか。じゃあ一体、なにしに来たんだろう。そう思っていると、オカンがもうひとつの紙ぶくろをさした。

「ほら、着がえ」

アタシはそれをちらっと見て、つくえに向き直って、むぎ茶にさとうをいっぱい入れてスプーンでいきおいよくかきまぜた。おばさんがこっちを見ている気がしたけど、顔を上げないで、ずっとかき回していた。

【よろしかったら、お夕飯をいっしょにいかがですか】

おばさんが書いたメモちょうを、そろそろとオカンのほうにおした。

「ありがとう。でも、今晩はまだ仕事があるから」

おばさんはちょっと考えていてから、またメモちょうを取って書いた。

【そう言えば、ファッションショーはいかがでしたか】

それを見て、オカンがえがおになる。えんぴつを持って、次のページにすらすら書いた。

「大成功！　モデルがステージでこけた！」

おばさんがくすっと笑ったので、アタシも少し笑った。でも一番大笑いしたのは、オカンだった。

「じゃあ、私はそろそろ」笑い終わって、あっさり立ち上がる。

アタシは小さい声で、ボールペンをなくしたと言った。

「えっ、なくしたって」

いつどこでどうして、と聞かれる前に、さんぽのと中で落としてしまったんだと思うと言って、くちびるをかんで見せた。「あれがないと、こまるの。ノートとおそろいだから」

「ふうん」オカンはため息みたいのをついて、つくえにかがんでメモを書いた。

「この近くに、文房具屋はありますか」

おばさんはすぐにページをめくって、答えを書いた。

【バス停の前のスーパーの中に、売り場があります】

「じゃあ、ちょっと連れてきます」オカンはアタシのほうにあごをしゃくって、おばさんに言った。それからこっちを向いて聞いた。

「だいじょうぶだよね、ひとりで帰れるでしょ、ここまで」

「うん」

外に出て、オカンと並んでじゃり道を歩いた。オカンは歩きながら、またたばこをすっている。ぷわっと、上に向かってけむりをはいた。それから、ショルダーバッグからけいたい用のはい皿を取り出して開けた。去年のクリスマスにアタシがプレゼントしたまるい形ので、黒のケースに銀色のふたがついている。ああ、使ってるんだ、外ですうときのマナーを、ちゃんと守ってる。アタシは安心して、ちょっとだけうれしくなったけど、でもまだおこっていた。おこる理由はたくさんあった。
一、あれから一度も海に連れて行ってくれない。
二、今年の夏休みは、かってに山に決めた。しかもアタシひとりだ。
三、こんなに遠いとこまで、よく知らない変なおばさんに送らせた。（おばさんはバスの中で、ねむってばかりいた。）
四、三日もほっといた。
五、来ても、いっしょにおとまりしないし、食事しないし、おやつも食べない。
六、一時間もいないで、次のバスで帰ってく。
七、今とまってるところのおばさんは、やさしくて親切だけど、どういう人なのか、どういうところなのか、ぜんぜん説明してくれてない。
アタシは、目についたちょうどよさそうな石を、運動ぐつで思いっきりけって聞いた。

「ねえ、あの人だれ」

石はななめに飛んで行って、草むらの中に転がって見えなくなった。

オカンは自分もけろうとして引いた足を止めて、へっとアタシを見た。

「あの人、あのしゃべれないオバサン」

「ああ、話してなかったっけ。あれはイトコさん」

「えっ、お母さんのいとこなの？」

アタシが聞くと、オカンはちがうちがうと笑って手をふった。

「イトコっていうのは、名前だよ。おばあちゃんの一番下の妹。だから、私にとってはおばさん、アヤにとっては大おばさん。でも、私のお母さんとはずっと年がはなれてて、私とあんまりちがわない。たしか三つか四つ、上だったと思う」

「ふうん。イトコのイトって、あの糸？　はりと糸のイト？」

オカンはうーんとうなって、ちょっと首をかしげた。

「そう、役所の届は、ふつうの糸になってるらしい。ふだんは、糸を二つ横に並べたほうの字を、使ってるようだけど」

糸を二つ、横に並べた。そんな字があるなんて、知らなかった。

「だけど、人名じてんにのってないから、届け出できなくて、正式にはふつうの糸って書かなきゃならないんだって、聞いたなあ」

「ふうん、そうなの」

オカンはあんまり家族や親せきのことを話してくれないけど、あたしらの家の女の人は、みんな名前に糸へんがつくんだって、説明してくれたことがある。そういう決まりになってるんだって。だから、おばあちゃん——アタシが小さいときに死んじゃったけど——は総子(ふさこ)、オカンは緑(みどり)でアタシは綾(あや)だ。糸がひとつだけだと、へんだかつくりだかわかんないから、それでふたつにして「絲子」なんだ、きっと。

「あの人、しゃべれないの？」

「うん」オカンは、前を向いたままだ。

「耳も聞こえないの？」

「ああ」

「生まれつき？」

「ああ、そうらしい」

「ふうん。でも、目は見えるんだ」先月図書館で読んだヘレンケラーのお話を考えてそう言うと、オカンはほんの少し顔をしかめた。その顔を見て、ああ、こういうのを「まゆをひそめる」って言うんだと思ったとたん、イトコさんを見て思って、思い出せなかったことばを、急にちゃんと思い出した。かなしいとか、さびしいとか、弱々しいとか、そんな感じがするけど、それだけじゃない。あれは、「はかなげ」だ。

　イトコさんは何をしているのかアタシが聞いたら、オカンはマカナイって答えた。

「ま・か・な・い？」

「そう。あの建物は、合宿とかそういうのに使うんだ。それでね、生徒がたくさん来るだろう」

　そういうときに、食事を作ったりおべんとうをちょうたつしたりする仕事をするんだそうだ。そうか、だから、あんなに料理がじょうずなんだろうと、アタシは思った。

「でも、今はだれもとまってないよ」

「うん。ここんところ、予定が入ってないんだって。紀子（のりこ）おばさんが生きてたときほど、ひんぱんじゃないのかもしれないな」

　スーパーの中は思ってたより広くて、文ぼう具もたくさんあった。学校用のちょう面やえんぴつだけじゃなくて、絵やかざりのついたペンやノートも置いてある。せっかくユニコーンのボールペンの代わりを買ってもらうんだから、なにか特別なのにしよう。アタシはかざりつきボールペンのケースをよく見て、三本えらんで手に持って、そのうちの一本をえらんで、オカンに見せた。これがいい。

　おすところと下からしんが出てくるところが青色、じくの上のほうはこん色で、火星人みたいなうちゅう人が立っている。中にとう明の液体が入っていて、横にたおしてからたてにすると、円ばんの形のユーフォーが夜空に上がって行くしかけになっている。

　オカンは目をぱちくりして、ほんとにこれでいいのかって聞いた。

「どうして？　お母さんだったら、ほかのにするの？」

　いんやと、オカンは首をふった。「たぶん、私もこれにすると思う」

　じゃあ、いいじゃない、なによ。そう思った。オカンは、アタシがほかの二本をもどしたケースのほうをちらちら見ていた。

「いやあ、アヤは、もっとこう女の子らしいのが、いいのかと思ってさ。赤とかピンクでかわいらしいのが」

「そうでもないよ」アタシはなんとなくうつむいた。「それに、このペン、おもしろいもん」

オカンはペンを持ってゆらした。ユーフォーが飛ぶのを見て、うん、たしかにおもしろいとうなずいて、レジに持って行った。

「お母さん」

オカンは、バスのステップに片足を乗せていた。それをおろして、ふり返った。ちょうどその方角にお日様があったので、まぶしそうに手をひたいのところに上げた。

「来週、ちゃんとむかえに来る？」

オカンは、ちょっときょとんとした。それから、アッタリメーヨと笑って言った。時代げきの町のおじさんみたいだった。「かならずちゃんと、むかえに来るよ」

じゃあな。オカンが乗ると、バスはすぐに発車した。広場をぐるっと回って、坂道のほうに走って行った。一番後ろのまどのところで、オカンが手をふっていた。

ユーフォーのボールペンは、真ん中へんに赤いテープがまきついて、はじが小さなぎざぎざになっている。ふくろもなんにもいらないってオカンが言ったら、レジの人がお店のテープをはった。なくさないようにしっかりにぎって、スーパーの前を通りこした。

オカンは、いつもとってもいそがしそうだ。昔からそうだったけど、学校の授業さんかんにはちゃんと来た。いつも白か黒のまっすぐのワンピースを着ていた。アヤちゃんのお母さん、ちょっと変わってるね。あとからクラスの子に言われた。ファッションデザイナーなんだって、かっこいいね。そう言った子もいたけど、なんかちょっとツメタそうって言うほうが多かった。ツメタそうなんじゃなくて、ときどきほんとに冷たいんだってアタシは思ったけど、言わなかった。

もっと小さいとき、アタシとアーちゃんは、オカンの子どもじゃないんだと思っていた。ようち園や小学校のほかの子たちのお母さんみたいに、お母さんらしくなかったからだ。きっと本物の、とってもやさしいお母さんがいて、いつかアタシたちをむかえに来てくれるんだ。よく空想をして、うっとりした。

アタシは早生まれで、なかなかせがのびなくって、小学校の高学年になるまで、いつもクラスで前から一番か二番目だった。四年生になっても、うちで顔をあらったり歯をみがいたりするときは、子ども用の台に乗っていた。そうしないと顔が目の下で切れてしまって、口が鏡にうつらない――そのころアーちゃんは、その台に乗っても、頭がふちにとどかないくらいずっと小さかった――

オカンが、せん面所に入って来た。鏡の中を後ろから近づいて来て、アタシの前に両手を回して、歯ブラシに歯みがきをつけた。あしたはとても早いから、私も今夜は早くねるんだ。そんなことをもぐもぐ言って、歯をみがき出した。鏡を見ると、アタシの頭のてっぺんが、オカンのパジャマのえりくらいの高さだった。オカンは最初左がわの歯を左手でみがいていたけど、みがくのが速くて、すぐにアタシを追いこして、右手に歯ブラシを持ちかえて、右がわをみがき出した――生まれつき左ききだったのに、おばあちゃんにきびしく直されて、どっちの手も同じくらいじょうずに使えるようになったんだ――

アタシが右ひじを曲げてるのと同じ形に、オカンの右うでが曲がっていた。かたがはってるから、まるみのあるデザインより、ストレートなほうがに合うんだって、いつも言ってたとおりに、右かたがちょっと上がってて、アタシのかたも同じ角度になっていた。それに、右はしから歯ブラシがつき出して、ちょっと曲がった口の形が、そっくりだった。くちびるがうすくて、ちょっぴり冷たそうに見える口。

ああ、そうなんだ。にてるって言われたことがあるけど、ほんとににてるんだ。この人は、ほんとにアタシのお母さんなんだ。アーちゃんは男の子だから、かたのところも口の形もちょっとちがうけど、でも絶対にアタシの弟だ。だから、アタシたちはほんとにこのお母さんの子どもなんだ。

オカンは鏡の中で、どうしたって聞くみたいな顔をした。それからコップに水をくんで、わたしてくれた。アタシが口をゆすぐまで、口をあわだらけにして待っていた。じゃあ、おやすみ。アタシが台からおりると、鏡の中で手を上げた。

その日の晩から、「お母さん」は「オカン」になった。「オカン」とよぶと、「お母さん」よりなんだか楽しい。もちろんオカンの前でも家の外でも、ちゃんと「お母さん」とよんでいた。

「お母さん」が「オカン」になったときに、「お父さん」も「オトン」にした。オカンとオトン。オフトンみたいで言いやすい。頭の中でくり返していたら、つい「オトン」とよんでしまった。それを聞いても、オトンはなんだいとにっこりした。アタシはお父さんと言い直して、それからもずっときちんと、「お父さん」とよんだ。

道の真ん中に、茶色い水たまりが見える。アタシはじゃりをふみしめて、少しゆっくり近づいた。またぎこすとき、ボールペンを持っていないほうの手を、かげに向かってふってみた。

けさの朝ごはんは、またなまたまごとねぎとわかめととうふのおみおつけと、ごはんとのりとつけものだった。なまたまごごはんは、最初のときよりじょうずにまけるようになったから、ごはんがこぼれてのりだけになったりしなかった。イトコさんの食べかたを観察して、おしょうゆもかけすぎないようにした。

外は晴れていたけど、ふちにはあんまり行きたくない。二階はもう、たんけんをすませてしまったから、きょうはどうしよう。朝ごはんのあと、皿あらいをお手つだいしてから、アタシは「おうちの中、一階を見てもいいですか」って、メモに書いて聞いた。イトコさんは大きく目を開いて、それからうんうんうんと首をふってうなずいた。

こっちよと手まねきしたから、あとについてたたみの部屋に上がった。右っかわはふすまが開いていて、いつもおふろに行くのに通っているろうかが見える。左っかわはふすまが閉まっていて、イトコさんがそれを開けると、小さいたたみの部屋だった。

その先の左が、一だん低い板の間になっていた。角にまどが二つあって、とっても明るい。たたみの部屋にはなんにも置いてなかったけど、板の間にはたくさん家具があった。まどの下に白いテーブルといすとミシン。そのとなりに低いたんす。たんすの右に洋服だんす。左がわのかべのところに、ベッドと本やざっしが入っている白い本だな。ベッドの上にもテーブルの上にも、きれいな布がかけてあった。いろいろな色ともようの布を組み合わせてもようにした、キルトだった。

ここ、イトコさんの部屋なの。アタシが思わず、声に出したら、イトコさんは一回こっくりした。いっしょに部屋の中におりて、ミシンのほうへ行った。はりの下に、作りかけのキルトがはさまっている。いすの上にも同じもようのが乗っているから、きっとこれもクッションになるんだろう。イトコさんは、たなからぬいぐるみをいくつも取って来て見せてくれた。イヌとネコとウサギとリスとアライグマだった。やっぱりキルトで、お店で売ってるのみたいに、じょうずにできていた。

「すごいなあ。これ全部おばさ……イトコさんが作ったんだ」アタシが感心していると、イトコさんは笑ってメモを書いて見せた。

【アヤちゃんのお母さんは、きっともっと上手でしょ】

そうなのかな。オカンはぬいぐるみを作ったりしないし、キルトもやらない。かたのとんがった女の人の服ばかり、いつもさらさら書いている。

ベッドにこしかけて、おさいほうとあみ物の本を見せてもらった。イトコさんの部屋は、とってもい心地よかった。角にあるんだから、二階のあの物置きみたいなところのちょうど真下だ。でも、こっちはまどが大きくて、ずっとずっと明るい。

しばらくそこにいてから、たたみの部屋にもどった。正面にまたふすまがあって、それを開けると、中はうす暗かった。六じょうぐらいのたたみの部屋で、とこの間があって、その横に仏だんがあった。とっても大きくて、古そうな仏だんだった。前に立つとおせんこうのにおいがして、中においはいがいくつも見えた。手前のほうは、真っ黒の上の金色の文字がきらきらしていた。おくのほうにあるのはくすんでいて、一番おくのが一番古いみたいだった。

イトコさんは、両はしに立っている小さいろうそくにマッチで火をつけた。そしておせんこうを二本つけて、おせんこう立てのはいの中にさして、おりんを鳴らして、目をつぶって手を合わせて、おじぎをした。それが終わると、こちらをふり返った。アタシはイトコさんのまねをして、そっくり同じことをした。後ろのふすまを開けたら、そこは最初に入った一番大きい部屋で、おふろ場のほうに行くろうかが向こうに見えた。

お台所で、イトコさんがお茶をいれてくれた。むぎ茶でもなくて、ほうじ茶でもなくて、きれいな黄緑色の緑茶だった。少しぬるくてにがくて、その味がおいしいと思って、アタシはちょっとおとなになったような気分になった。

イトコさんは広告をうら返して見て、なんにも書いていない紙を一まいえらんだ。地図を書いてくれたときみたいにつくえの上でしわをのばしてから、えんぴつを持って、いいですかって、アタシを見た。

右の上のほうに、たてに【お紋さま】と書いた。漢字には、【もん】とふりがなをつけた、「おもんさま」。その下にまっすぐたてに線を引いて、【お絞さま】。ふりがなは【こう】だから、「おこうさま」だ。その下にまた線を引いて【絹代（きぬよ）】、そして下にまた線を引いて【総子（ふさこ）】、おばあちゃんの名前だ。その下がオカンの【緑（みどり）】、そして最後が、アタシの名前【綾（あや）】だった。イトコさんはえんぴつをななめにして、先で【綾】をさしてから、ひとつずつ上に上がって確かめるみたいにして、一番上の【お紋さま】のとなりでとんとんした。アタシには、ちゃんとわかった。「総子」がアタシのおばあちゃんで、オカンのお母さん。「絹代」はオカンのおばあさん、「お絞さま」はひいおばあさん、「お紋さま」はひいひいおばあさんだ。

イトコさんはまたえんぴつをしっかりにぎって、【お紋さま】の左に、いくつも名前を書いた。【お絞さま】の左にも、たくさん書いた。【絹代】の左には、七つ書いた。上のほうは、【総】とか【紗】とか【絹】とか【糸】とか、ほとんど一文字だったけど、二列目からときどき「代」や「江」や「枝」がついた。三列目はみんな、【純江】【総枝】【紗代】や【紀美】なんかの二文字の名前。アタシの名前の漢字と同じ【綾乃】もあった。オカンが言ったとおりほんとうに、みんなイトヘンがついている。そうじゃないのは、下がたいてい「郎」か「介」か

「彦」だから、男の人の名前だろう。

おばあちゃんの【総子】の列は、右から【紀子】【純子】【絲子】【正史】だ。おばあちゃんの名前も大おばさんたちの名前もアタシは読めたけど、イトコさんは右から全部ふりがなをつけた。のりこ、じゅんこ、いとこ、まさふみ。それで【正史】は「まさふみ」て読むんだってわかった。イトコさんはえんぴつを置いて【絲子】をさしてから、手をこぶしにして、小指のほうで二回エプロンのむねをたたいた。あんまりまじめな顔だったから、イトコさんのことだって、もちろんわかってたけど、アタシは大きくこっくりした。【緑】のとなりは【紅】。ベニおばさんだ。

【綾】の左っかわにアーちゃんの名前が来るんだなと思って待ったけど、イトコさんは何も書かないで一番上にもどった。そうしてなんか決心するみたいな感じで、【お紋さま】の上に、大きいバツを書いた。隣の【総】にも【紗】にも【絹】にも【糸】にも。次の列も右からじゅんに。三列目の【純江】まで、名前にバツじるしをつけていった。オカンのおばあちゃんとひいおばあちゃんとひいひいおばあちゃん、その妹や弟だから、みんなもう死んじゃった人たちなんだと思った。次の列になって、おばあちゃんの【総子】にも、大おばさんの【紀子】と【純子】にも、バツを書いた。オトンとアーちゃんははじめっから書いてなかったから、バツじるしはつかなかった。

イトコさんはアタシに紙を見せるようにしていたけど、またえんぴつをにぎって、【総子】

の列のはじっこ、【絲子】のとなりの【正史】の上に三角形を書いて、その中に【?】を書いた。その上の上の列のはしの【正邦】にも、同じようにした。

三角って、なんだろう、なんの意味だろう。生きてるのか死んじゃったのか。【?】がついてるから、生きてるのかどうか、わからないってことなのか。そんなことが、あるんだろうか。

アタシはじっとイトコさんの顔を見たけど、イトコさんはじっとアタシの顔を見て、ゆっくり横に首をふった。紙をたたんでたたみの部屋に上がってふすまを開けて、仏だんの戸だなを開けて中にしまってしまった。

【さあ、おイモでおやつにしましょうね】

イトコさんは、メモちょうにそう書いてにこにこした。


物置きの中は、いろんな物のにおいがする。台風のあとのおれた木の枝やぬれた葉っぱ、きちんとかわかさないままでまるめたおぞうきん。たんすに入れるぼう虫ざいと、かとりせんこうと、とう油のにおいもまじってる。

この間は入口からのぞいただけだったから、きょうはたんけんに入った。たくさん物があってせまかったし、もしかしたら、すぐ引き返したくなるかもしれなかったから、ドアは開けたままにしておいた。

ゆかに置いてあるはこをいくつかまたがないと、おくに進めない。はこの向こうがわにおりて、バランスを取ってふり向いたら、かべのところのたなが見えた。たなは下のほうにダンボールが入れてあったけど、真ん中から上は、全部本ばかり。すごく厚くて同じ表紙のが何さつもセットになった百科事てんがあった。「あ」から始まるのを出してみようとしたけど、ちょっと高いところにあって、図書館のこん虫図かんよりもっと重くて、引っぱり出せなかった。

事てんの下に、ちょうど顔の前にちょう面みたいのが重ねてあった。一番上のを手に取って見ると、表紙ははい色で、なんにも書いてなくて、はしっこのほうが茶色くなっている。古そうなノートだった。一ページ目は真っ白。二ページ目に、日にちがあった。「七月○○日、晴れ」ああ、これはきっと日記なんだと思って、ぱらぱらめくった。

七月□□日、晴れ。七月△△日、くもり。ほとんど毎日、日にちと天気、その日にしたことが書いてある。にわで遊んだり森に行ったり、宿題したり、スイカやかき氷を食べたり。日記はたいていとっても短かったけど、ときどき長く書いてある日もあった。三ページか四ページ続いているところを見つけたから、その日の最初から読んだ。

今日、イチコちゃんが遊びに来た。また、いつもの人形を抱いて来た。ぼうと玄関に突っ立って、アソボーって。この近所にいっしょに遊べるような女の子はいないので、仕方なく私はがまんしているけれど、イチコちゃんはとても太っていて、動作がのろくて、目がロンパリでどこを見ているのか分からないし、何を考えているかも分からない。って言うより、はっきり言って、何にも考えられないみたいに見える。

初めはちょっとかわいそうだと思って、いっしょに遊んであげた。そうしたら、「ちょうどいい、釣り合ってるじゃないか」って親せきの人が言ったのだ。私はびっくりしてあきれて、考えたらますます腹が立ってきた。どうして、そんなことを言われなければならないんだろう。私はイチコちゃんみたいな「知恵おくれ」じゃない。しゃべらなくても、頭の中ではいろいろな事がみんな大人と同じくらいよく分かっているのに。

くやしかったから、イチコちゃんに少し意地悪をした。おままごとの道具を、おわんひとつしか貸さなかったし、クレヨンを貸してと頼まれても、分からないふりをした。二人用にもらったおやつのビスケットを、外側のチョコレートを全部なめて、ふやけた台だけ食べさせた。けれどイチコちゃんはまるで気がつかないか、気がついてもアとかウとか言うだけで、ぜんぜん張り合いがなかった。なので、イチコちゃんの人形を隠すことにした。

それはプラスチックの人魚で、下半身にぐんじょう色のうろこがあって、魚のしっぽがついていた。上半身ははだかで、胸のところだけまるく青くぬってあった。イチコちゃんがあちこち連れ回して、いじくり回しているので、髪の毛はぼさぼさ、胴もところどころ塗料がはがれかけている。目ばっかりやたらと大きくて、口はにんまりとして、何だか人をバカにしているように見える。だから、ちっとも欲しかったわけではない。

人形は、バンザイをしたかっこうで地面に寝かされていた。イチコちゃんがお手洗いに行っているすきに、二階に持って行って押し入れの中に隠した。それからすぐ下に降りて、知らんぷりで遊びの続きをした。

帰る時間になって、イチコちゃんは人形がないのにやっと気がついた。ないないと言ってそこいら中をさがし回ったあげく、ないないと泣きながら帰って行った。

二階のまどから下を見ていたら、イチコちゃんのお母さんがやって来た。すぐに私のお母さんが出て来て、玄関前のじゃり道で立ち話を始めた。この部屋の中からは、何を言っているのか話は聞こえない。

イチコちゃんのお母さんも太っていて、やっぱり動作がのろかった。それに、イチコちゃんよりもずっと大きくて、横に広がっていた。周りを押しつぶすような動き方や、ほおの肉に埋まった小さな目でにらむみたいな目つきが不気味で、どこか怖かった。私はまどのこちら側に隠れるようにして、のぞいていた。そのうちイチコちゃんのお母さんは、のろのろと首を振った。サンダルをはいた足を、ずるっとじゃりに引きずって帰って行った。

私はしばらくまどのところに立っていた。外は日が暮れてしまったので、天井の電気をつけた。それでも部屋の中はうす暗くて、まどガラスに仕切の柱がぼうっと映っていた。

だれか、階段の上り口に立っている。何か重たい物を引きずるように、一段ずつゆっくりと上がって来る。私はとっさに床に腹ばいになって、近くに落ちていたクレヨンをにぎった。色も確かめないで、画用紙に思い切りこすりつけたら、紙の下で畳が抵抗して、クレヨンの線がかすれてぼこぼこになった。それを無理やり引っぱって伸ばすと、べたりとふちに乗り上げて止まった。

手元が暗い。見上げると、すぐ前にお母さんが立っている。お母さんのはずなのに、後ろから電灯の光が当たって真っ黒の影になって、顔が見えない。まわりにちぢれた髪の毛だけが、光に細く白っぽくすけて見えた。

お母さんは、何も言わないでずっとそこに立っていた。その顔を見るのが怖くて、一度はあやまろうかと思った。だけどあれは、あんなひどいことを言われたからなんだ、その仕返しなんだと思うと、またくやしくなって、私は腹ばいになったまま、画用紙にクレヨンで線を引き続けた。

真夜中一人でいる時に、こっそり押し入れの戸を開けてみた。かがんで中に入って、何度もすみまで床を手さぐりしてみたけれど、人形はどこにも見つからなかった。

アタシはちょう面から顔を上げた。ドアのわくにつかまって、体をななめにして外をのぞいた。まっすぐろうかが見えて、心ぞうがどきどきする。ちょう面を閉じて、たなにもどした。そっとはこをまたいで、物置きから出て、ドアを閉めた。

人形はさっき置いておいたとおりに、まどわくにすわっている。あれはやっぱり、これのことなんだろうか。だったら、あのままかくしておかなきゃいけなかったんじゃないのか。それとも、イトコさんに見せて、押し入れのふろしき包みの中から見つけたって、正直に言ったほうがよかったんだろうか。アタシは考えながら、人形のどうのところをにぎって、両うでを上に上げてバンザイをさせてみた。

晩ごはんは、小エビのかきあげとたまごどうふ、タコときゅうりのおすの物とみょうがのおつゆだった。食べる前からあげ物のいいにおいがして、とってもおいしかったけど、アタシはあんまり食べられなかった。急に、のどのところがせまくなったみたいな感じがした。食べながらつい、イトコさんの顔ばっかり見てしまった。

あの日記を書いたのは、ほんとにこの人なんだろうか。あんな意地悪なことをしそうには、ぜんぜん見えない。イトコさんじゃないのなら、純子おばさんか紀子おばさんか、それとも大おばさんたちのむすめ——大おばさんたちは結こんしていて、子どももいると思う——なんだろうか。もしかしたら、ここの人たちとは関係ない、ほかのうちの人が二階にとまっていたのかもしれない。でも、それだったら、日記を置いていったりはしないはずだから、やっぱりこのうちのだれか……。

アタシはかきあげを二切れ残して、ごちそうさまを言った。イトコさんが聞いてくる前に、メモちょうをかりて、「とてもおいしかったです。おなかがいっぱいになりました」と書いた。イトコさんはそうおとほほえんで、デザートにくだもののゼリーを出してくれた。

この口も、人魚の人形みたいににんまりしているな。アタシは湯船の中で、アヒルとにらめっこしながら思った。指で頭をおして、しずめてみる。手をはなしたら、アヒルはおじぎをするみたいに、ぷかぷかゆれた。その首を持って、おふろから出て、急いで体をふいた。すぐにパジャマを着て、速く歯をみがいて、イトコさんにおやすみなさいを言って、階だんをかけ上がった。

二階のろうかを、足音をたてないように静かに進む。物置きのドアをそっと開けて、またはこをまたいで本だなの前まで行った。日記の書いてあるちょう面が、昼間置いといたままたなに置いてある。一番はじめからちゃんと読めば、もっとなにかわかるかもしれない。だれが書いたのかわかるようなヒントが、どこかにあるかもしれない。アタシはかい中電とうとちょう面を持って、ねどこに入った。

日記を書いた女の子は――漢字をたくさん知ってるから、きっとアタシより年上だと思う――よく森を通ってふちまで行っていた。三日に一度くらい、「今日も鼎が淵に行った」って書いている。ふちに着いても、泳いだり水に入ったりとかしない。たいていあのさん橋の上で、じっとしていた。

トンボが飛んで来て、立てひざして座っている私のひざの上にとまった。こわがって逃げてしまわないように、私は息をつめて身動きもせずに、すき通った長い羽根をじっとながめていた。トンボはしばらくして飛びたって、水の上を何度も旋回していたけれど、そのうち戻って来て、また同じところにとまった。小さくて胴が針みたいに細い、イトトンボの仲間だった。

そんなふうに女の子は、いつもおとなしく待っているみたいだった。

七月○○日、晴れ。三時ごろに鼎が淵に着いた。さん橋の上に寝転んで、いろいろな形の雲がゆっくりと動いて行くのをながめた。後ろからマー君が近づいてくるところを想像しながら、寝転んでいた。

七月□□日、晴れ。今日は、午前中に鼎が淵に行ってみた。さくの手前に立って、五時までずっと待っていたけれど、マー君は来なかった。

七月△△日、くもり。こうやってここに来て待っていれば、いつかは来るんだろうか。おばさんはいつか必ず会えるって言ったけれど、あれからもう三週間ぐらい過ぎてしまった。

七月××日、晴れ、時々くもり。マー君は今日も来なかった。あしたは、お菓子を持って来てみようと思う。マー君が好きなサイコロ・キャラメルを持って来よう。

七月○×日、晴れ。今日も、マ……

ゴトン、とかい中電とうがおふとんにころがって、アタシは目をさました。日記を読んでるうちに、ねむちゃったんだ。かい中電とうをしっかりにぎって、ページをめくった。日にちが八月になった。

八月〇日、くもり。マー君が来た。

うすいオレンジ色の中に、こいオレンジ色。つやつやと何本もまるまっている。トーストを半分、ママレードをぬって食べたばっかりだった。もう半分はイチゴジャムをぬって食べるつもりだったのに、またオレンジママレードをぬってしまった。なんだか、頭の中がぼんやりしている。きのうの晩、ずっとおそくまで起きていたせいだ。かい中電とうを消したとき、外はまだ暗かったけど、目をつぶったら、チチと小さく鳥の声が聞こえたから、きっともうすぐ夜明けだったんだろう。

朝ごはんのあと、お台所でイトコさんのお手つだいをした。イトコさんはつくえの上に新聞紙をしいて、その上に緑色の物をたくさん乗せた。曲がったボートみたいなさやを開けると、草のくきのにおいがして、中にソラマメが入っていた。内がわの白いところが綿みたいにやわらかくて、おふとんの中に並んでねているみたいだった。豆を取ったあとを指でおしたらふわふわで、すてるのがもったいないような気がした。

お昼ごはんにおそうめんを食べて、二階に上がって、算数の宿題を始めた。と中でちょっと休けいしようと思って、たたみにねころんだら、天じょうの板のもようがぐわんとなって、ねむってしまった。

晩ごはんのはじめに、ゆでたうす緑色のソラマメが、お皿に山もりに出て来た。お塩がふりかけてあって、ななめに切れ目が入って、かわがつるんとむけて、いくつでも食べられる。アタシがおいしいと言うと、イトコさんはメモちょうに【あんまり食べると、おなかいっぱいになっちゃいますよ】と書いてにっこりした。【これから、ギョーザを焼きますからね】

ギョーザは上の白い皮がぷりぷりで、下のよく焼けたところがかりかりして、とてもおいしかった。ごはんは、とり肉とたまごとタマネギとにんじんとグリーンピースとコーンが入ったチャーハンだった。デザートにキャラメルシロップがかかったプリンを食べながら、イトコさんとテレビで時代げきを見た。セリフは全部字まくで読めてわかったから、テレビの音は小さくしていて、外で虫が鳴いているのが聞こえた。

アタシはつぶっていた目を開けた。昼間とってもねむたかったから、おふろのあとですぐねむれると思ったのに、ちっともねむれない。まくらもとのかい中電とうをつけて、ふとんの上に起き上がった。かい中電とうを持って、ろうかに出た。電とうを上のほうに向けたら、つきあたりのドアに光のわっかが三重になってうつって、まるいとってが光っていた。一歩ずつ近づきながら、ときどきテレビでやっている「おばけやしき」のたんけんみたいだと思った。ドアを開けるときはちょっとどきどきしたけど、おばけなんか出て来なかった。アタシは中に入って、たなの前に立って、ちょう面をもどした場所をてらした。
日記が書いてあるちょう面の下にも、その下にも、ちょう面があった。二さつ目と三さつ目を見たけど、表紙にはなんにも書いてなくて、中も真っ白で、ぜんぜん使っていないみたいだった。一番下のは、もっと古そうだった。引き出して見ると、上と下が逆になっている。ページには、たての線が入っている。ああ、たて書きだから、はじめと終わりがさかさまなんだ。そう思ってめくったら、次のページにぎっしり文字が書いてあった。

八月×日

天気は書いてないけど、やっぱり日記かもしれない。でも、書きかたがすごくちがってて、あの女の子の字には、ぜんぜんにていない。漢字をたくさん使っていて、ときどき知らない漢字がある。ひらがながたてにつながってるのが、とっても読みにくいし、なんだか文がむずかしかった。
アタシはちょう面をねどこに持って行った。まくらの上に置いて、かい中電とうでてらして、一文字ずつ指でなぞって読んでみた。

前方に何か明るきもの、きらきらしく降りて、思わず足を急がせ行き着きしところは、木々に囲い込まれた一尋の地。乾いた土に、石ころに、散り落ちた葉の上に木漏れ日が射して、光り踊っておりました。その只中に立ち、見上げた遙か先の梢の葉むらが、さわさわと風に鳴り、まぶしく降り注ぐ光の円は、掌に溢れこぼれて、腕をかすめ、もんぺの藍の地を滑り下りてはまた戻りを繰り返し、揺れ動いて飽くことなし。

下生えのまばらな黒土の路を踏みしめて進みますれば、ほおと鳴く声が、高く密な枝を伝うかに響き渡り、その奥は昼なお薄暗い茂りの中。夏の間日々通い詰めた道筋を辿りますうち、やがて枝葉の織りなす筒の底に、遠く野原が開けてまいります。森を出でて下って行きますその先に、照り返す水面は鏡のごとく。鼎ヶ淵は穏やかに水満ちて、午後の陽の下に静まり返っておりました。

まるで一斉に時が止まってしまったかのようなあの日から、今日初めて、森が木々がこの山一帯が、ひたすらすこやかに、おおらかに、たおやかに、なお生きてここにあることを知らしめるかのごとく、目に映ります。

水際に人影がひとつ。近づいてまいりますと、カーキ色の上着の背が細々と、柵の杭に寄り添うようにして立っておりました。骨張った形を包み込む布地の肩のあたりは、いつぞや目にしたような気がいたしますけれど、いささか小高くなった草地から見下ろしましても、なお上背がありそうに見えますその後ろ姿。よもや、マサではございませんでしょう。それとももしや、いつの間にやらこちらを遙かにしのぐ身の丈に育ち上がるなど、そのようなことが起こりますものでしょうか。

あれこれ問いつ思いつ草地を下り、その真後ろに歩を止めますと、上着とお揃いのカーキ色の帽子を被った頭が、ゆるりと振り返りました。目深に下りたひさしの陰に、消え入りそうにはかない微笑が浮かんでいるのでございます。どこかまぶしげに細めております黒目勝ちの目。はにかんだように薄く開かれた口元。そこから覗く八重歯の先の尖り。ことごとく見紛いようもなく、弟のものでございました。

マサが戻って来る、生きて帰って来る。ひたすら念じ思い詰めた願いがかように突然叶えられまして、私はただ茫然と言葉もなく、目覚めて見る夢の最中に立ち尽くしておりました。弟は相変わらず、淡い笑みを顔に刻んだまま何も申しません。その背に、肩に、腕に、ひと時でも触れたい思いはつのれど、そういたしましたら、たちまち壊れてしまう、否、消え去ってしまうのではとはばかられ、柵の横木に両手を揃え、隣り合って立つばかりでございました。

しばらくいたしまして、脇の弟の方を覗き込むようにしますと、柵に乗せた肘の向こうに、小振りの箱枕のような形の物が垣間見えました。どうやら松葉杖の脇あてのようで、二つ重なって、横木に寄りかかっております。もしやと目をやりましたら、膝下にゲートルを巻いたすねの下、なめし革の編み上げ靴が片方、砂利の地面を踏みしめて立っているのでございます。

もう片方の脚は、その陰に隠れて明らかならず。陸に上がった水鳥がよく見せます、あの片脚を上げた格好をしているのでございましょうか。それにしても靴の爪先なり踵なり、少しは覗いて見えるはず。松葉杖が要るのが確かなれば、一体、怪我はいかほどのものなのか、見えない方の脚はどこからどのような具合になっていますのか。この目ではっきりと確かめますのが空恐ろしいような、また酷なことにも思われ、見て見ぬままに視線を池の方へと向けたのでございます。

ときおり葦の葉先をそよがせ、水面にさざ波を立てて、風が吹き抜けてまいります。その後は、音も動きもない陽だまりに、微かな藻の臭いが立ち上(のぼ)るようで。そのうちに、ぽちゃと水が跳ねるのと同時に、隣ではっと声がもれ、いいえ、それは私自身が呑み込みました息の音やもしれません。

そうでございました。ずっとずっと昔、幼い時分から、湖、川、池など水のあるところはどこでも、その縁に寄って立ち、どちらが先に生き物を見つけるかを、競い合ったのでございます。眼が良いのは弟の方、辛抱強いのは私の方で、勝敗はほぼ五分と五分。鯉やフナやメダカ、泥鰌に鯰、カエルや亀にいたるまで。それらの姿を、ことによりましたらその幻を水の下にみとめましては、ほらいたよあそこにと、喜び勇んで指差したものでございました。

桟橋の脇の水面が僅かに泡立ち、たちまち静まってまいります。ああと見合わせた弟の顔は、微笑を濃くして、今は満面の笑顔に変わっておりました。憂いのかけらもなく、無邪気に喜び溢れた、子供の時のマサの顔でございます。

目の前に広がります鼎ヶ淵も、かつてと何ら変わるところなく、私たちは黙って並び立ち、陽の当たる水面をいつまでもずっと眺めておりました。

ここは戦かんの中だ。アタシは水兵で、セーラー服を着てモールス信号を送っている。まちがっちゃいけない、きちんと正しくうたなきゃって、とてもきんちょうしていた。

トン・ツー・トントン

トン・トン・トントントン

目をさましたら、真っ暗だった。まくらもとを手さぐりして、かい中電とうを見つけて、つけた。ぼんやりしただ円形のわっかの中に、たたみの目がうき上がって見える。まだ音がしていた。ツートンっていうより、ガタトンって、木をたたいてるような音だ。耳をすますと、二階のすみから、ろうかのおくの物置きのほうから、聞こえて来るみたいだった。

ねどこを出て、ろうかのはしまで行って、かい中電とうでてらしてみた。先のほうに、物置きのドアがぼうっと白っぽく見えて、この間とおんなじ「おばけやしきのたんけん」みたいだった。でも、あの音は動物が立てているんじゃないか、ネズミとかリスとかそんな小さな動物が――山にはたくさん野生動物がいるって、オカンが言ってた――そう思ったから、最初のときよりこわくなかった。

ドアを開けて、かい中電とうを中に向けたけど、いろんな物のかげがあって暗くて、よく見えなかった。はだか電球をつけてみようかって思ったとき、がたがたいう音が下から聞こえた。

物置きじゃなくて、一階だ。アタシは急いでろうかを引き返して、階だんをとんとん走っておりた。

ふすまを二回開けると、左のおくのほうが明るかった。イトコさんの部屋に明かりがついていて、音もそこから聞こえて来る。どうしたんだろう。入口から顔だけ入れてのぞくと、真っ赤な顔が見えた。イトコさんがベッドの中でタオルケットにくるまって、足の先でトントンとボードをけっていた。

どうしたの。おでこにさわったら、ものすごい熱だった。イトコさんは苦しそうにあふあふとあごを動かして、サイドテーブルとアタシのほうを、かわりばんこに見た。ああ、メモを書きたいんだ。テーブルからメモちょうを取って、イトコさんが書けるようにささえて持った。イトコさんは片手で紙をおさえて、もう片方の手でえんぴつをにぎって書いた。がたがたふるえていたから、字もがくがくして、ふりがななんかは紙からはみ出しそうになったけど、それでもちゃんと読めた。

【食堂のたなの一番上に、救急箱（きゅうきゅうばこ）がありますから、持って来てください】

うん。アタシがかけ出そうとすると、ちょっと待ってとページをめくって、また書いた。

【うんと高いところにあるから、お風呂場のとなりにあるきゃたつを使ってください。お水もいっしょにお願いします】

そのお薬は、ピンクと赤の間ぐらいの色の、うすい紙の包みに入っていた。まちがっておって、右と左が対しょうにならなくなったおり紙みたいな形をしている。きゅうきゅうばこの中をさがしても、オブラートは見つからなかったから、こぼさないように気をつけて開いて、ふたつにおって、粉を真ん中に集めて、口のところに持っていった。

お薬を飲み終わると、イトコさんは頭をまくらにおろして、安心したみたいにほおっとため息をついた。アタシの顔を見て、ありがとう、ありがとうって、何度もうなずいた。

だいじょうぶかな。ネツサマシを飲んだら、よくなるのかな。アタシがかぜとかで熱を出したとき、オカンはなにをしてくれたんだっけ。思いついておふろ場に行って、せん面きに水をくんで、お台所の冷ぞうこから氷を出して入れた。タオルをひたしてしぼって、イトコさんのおでこに乗せた。イトコさんの目は、タオルのはじにかくれて見えなかったけど、ああいい気持ちって言うみたいに、口がほほえんだ。

アタシは、ベッドのわきにいすを持って来てすわった。イトコさんのようすを見て、ときどきぬるくなったタオルをまたせん面きに入れてしぼって、イトコさんのひたいにかけた。イトコさんはたいていにっこりかこっくりしたけど、目は開けなかった。

手が重い。重たくって、右手も左手もぜんぜん動かせない。どうしたんだろう、どうしようって、あせって目がさめた。アタシはベッドのはしっこに、うでを組んで頭を乗せてねていた。おしりは、いすにかけたまま。まくらになった手首の先が、じんじんしびれてる。はっと顔を上げると、すうすうとね息が聞こえた。イトコさんの顔はいつもの色になって、もうぜんぜん苦しそうじゃない。ねんのためにそっとおでこにさわってみたけど、熱くない。熱は下がったみたいだった。ベッドのヘッドボードにタオルがかけてあって、半分くらいかわいていた。

たたみの部屋を通って、げん関に行く。イトコさんの茶色いサンダルのとなりに、アタシの運動ぐつがそろえてある。かがんでくつをはいた。くつひもを両手で引っぱって、両足ともしっかりむすんだ。げん関のとびらを、ガラガラと横に開けて外に出た。木と木の間から朝日がさしていたけど、空の下のほうにひとつだけ、光っている星が見えた。「明けの明星」って、理科で習った。確か金星のことだったと思う。アタシはじゃり道の上に立って鳥の声を聞きながら、ちょっとずつ明るくなっていく空を見上げた。

緑の草地の先に、水面が見える。「かなえがふち」だ。この前来たときも晴れていて、日が当たっていた。木のかげがうつっているところは深緑で、真ん中のほうははい色っぽい水色だった。きょうの水面は、銀色になっている。色が変わっているのは、朝とても早くて太陽の位置がちがうからだ、きっと。

草の地面は、ふちのほうへゆるゆる低くなっていく。そこを歩き始めたら、アーちゃんが見えた。どこから来たんだろう。ふつうに歩いたり走ったりじゃなくて、片足でケンケンしている。草の上をうまく飛びこして、どんどんさん橋のほうへ近づいて行く。池に向かってしゃ面がきつくなるから、だいじょうぶかなって少し心配したけど、すべったりころんだりしないで、じょうずにはねていた。

　やっぱり、あのとき事故で、足にけがをしてしまったんだな、でもこんなにじょうずに飛べるんなら、かけっこだってクラスのほかの子たちに負けないかもしれない。アタシはそう思ってかけ出して、アーちゃんがちょうどさくに着くところで追いついた。

　アーちゃんはさくのたての木を両手でにぎってふり返って、うふって笑った。アタシがさん橋に乗ると、横をケンケンしてついて来た。板の上をはねたのに、あんまり足音がしなかった。アタシたちはさん橋の一番先に立って、ふちをながめた。あのくさなーに。アーちゃんが左をさして聞いたから、アシだよって、教えた。

　あっち。今度は指の先を、まっすぐ前に向けた。向こう岸をさしているんだろう。遠くのほうに岩があるけど、上にたくさん木がはえていて葉っぱがいっぱいで、おくがよく見えない。

　いきたーい。アーちゃんはうでをぶらぶらさせて、かたを右に左にゆすっている。こういうのは、何度も見たことがある。おねだりしたり、だだをこねたりするときにするかっこうだ。アーちゃんが、なんだか前より小さくなってるみたいで、変な感じがした。

　アタシだって、ふたりで手をつないで二人三きゃくで、たんけんに行きたい。でも、池のまわりには道がないし、ふちのところまで草ぼうぼうのところがあって、とても通れない。水から出ている石も、ぬれてとがっていて、あんなに間があいていたら、つたって行けないだろう。

やっぱり無理だと思う。

でも行ってみたいね。

うん。アーちゃんがこっくりする。いこいこ。

さん橋のすぐ下は、波がなくてとても静かだった。鏡みたいで、足を乗せてもしずまなくて、向こう側まで歩いて渡れそうな気がするくらい、平らに見えた。

なにかが、指の先にさわってる。あったかくってやわらかい。小さい手がのびて来て、その指がアタシの手の指を三本にぎる。

いこいこ

うん

かがみこんでとなりの顔をのぞきこんだら、真っ黒い黒目の真ん中に、まるく小さく、銀色のかなえがふちが見えた。

陽だまりの果て

廊下を、人気（ひとけ）のない廊下を、ずっと奥のほうへと辿っていったところに、陽だまりがある。いつもそこのところに立ってじっと見ているのではないが、ほんとうはそこにそうして立って、じっと見ていたいのだが、ずっと奥の行き止まりまで行けば、いつもそこにある。

廊下の、少し薄暗い廊下の奥の行き止まりのところに扉があって、やけに頑丈そうなその扉の上半分に、分厚くて丈夫そうな硝子が嵌まっている。その分厚くて丈夫そうな硝子板から陽が入って、廊下のつるりとした床の上に陽だまりが落ちている。

頑丈そうな硝子窓は真四角なのに、つるりとした床の上の陽だまりは斜めになって、菱形に近い四角形の角を尖らして、こちらの足下のほうまで伸ばして落ちている。

外が晴れているときは、尖ったその菱形の中に葉っぱの影がくっきりとして、ときどき揺れたり揺れてなくなったり、また戻ってきたりして、外を風が吹いているのが、それがどんな具合に吹いているのか、その吹き加減が、扉のこちら側にいてもちゃんとはっきりと見て取れる。

廊下のはずれの陽だまりを見下ろして、じっとずっと立っていると、後ろからだれかがすうっと近づいてきて、近づいてくる足音は聞こえないから、いつの間にかすぐ後ろに立っていて、ゆっくりと耳元で名前を呼ばれる。ナ・カ・ヤ・マ・さーん、どうしたんですかー。

振り返ったりはしないで、そのまま影を見下ろして、そのままそこに立っている。黙って葉っぱの影を指差して見せることも、どうもしませんよー、と正直に答えることも、一度はやってみたような気がするが、すぐ後ろに立った人が、それですんなりと分かってくれたことはなかったような気がするので、もうあまりやってみない。

さあ、お部屋に帰りましょーねーと言って、肘のすぐ上のところに伸ばされてくる指は、とても若い人のもののようで、温かくしっかりとやんわりと摑んでくる。もう片方の手が、なおさら温かくしっかりと肩にかかって、やんわりと向きを変えさせる。

なんだかとても名残惜しい心持ちになって、振り返り振り返り振り返りして、腕を引かれてゆっくりと廊下を戻りながら、何度も振り返って、その陽だまりを振り向いて見る。

ゆるゆると長く延びた坂のふもとの、ちょっと曲がった幹から、さらにもっと曲がりくねった枝が何本も生えている木の根方に、ベンチがあった。ベンチは、明るい色のペンキがほんの数箇所残っているだけで、渡された木の板が雨風に晒され、日照りに干されて乾いて、ボルトの打ち込まれたところからひび割れていて、そうとうに古そうに見える。指を出して、木材の割れ目に触れてみたけれど、断面が手先に丸くなじんで、ささくれ立った感じがしない。

背もたれの上に片手を突いて、体の向きを変えて、ゆっくりと慎重に腰かける。ベンチの板はとても堅そうに見えて、座ってみるとそうでもなくて、座っているうちに座っているところが、少しずつ温かくなっていくようだ。

肩からビニール紐で提げていた魔法瓶の、紐を両手で持って広げてその下から頭を抜いて、手に持った紐を、畳まれていた折り目の通りに畳んで置いた。赤地に格子柄の模様の入った魔法瓶の、格子柄模様が薄くなって擦り傷のついている胴を持って、赤いプラスチックの上蓋を外して逆さにすれば、ちゃんと取っ手の付いたカップになって、きつく締めてあった中蓋をゆるめて、まだとても熱いお茶を気をつけて中に注いだ。

使い込まれた魔法瓶は、ぎりぎりまでお茶を入れるととても重たくなるけれども、お茶はいつまでも冷めないで、魔法瓶もいつまでも壊れない。台所でこの魔法瓶の隣に仕舞われていた保温弁当箱のセットは、今では使い手が、中味をこしらえてくれる作り手がいなくなって、台所の同じ場所に、今でもそのまま仕舞われたまま使われていない。コンビニエンスストアのビニール袋の口を開けるとサワサワと、中のおにぎりのビニール包装を解くとカサカサと、厚さと組成が違うらしいビニールが、音を立てて開く。

おにぎりを包んでいる透明のビニールは、不思議な仕組みで二重になっていて、やり方を間違えないでちゃんと上手にやれれば、なぜか不思議議と、直に手を触れないでちゃんと海苔が巻ける仕組みになっているらしい。上手に海苔が巻きついたおにぎりは紀州梅で、上手に海苔が巻きつかないで、途中で千切れた角がビニールの中に残ってしまったおにぎりはおかかで、そのふたつをゆっくりと食べて、魔法瓶のお茶を二杯、カップの縁からふうふうと息を吹きかけて冷まして飲んだら、眠たくなった。

頭の上のほうから、なにかゆるやかに散りかかってくるものがあって、思わず目を上げると、視界の中を焦点が合う間もなく落ちていったものがあり、足下に視線を向ければ、茶色の地面に薄く小さく白いものがいくつも落ちていて、それはどうやら花びらだった。陽だまりの中をすと風が吹き通り、見上げた頭上に差し渡された枝先から、さっきより多くの花びらが散って降りかかってきて、ああ、今年もまたこの季節がちゃんと廻ってきたのだ、と思う。「桜(さくら)東風(ごち)」ということばがあったのを思い出し、その時節の陽射しの強さを思い出し、日向のにおいと暖かさを思い出して暖かくなった。

隣に人が座っている。

「きょうは、なんと良いお日和ですこと」と、新劇の芝居めいた言い回しで、その声音が遥か昔から近しいものであったかに感じられる。なんとはなしにうつむいて、自分の片手が置かれたところに目を落とすと、ベンチの横木のペンキの色が目に鮮やかで、水槽の底で眠っていた生き物が急に目覚めて身を揺すり、水面へと泳ぎ上(のぼ)ってくるような具合に、その水色を思い出した。

黒い筒型の保温容器から、次々と弁当箱が取り出され蓋が開けられて、容器を包んでいた紺と薄茶の市松模様の風呂敷の上に、縁を重ねて互い違いに並べられた。鶏ささみ肉の梅肉巻き、ふたつずつ串に刺した肉団子、タケノコ田楽、菜の花のおひたし、だし巻き卵、そして白米を花に包んでそのまま丸めたみたいな手鞠寿司。

「どうぞめしあがれ」

芳子（よしこ）さんが、草書体でお手元と書かれた袋入りの割り箸を、手ずから渡してくれる。そう、芳子さんが。芳子さんの妹は俊子（としこ）さん。俊子さんは母親の喜枝（きえ）さんといつも二人でこちらを見ては、「よしこさんだって」と、からかい気味に小声で笑っていたものだけれど、細長い緑色の蛇がするすると這い進んでいくみたいな祝詞が終わって、裏にイニシャルの刻まれた指輪が、型通りかまぼこ型でお互いの指に嵌まったからと言って、即座に遠慮なく呼び捨てにできるというものではない。

芳子さんは、赤地に格子柄模様の魔法瓶と一緒に、ホーロー引きの赤いカップも持ってきていて、そこに魔法瓶からとても熱いお茶を器用に注ぎ、熱いから気をつけてくださいね、と手渡す。口に持っていこうとしたカップの中に、花びらが一枚散り落ちたまま浮いて、どうしたものかと取り出しかねて見ていると、芳子さんがうっすらと笑って言う。

「まあ、白湯（さゆ）を持ってくればよろしかったですね、そしたら桜湯になりましたのに」

そう言えば、見合いか結納か婚礼の日に出されたのは、透明な湯の中に花びらの浮いた桜湯であったのかもしれない。

吹き寄せた風に桜が吹雪（ふぶ）いて、頭に肩にベンチの横木に、仕舞いかけた魔法瓶や弁当箱の蓋の上に散り落ちていく。

廊下を、部屋を出て左のほうへ進んで、ずっと奥まで辿っていくと、その先は行き止まりになっている。突き当たりにいかにも重たそうな扉が嵌まり、その扉の上のほうに頑丈そうな厚い硝子が嵌め込まれている。手前の床が一部だけ切り抜いたように明るいのは、硝子窓から陽が入ってくるからだ。暖かな陽射しが射し込んで、廊下のはずれの床の上に、台形の陽だまりが落ちている。

陽だまりのすぐ手前に立ち止まって、そのままそこに立って見下ろすと、少し斜めになった四角い枠の中に木の葉の影が連なり、ぎざぎざと縁の輪郭を刻んで落ちている。枝葉の影は風に揺れ、濃くなったり薄くなったり、遠ざかって束の間見えなくなってはまた戻ってきたり、そんなふうにして揺れている。

その揺れに合わせ、右に左に身を揺らしてみた。思いきり傾けた体は、ぎりぎりのところに留まって止まって、次の瞬間揺り戻されて反対側へと、思いがけぬ速さで傾いていく。不安定な端から不安定な端へ、振幅は妙に安定して、ああ、この動きは、と思えば、倒れそうで倒れないヤジロベエが思い浮かび、しぶとくもとぼけた顔つきで起き上がってくる。振り子のような横揺れが身に馴染み、丸木舟に乗って急流下りでもしている心地になった。

船底に目を閉じると、瞼を透して入ってきた陽の光が、目の奥に明るく滲む。目を瞑ったまま見上げた日向が、橙色に暖かい。暖かな陽の射す中に小さな粒が点々と、胡椒でも撒いたみたいに浮いている。なにか植物の種子か、花粉の類いなのだろうか。空気中を漂い流れて、仰向けた顔の上に運ばれてくる。その微かなにおいが、陽射しの中に感じ取れる。

風が吹いている。崖上の木々の葉をそよがせ、深緑のにおいを乗せてここまで吹き寄せてくる。

丘の中腹に立って、木立の途切れたところから下を見下ろすと、海岸線のもうすぐ手前まで屋根屋根が押し寄せ、平地はちまちまと埋め尽くされていた。頭の真上から陽が射して、今は凪なのか海風もない。出て来たばかりの、墓地を囲んでうっそうとした木々の、あちこちにとまっている油蟬が揃って鳴いている。

横に、どこかいかつい感じの女の人が、黒ずくめで立った。

「おにいさん」そう呼びかけるのだから、俊子さんなのだった。義理であれなんであれ、そんなふうに呼ぶ立場の係累は他にいないのだから。それにしても、芳子さんの妹は、こんなにごつい体つきをしていただろうか。

「どうかきを」そんなふうに聞こえ、そしてそのまま途絶えてしまう。しばらく待っていたけれども続きが来ないので脇へと回した視界の只中に、真っ白な物が映り込んだ。俊子さんは、横顔に汗の玉をいくつもくっつけて、純白のハンカチをしっかりと握りしめていた。手の甲と指に深く皺が刻まれ筋が浮き出して、真っ白のガーゼのハンカチが、猛禽類の爪に摑まれた子兎のように柔らかそうだった。
ハンカチには、レースの縁取りがついていて、そのレースもガーゼと同じ色合いに白い。こういうレースを、つい最近どこかで見たような気がする。
薄暗い納戸の、なお薄暗い片隅に置かれた桐簞笥の、畳紙(たとうがみ)に入った着物が重ねられた棚の下。一段目の引き出しを引き出すと、巨大な植物の芽のような形のものが中にぎっしりと生えていた。よく見ればそれらはみな手袋で、黒、焦げ茶、薄茶、灰色、赤、紫、滑らかな革、皺の寄った革、太い毛糸、細い毛糸、毛羽だった布製と、色も素材も実に様々。一組ずつ手首のところで折り込まれ、指の部分を上にして立てられている。ひとつひとつ、芳子さんの手の形に、その指の皺を刻んで、引き出しの底に植わっていた。

その脇の一隅に、薄手のものを巻いて、海苔巻きか夏春巻きを切って皿に立てたように縦にしたのが、まとめて並べてあった。一切れ手に取って広げてみれば、粗い編み目の向こうに、掌が透けて見える。白かったはずの糸が、降り積もる時の埃を吸い込んで黄ばんでいる。いささか時代遅れに感じられるレースの手袋は、中味がなくなって空っぽになった入れ物、脱皮の後に残された爬虫類の抜け殻に似て見える。

それら手袋の列の上に、一枚の紙が載っていた。畳紙の切れ端を千切ったもののようで、表面にマジックインキで黒々と、「これだけは、だれにもやらないでください」。なりたての小学生のように全部ひらがなで、老人らしく震える筆跡が滲んでいた。

一体だれにやると思ったのだろう、だれにやると心配したのだろう、こんなものを。と思い、こんなものがどんなものか分からなくなって、うろたえてしまう。芳子さんはずっと長い間――たぶん三十代の初めから、六十代の終わりごろまで――社交ダンスを習いに行っていたから、例えば肘の上まである絹の黒手袋などは、そうしたハレのときの華やかさを偲ぶよすがでもあったのだろうが、それにしても、こんなにたくさんの手袋を、いつ身に着ける機会があったのだろう。外出着で「では、お稽古に行ってまいります」と軽く会釈したときの芳子さんの手元を、思い浮かべようとしたけれども、その服装の大まかな記憶さえもがあまりに頼りなく曖昧で、心もとなくなった。

手袋の群れは、そのあと幾度か夢に出てきた。初めは、体が丸くて太いイソギンチャクになって、いくつも海底に並び、緩い海水の流れにゆったりと触手を揺らしていた。それから恐竜の卵に成り変わり、孵りかけて殻にひびが入ったところで干からびてしまい、太古の地層の底深く埋もれた。最後は、砂漠の熱い砂の下に潜む地雷か不発弾となり、息を殺して発火のときを待っているようだった。

芳子さんには、ずっとずっと、自分がいなくなったあとも生きていてほしかった。それが叶わないなら、最後の最後に充分にお返しをしたいと心から思い、そうしようとそれなりに努めたつもりだったけれど、あまりさせてはもらえなかった。どうしてなのか、一度思い切って尋ねたときは、「慣れておりませんので」と一言、やんわりとけれどかたくなに押し返された。

芳子さんは結局「よしこさん」とさんづけで呼ばれた距離を保ち続け、その身を嘆いたり我儘を言ったりなどせず、いつまでも丁寧でお行儀よく、最後までこちらに寄りかかってきてはくれなかった。

気づけば、椅子に座っている。

堅いような堅くないような、かけ心地もごく普通の椅子だった。気づく前は、どこでどうしていたのだろう。特になにかをどこかでしていたという記憶はないから、ここに座って僅かな間、あるいはことによるとずいぶん長い間、椅子の上で眠っていたのかもしれない。

すぐ先に、重く閉ざされた鋼鉄製の扉がある。上方の嵌め殺しの窓から薄陽が入り、手前の床の上を、薄明るく照らしている。窓枠の影が床に映って、少し歪に四角い。その手前に、ちょうど陽だまりと向かい合わせるようにして置かれた椅子に、座っていた。

足下の床に目を落とせば、陽だまりの中に幽かな模様が浮き上がってくる。なにかの形が、形になる前のなにかが、あるのかないのか分からないくらいの淡さで揺れている。輪郭は定まらないまま丸みを帯びて、ああ、これはきっと外の大木に茂った葉の形だろう。そう思ってじっと見下ろすうちに、揺れて震えてぶれて、なおぼんやりと曖昧に。影は見る間に床の表面に溶け入って、なくなってしまう。

目を上げた先の硝子窓の中、立木の枝々の向こうに低く薄曇りの空が見えた。

丘の中腹の木立の途切れたところから、遥かに視界が開け、遠く向こうの海まで見渡せる。見下ろした崖のふもとのあたりに建物が固まって、連なった屋根が海岸線に向かい、まばらになって散らばっていく。そのさらに先に、白い砂浜が細い弓の形に伸びていて、左手の見るからにごつごつとした岩場に張りついて建っているのは、漁師小屋だろうか。上空を仰げば、まぶしくない程度の薄曇り。果てしなく広がる海原の遥か先、視線の及ぶ限り遠くに、形の定まらない雲の塊が垂れ込めて、同じ色にぼやけた水平線に溶け込んでいた。

隣に、芳子さんが黒ずくめで立っている。

片腕の肘のところに黒いハンドバッグを提げ、黒真珠のネックレスをして、微かに樟脳のにおいのする黒のワンピース姿で立っている。先ほど、かさばる袱紗（ふくさ）包みを中に仕舞って、パチンとバッグの留め金が鳴った。普段持ち歩くにはかなり大きいのを持ってきたのは、きっと位牌を入れるためだったのだろう。かたや自分のほうは、白布に包んで持ち歩いていた重たい骨壺がなくなってしまい、急に手ぶらに、手持ち無沙汰になった。

頭ひとつ分低い芳子さんの頭頂に、細い白髪が緩く房を作って渦巻いている。しばらく前はこんなに白くなかったはずで、この二月（ふたつき）の間に、こんなにも白髪が増えてしまったのか。それとも、以前はこちらに気づかせぬよう目立たぬよう染めていたのを、あっさりとやめてしまったのだろうか。どちらにしても、昔とはずいぶん様子が違う。その体が突然老いというものを実感し、深く納得でもしたかのように、芳子さんはしぼんで小さく縮まっていた。自分も同時に同じぐらい年老いて縮んだものなのか、毎日髭をあたるのに鏡を使ってはいるけれど、ちゃんと見てはいないから、それはよく分からない。

芳子さんは海のほうに顔を向け、ずっとじっと隣に立っていた。雨のにおいを含んだ風が、崖下から吹き上がってきて、耳の脇の白い後れ毛を、ふわと浮き上がらせて通り過ぎた。

廊下を、薄暗くて人気のない廊下を、ずっと奥まで辿っていった先に椅子がある。どことなく見覚えのあるような椅子が一脚、突き当たりの手前に置いてある。

薄暗い廊下を、そろそろと一歩ずつ。廊下のはずれの陽だまりの、すぐ手前に置かれた椅子のところまで歩いて行った。椅子の背もたれに手を置いて、背もたれの横木につかまりながら、ゆっくり前に回り込んだ。腰かけた途端、クキッという音がしたのは、もしかしたら、椅子の足がつるりとした床の上を、ほんのちょっとだけ滑ったのかもしれない。ひょっとしたら、自分の背中の骨のどこかが、達磨落としの柱みたいに重なっているうちのどれかが、ずれたり壊れたりなくなったりしたのかもしれない。片腕を背中に回し、手の甲を背骨に当てて探ってみたけれど、ただところどころゴツゴツとしているだけで、どうやらそういうことはなかったようだった。

足下を見下ろせば、床の上の陽だまりが、室内履きの爪先に届きそうなところまで端のとんがりを伸ばしている。ほぼ菱形をした陽だまりの、くっきりとしたその枠の中に、葉っぱの影がぎざぎざと縁を刻んでいるのが、はっきりと見て取れる。外は明るく陽が射して、座っている椅子の座っているところは、柔らかくもなく堅くもない。中になにか詰め物が入っているらしく、座っているうちにちょっとずつ温まってくるようだ。

座っている椅子のすぐ後ろ、ちょうど真後ろから少し左に寄ったあたりにだれかがいて、背もたれの上に両手を置いて静かに立っているような、そんな気配がする。気配は気配のままに留まり、それ以上の顕れがあるわけでもなく、こちらも黙って前を向いたまま座っている。座ったままじっと、足下の陽だまりを見下ろしている。

雪見障子の硝子越しに、ほんの少し色づきかかったモミジの葉が見える。手前の外廊下の羽目板が、拭き清められてつやつやと。ついこの間、芳子さんが植木屋さんを呼んだので、雑草は抜かれ庭木は刈り込まれ手入れされ、整然とした庭の黒土に、うららかな陽が落ちていた。お彼岸ですから、精進揚げにいたしましょうかしら、とそんなことを、芳子さんが朝ご飯の後のお茶を飲みながら、呟いていたような気がする。そのうちに揚げ物とは違う、どこか懐かしいにおいが台所のほうから漂ってきて、なんだろうと思っていると、「できましたよー」と、朗らかな声が廊下に響いた。

藍染めの布のかかった食卓に、漆の重箱が三段広げられ、脇に七宝焼の菓子皿と竹の取り箸が添えられていた。黒塗りに金の松竹梅の蒔絵をほどこした重箱は、おせち料理を入れるのに毎年必ず使われている古いもので、もしかすると芳子さんの嫁入り道具の中に、入っていたものなのかもしれない。

できましたよ、と芳子さんが笑顔で言い、それはとても久しぶりに目にする笑顔だった。蓋を取った重箱の内側の鮮やかな朱の上に、濃い紫色のおはぎが並べられていた。

えっ

「だって、和彦(かずひこ)の大好物ですから」と、芳子さん。つい、そうだったっけと、首を傾げてしまい、顔を上げると、芳子さんは目を見開いて愕然とした顔をしていた。それがあまりに驚き呆れた表情だったから、次にどんな顔をするのかと空恐ろしくなり、焦り慌てて言った。それは和彦は大好きだったかもしれないけれど、お供えをしても、実際の食べ物が減るわけではないのだし、こんなにたくさん作ってしまって、一体どうするのか、二人ではとうてい食べきれないではないか、と。手作りの菓子を、気軽にあげられるような近所づきあいだって、ないのだし、とさらに急き込んで。

芳子さんは、しばらく黙ってうつむいていた。うつむいていたので、顔はよく見えなかった。やがて、わかりました、と小声でけれどはっきりと言って、立ち上がった。なにをするのかと思って見ていたら、お茶道具を出してきて食卓に置き、いつもの手慣れた動作で、手際よく一人前のお茶を淹(い)れた。それから重箱の中のおはぎをひとつ、取り箸で摘まんで菓子皿に盛り付け、黒文字で端を切り分けて食べ始めた。

　時間をかけ着々と、合間にお茶を飲みながら、芳子さんは全く変わらぬ速度でおはぎを食べ続けた。いつものようにお行儀よく上品な手つきで、実に器用に黒文字を使ってひとかけらもこぼすことなく着実に。米は何合焚いたのか、小豆は鍋一杯に茹でられていただろう。重箱三段分のおはぎを、芳子さんはなにも言わず、まっすぐ前を向いて続けざまに全部食べた。

　その様子を、時折ちらと伺いながら遠巻きにして見ているうちに、身に染みて分かったことは、それまで間近に見ながら分かっていなかったことだった。芳子さんは心底憤（いきどお）っていた。「怒っている」などというありふれた日常の範疇を出て、神話の世界の怒れる女神のごとく、どこか神聖の域に達するような憤りを抱いていた。和彦を助けることができずに、淡々と死を宣告した医師。責任を取って謹慎こそすれ、辞職するまではしなかったサークル担当の教員。和彦に――恐らくは無理矢理――酒を飲ませたことを謝罪しに来た上級生たちと、その付き添いの保護者たち。葬儀に参列し多額の香典を置いていった大学関係者ら。悲しみは表しながらも、非難の素振りは微塵も見せず、模範的な礼儀正しさと、ほとんどねんごろと評してもよいくらいの丁寧さで遇し続けてきた全ての人々に対して、ことごとく。

　けれど、他のなによりもだれよりも強く怒りを向けられていたのは自分だったのだろうと思う。二十歳前の健康体の男児が、多少酒の量を過ごしたからといって、死に至るまでのことはまずなかろう。せいぜい救急車で病院に搬送されるくらいの逸話を残して生き抜いて、後になってから若気の至りだったと振り返って笑うというオチがつく程度のこと。そのぐらい当たり前の抵抗力を、息子に持たせてやれなかったから。飲酒に関しては、一滴たりとも嗜むことの出来ない下戸で、その遺伝子をそのまま息子に引き継がせてしまったから。そもそも、和彦をこの世に一緒に送り出したことが既に、してはならないようなことでもあったのか。

仏壇脇の棚に立てかけられた写真の中の息子は、粒子も粗く感光紙に焼き付けられ、少しピントのぼけた曖昧さで、いつもながらのにこやかな笑みを浮かべている。困っている人の役に立ちたいから、福祉課に進みたい。そう言った口調の中にはいささかの気負いもてらいもなく、見紛うことのない誠意は、こちらが気後れを感じるまでに素直で率直なものだった。どうして、かくも優しく穏やかで、他人思いでいられるのだろう。実の親である自分さえ訝しく思うことのあった息子は、そもそもこの世に馴染まない類いの者だったのかもしれない。お伽話が生まれ落ちるような場所から、純白の真綿にくるまれてやって来て、束の間この家に留まり、すぐにまたあちら側へと戻って行ってしまったのではないか。そんなふうに考えるとき、薄まりようのない悲しみは薄まらないままに茫として、想いはどこかとりとめのないものになっていく。

一重瞼の奥の黒目が、漆黒で大きいところは芳子さん譲りだったけれど、芳子さんのふっくらした丸顔は受け継がず、面長の顔はどちらかというと自分のほうに似ている。その穏やかに微笑んだ口元を流れ漂い、細い鼻筋を掠め、黒々と見詰める両目の間を通って、線香の煙が立ち上っていく。

夕方、呼ばれて食卓につき、芳子さんが作ってくれた精進揚げを食べた。

真夜中の廊下に出る。

廊下の床に足を滑らせるようにして、そっと出る。後ろ手に閉めたドアが背中にカチリと鳴って、あとはまた、わらわらと静まり返る。

しばらく行くと先にはもう常夜灯もなく、廊下はひっそりと暗がりに沈んでいた。暗い廊下の奥が、突き当たりのところでひとところ茫と明るんでいて、そこを目指して進んでいく。一足ごとに室内履きのフェルトの底が床に擦れ、その感触が足裏から這い上がってくる。けれど、足音は聞こえない。耳の遠い自分の耳だけでなく、他の人の耳にも届かないようにと、願って歩む。

突き当たりまで来て、手前に立ち止まった。そこに立って、足下の床を見下ろした。床に映った明かりは仄蒼く、まるで真夜中の水溜りのようだ。その下を透かし見るようにして見ても水面は静まったまま、なにかが底から浮かび上がってくるでもない。昼間ならふんだんに光を湛えた陽だまりになるのだろうけれど、夜の廊下のこの仄かな明るさは、なんと呼べばいいのだろう。

いつの間にか、斜めすぐ後ろにだれかが寄ってきて、じっとそこに立っている気配がする。ゆるりとそちらへ首を回しかけたところで、声がかかった。どうぞ、よかったら。

振り返り終わると、真後ろに椅子が置かれていた。指の長い手がふたつしっかりと、背もたれの横木を握って押さえている。ああ、ありがとう。ゆっくりと体を回し、背もたれの上に片手を突いた。どこかで見たことのあるような椅子だった。

腰を下ろして前を向くと、ちょうど真正面の目の高さに窓の下枠が来て、四角く嵌め込まれた硝子を透して、蒼白い光が射してきた。黒々と葉を茂らせた木が一本立っていて、仰ぎ見た梢の上方に、月が上っていた。仄白く真ん丸の、巨大な満月だった。ほう、と思わず漏らした声に、一瞬の間を置いて、後ろで穏やかに応じる声がした。

「お月見ですね」

一回頷いてから、また硝子窓の向こうに目を戻す。そうやって椅子に座ったまま、ずっと月の面(おもて)を仰ぎ見ていた。

月は次第に傾いて立木の梢にかかり、黒く聳(そび)えた幹の後ろに回り込む。やがて枝葉の茂みの隙間から散り散りに、蒼白い光が漏れてくる。光の粒は細かく数知れず、風が立つたびに、さわさわとそよいで震え動く。まるで銀河が揺らぎつつ、夜空の深みを渡っていくかのようだった。

廊下の突き当たりが、暗く冷たくなっている。月は沈んでしまったのか、光が薄れて足下が暗い。その暗がりに、床の上の木の影が端から呑み込まれていきそうだ。寝間着の襟ぐりのあたりがうすら寒くて、軽く身震いをすると、寒いですかと、後ろから訊(き)かれた。じゃあ、お部屋に戻りましょうか。声は静かに言って、黙る。

　しばらく考えていてから、そうですねと頷いた。後ろで衣擦れめいた音がして、長く伸びてきた両腕がしっかりと胴を支え、椅子から立ち上がるのを補助してくれる。つかまって立ち上がって、数歩歩いてから、立ち止まって振り向いた。横をついて歩いていた人も、隣に立ち止まって、床の上に薄れた明るみを、振り返って一緒にじっと見た。

　長い廊下を引き返すにつれて、天井に埋め込まれた照明が近づいて、少しずつ明るくなっていく。左手の壁際に洗面台があって、その上の鏡に向かい側の壁が、どこまでも平らに映り込んでいる。立ち止まり向きを変えて、鏡の中を見た。一緒に歩いてきた人も、そこに立ち止まって、鏡の中に並んで立った。

　寝乱れた白髪が額に垂れている老人の顔のすぐ隣の、頭半分ぐらい高いところに、真っ黒い髪と目をした若い男性の顔が映っていた。ひたすら穏やかに、優しそうに微笑んでいる。厚手の木綿でできた、襟の立ったボタンつきの淡い緑の上っ張りを着て、それはなにかの制服なのだろうか。胸のところに名札が留められていて、中には漢字がふたつ「中山」。えっ、中山なのか。驚いて向き直れば、名札がちょうど目の前に見え、並んだ二文字は「山中」なのだった。ああ、ナカヤマじゃなくて、ヤマナカさんなのか。

　ふふふ、そうですね。青年は、なぜかとても嬉しそうな声で笑う。ヤマナカです。でも、鏡文字だと、ナカヤマになるんですよね、と。

部屋のドアの手前で、廊下のほうを振り返り、首を回して、すぐ後ろの顔を振り仰いでみた。大丈夫ですよ、ちゃんと元のところに戻しておきますから。そう言ったのは、多分きっと、突き当たりに置かれた椅子のことなのだろう。

どうも、ありがとう。じゃあ、おやすみなさい。

おやすみなさい。背後の声が応えるのを聞いて、ドアの取っ手を握る。後ろにいる人が、右か左かどちらかの方向に去っていくのを待ったけれども、気配は消えて足音も聞こえてこない。そう言えば、ここの人たちはみんな、底が分厚いゴムでできた白い靴を履いていた。それに、自分は耳が遠いのだったと、思い出した。

パイプの枠に囲われたベッドの、普段寝るときは頭にしている側の枠を回り込んでいったその後ろに、扉がある。昔の家の中で見知っていたような普通の扉ではなくて、金属製の蛇腹状になっていて、何枚も蝶番（ちょうつがい）で繋がっているのが、折れて畳めるような造りになっている。その扉を折って畳んで開けた中は、普通の押し入れになっていて、真ん中に上の段と下の段を隔てる仕切があって、いろいろな物が上と下に分けて入れてあった。大きさの違う段ボールの箱、大きさも色も違うビニール袋、こよりの紐でできた取っ手がついた紙の手提げ袋。そういったものが、いくつもいくつも、上の段と下の段に分かれて入っていた。

右下奥の、こちらに向かって大きく口を開けた段ボール箱の片隅が、ことさらに暗い。その暗がりの中に、なにかがうずくまっているようだ。なんだろうと膝を突き、床を這い、床に延びた上蓋の上を這っていって、箱の中に這い込んだ。這って入ったところは真っ暗で、ほとんどなにも見えなくなり、手探りで這い進んだその奥で、置かれていたなにかに手が触れた。

指先に触れる表面はビニールの手触りで、中味は張り切ったクッションのような弾力がある。人差し指の先でつつくと、張り切ったビニールがはち切れそうになって、強く押しても、指にまといついたままひたすら伸び続ける。指先にさらに力を籠めたら、ぷちりと爪の先に破れた。破れた孔に二本指を差し込んで口を広げ、広がった孔の奥に指を入れて探ると、糸のような布のようなものがあって、指先で摘まんで引っ張って引き抜いた。樟脳のにおいに混じって、なにか別の、どこか懐かしいようなにおいがする。その布切れみたいなものを片手に持ったまま、這って向きを変えた。段ボールの上に腰を落とし、扉のほうを向いて座った。もう一方の腕を伸ばし、前の蛇腹を引いて、中からできるところまで扉を閉めた。

扉の内側は前よりもっと暗くなり、その暗くなったところにあちらこちら、光の縞ができている。見上げた扉の上のほうに、細い筋が平行して五列。蛇腹ごと横に切れ込みが入っていて、そこから射し込む外の光が、段ボール箱とビニール袋と紙袋と床の上に、縞模様を作って落ちていた。陽の色をした、くっきりと明るい縞だった。

頷いたり拒んだりなど、首を上下左右に振ってみれば、縞模様も素早く動き回り、紙やビニールの表面を縦横に撫でて行き来する。その様子がおもしろくずっと眺めていたくて、しばらくそうやって首を振っていたけれど、そのうち疲れたからやめて、後ろのビニール袋にどっと凭れた。クッションのような弾力ある塊に支えられ、圧しつけた背中がもわもわと温かい。

押し入れの中に座っている。

押し入れの二枚のふすまの隙間から射し込む明かりが、細長く縦に滲んだ暗がりの中に、座り込んでいる。すぐ脇に布団が重ねられていて、そのうちにぬくぬくと体が芯から温まってくる。長く使われて中の綿がのされて固くなった敷布団は、重くこわばって物干し竿の真ん中をいつも弓なりにしなわせて、昼日中の陽の光をたっぷりと吸い込む。昼過ぎにはもう取り込まれ畳まれて押し入れに。そうやって仕舞われた布団から日向の名残が放たれ、埃のにおいと混じり合って、狭く暗い隠れ場所を満たしている。

敷布団も掛け布団も、洗い晒されて肌にごわごわとする敷布も、どれも二人に一枚なのだった。言われた通りに端を折って、四隅を布団の下に敷き込んだ敷布は、たいてい夜のうちに外れてめくれ上がって、朝目覚めたときには、肩のあたりに絡んでいたりする。脇を見やれば、自分の腕と同じように細く陽に焼けた相似形の腕が、掛け布団をはいで投げ出されている。布団のかかっていない裸の胸は、小麦色に焼けた皮膚に鎖骨と肋骨の線が浮き出して見え、その下に、襞を底に向かって渦巻き状に巻き込んだ臍の穴。白い木綿地のパンツの裾から、筋張った脚が覗いている。膝の皿の骨の台地までなだらかに稜線が続き、脛を平らになぞったその先で、こんがりとした足が畳の上にはみ出して、甲に焼け残ったゴム草履の鼻緒の痕が生白い。

そろそろ起こさなきゃ。自分もそろそろ起きなきゃな。きのうの朝もそう思った、おととい もその前の日の朝も、そう思った。もうすぐラジオ体操が始まる時間だから、今すぐ起きなくちゃいけないんだ。最初はゴム紐を通していたカードは、孔のところが千切れてしまったから、もう首から下げられない。黄色い厚紙の端が折れて皺が寄って、スタンプのインクも擦れて日付が読めないところもあるけれど、残りの枠があと三日分。今すぐ起きないと、あのカードを無理やり半ズボンのポケットにねじ込んでゴム草履を突っかけ、慌てて駆け出す羽目になってしまうんだ、と。

目を開けると、隣にはだれもいない。光の筋がただ一本、ほんのりと暗い片隅に落ちている。寄り添った体のぬくもりかと思ったものは、日に干された布団と、そこに籠もった自分の体温の温かみなのだった。体をさらに丸め、傍らの布団に身を寄せる。両腕を膝に回して抱え、暖かな暗がりにもう一度目を瞑った。


目が覚めた。

目は開いたはずなのになにも見えないのは、真っ暗闇の中にいるからららしく、どこのどんな暗闇なのかも分からない。一体、どこにいるんだろう。どうしてこんなに暗いのだろう。

手探りしようと伸ばしかけた手の先の、さらに向こうのほうで、ザワザワガサガサと物音がして、人声が聞こえてきた。急に近づき大きくなり早口でまくし立てる声は、こちらが慌てているのを忘れさせるような慌てぶりで騒がしい。

そんなわけないでしょ、ごごにかくにんとってるんだし、どっかいくわけないでしょう。だれもなんにもみてないんだから、そんなきづかないうちになんて。そんなかんたんにでてけるわけないでしょうが。ちゃんとへやみたってったって、もいちどちゃんとかくにんしなきゃ、ひょっとしてもどってるかもしれないし、ほら、くろーぜっととかもみてさ。

パシンと電灯のスイッチが入り、バシバシバシッと真上の金属が鳴って、突然溢れた光に目がくらんだ。あああああ、と叫んだのは、自分の声なのか他人の声なのか。あまりのまぶしさに目を瞑り、顔をかばって腕を上げ前にかざした。

「ナカヤマさん！　いったい、どうしたんですか、こんなとこで」

両側から太い腕が伸びてきて、無理矢理抱え上げられ立たされた。

薄いピンクの上っ張りを着た中年の女性と、薄いピンクの上っ張りを着た若い女性が、両脇に立ってこちらの腕を持ったままで顔を覗き込んでくる。

どうしたっていっても、別にその……

あーっ、よかったー、どこ行っちゃったのかと思ってー、と若いほうが下がり気味の眉をひそめ、ほーんと心配しましたよーと、年配のほうがかくんと首を折って、二人揃って長々しい溜息を吐いた。

その様子を見れば、なんだかすまない思いも湧いて、謝ったほうがいいような気もしたけれど、なにがなんだかよく分からなくて、なんだかよく分からないから、どうしたらいいのか分からない。ただ呆然とその場に立っていたら、薄いピンクの上っ張りが胸のところではじけそうな中年の女性のほうが、それ、と指差した。それ、そこに持っているのは、なんですか。え、と繰り出した掌から、なにか撚糸（よりいと）のような手触りのものが滑り出て、手から離れて、はらりと床に落ちた。足下に、蜘蛛の巣をかけたように模様が広がる。五本の指を開いた、レースの手袋だった。

若い人と若くない人と、両脇の女性が一瞬ぎょっとしたようになって目を見張り、それから顔を見合わせた。若いほうの人が素早く床に屈み込み、摑まれていた肘の上のところが、そこだけ急にすっと涼しくなる。若い人は手袋を拾い上げ掌に載せ、撫でるような手つきで広げた。ああ、これは。二人の口から、同時に囁き声が漏れる。

なにかとてつもなく貴重なもののように、気をつけて扱わなければ損なわれてしまう壊れもののように、そっと慎重に手渡された。これはきっと、とても大事にしなければならない、この上なく大切なものなのだろう。そう思い、ベッド脇のテーブルの下の物入れの引き出しを開け、その奥に隠すように滑らせてそれを仕舞った。

そろそろ食堂も閉まっちゃいますから、晩ご飯食べに行ってくださいね、と年配のほうの人が言って、薄いピンクの上っ張りを着た人たちは、二人一緒に部屋を出ていった。

夜の廊下を、人が通る。

廊下を、人影が通っていく。

部屋から顔を出して、見回したその右手の先のほう。通路がふたつ交わって、常夜灯の明かりが白っぽく照らしているあたりを、すうっと通り過ぎていった。細長くて蒼白くて頭の上がとても黒かったから、ああ、あの人だと、この頃にしては珍しく、すんなり思い出した。きっと、この間、廊下のはずれまで椅子を持ってきてかけさせてくれた、突き当たりの窓から一緒に月見をした、そして廊下を連れ立って引き返す途中に並んで鏡に映った、あの若い人に違いなかった。

廊下に出て、人影が消えていった角まで行ってみる。そっと薄暗い廊下を進んで角まで来て、かわりばんこに左右を見回してみたけれど、人の姿はなかった。右手に奥まで伸びている廊下の、どこかの扉を開けて、入っていってしまったのかもしれない。そう思って佇み耳をすませても、どこからか明かりや人声が漏れてくることもなく、廊下はどこまでもしんと薄暗い。

廊下を、来た通りまたそっと引き返した。部屋の前を通り過ぎて、反対側の行き止まりまで、できるだけはやく行こうと思う。はやくあそこまで行き着かなかったら、きっと途中で呼び止められてしまい、そうしたら今は夜、それも真夜中だから、到底そのまま行かせてはもらえない。

急いで廊下を歩いているうちに、ぱたぱたと駆け寄ってくる足音が後ろから近寄ってきて、振り向く間もなく真後ろにぱたりと止まった。

ゆっくりと振り返る。とても若い女の人が、薄いピンクの上着を着て、片目の下の頬のところにとても小さな黒子（ほくろ）のある女の人が、ちょっと困ったような笑い顔で、どうしたんですかーと言う。

その顔を見て、思い出しそうになった。なんだか見覚えのあるような、どこかで見たことがあるような、端のほうが少し下がり気味の眉毛が、なおも下がった困り顔をして。ああ、これは、部屋の床に落ちていた手袋を拾ってくれた人だと、思い出した。

もう遅いですよー、みんな寝ている時間ですよー。そう言う声の調子に、いささかおもしろがっているような響きもあって、あまり咎（とが）めているようには聞こえない。

「実はね」思い切って言ってみる。捜してるんですよ。

え、なにを。えーと、あの人はね、そう、名札を見たんだ、たしかナカヤマさん。

「あら」だか「あは」だかと言って、目の前の女性が上を向いて笑う。それはご自分のお名前でしょう、ナカヤマさん。

あっ

違う、あれは鏡の中の、あの人が言った通りの鏡文字だったのだから、本当は「中山」じゃなくて「山中」だったんだ、あの人の名は。

ナカヤマじゃなくって、そう、ヤマナカさん。ちゃんと正しく訂正できたのに、目の前の顔はまだ笑いを留めて、おかしそうな様子をしている。

たぶん、あの、夜勤をしてた若い男の人で、そうだなあ、背丈がだいたいこれくらいで。片手を上げて、自分の頭よりも高いところで水平に動かした。髪がね、とっても黒くって、だいたいこのくらいの長さで。下ろしてきた手で、首筋に手刀を切る。顔は、ちょっと面長で、歳は、そうだなあ、あ、アナタとだいたい同じくらいかなあ、と横に立っている女の人のほうに、顔を向ける。たぶん二十代の初めくらいじゃないかなあ。なんか緑の、薄緑の上っ張りみたいな上着を着ていて、ここのところにこう、こんなふうに縦にボタンが……

そのうちに、ああその人なら、と思い当たって手でも叩いてくれるかと期待して見守っていた顔から、どんどんと笑みが退(ひ)いていった。具体的に詳しく説明すればするほど、なぜか不審と不安の翳(かげ)りに覆われ、閉ざされていくように見える。

若い女の人は、しまいにとても生真面目な顔になって、宣言した。

「ヤマナカさんという人は、ここにはいません」

で、でも、確かに一度あの晩、真夜中に……名札もちゃんと、一緒に見たのだし。

「この棟には、男性の介護士はいないんです。皆さん、ご自分で自立できる方ばかりですから、女性スタッフだけで充分に」

だけど、あそこのあの鏡に、並んで一緒に映って……

カガミ、と聞き返され、どこかにあるはずのその場所を示そうとして、廊下を見渡してみたけれど、のっぺりとした壁がどこまでも続いているばかりで、鏡はどこにも見当たらない。おかしいなあ、と首を傾げ、促されて歩き出し、何度も振り返り振り返りしているうちに、自分の部屋の前まで戻ってきてしまう。

「どうか、ゆっくり、休んでくださいね」若い女の人が言って、こちらの肩から手を外した。おやすみなさい、と女の人は踵(きびす)を返す。背後を歩み去っていく気配がして、白い靴のゴム底が、きしんで床に鳴る音を聞いたような気がしたけれど、遠いはずの自分の耳に本当に聞こえたものかどうか、それは確かには分からなかった。

パイプ枠のベッドを回り込んだ向こうに、金属製の扉がある。押し入れのふすまとは違って、開けるのにはちょっとしたコツが要るけれど、蝶番のところを折って畳めば、難なく開けられる。中は上段と下段に分かれていて、普通の押し入れとさして違わない。下の段の隅には、横倒しになった段ボール箱が、いかにも這い込むのにちょうど良さそうな按配に、大きく口を開けている。

さっそく四つん這いになって這い進むと、潜り込んだ暗がりの奥で、なにかゆったりとしたものに迎えられた。触れば指の腹に温かく、押した掌に程よく柔らかい。その弾力ある塊が背中側にくるように、体の向きを変えて座った。

扉を閉めれば中は暗くなるけれど、まるでなにも見えないほど真っ暗にはならず、目の前にかざした手の指が見分けられる程度の仄暗さ。真っ暗にならないのは、扉の上のほうに細い切れ込みが並んでいるからだ。平行に射し込んだ光の帯が、脇の紙箱の表面に縞模様を作り、角のところで途切れて下の床に落ちかかっている。

見上げた光の筋の中に、埃の粒子が浮いて見える。いつまで見ていても、落ちてくる気配はなく浮いたまま。戸外の乾いた風に乗って、どこまでも漂っていく花粉のようだった。

野原を、草の生えた地面を踏んで歩いていく。

野原の、少し坂になった草地を、三人で前後して上がっていく。真っ白の真新しい網が先についた竹竿の真ん中あたりを握って、先頭に立って歩いている。同じときに手に入れたやはり真新しい緑の格子の虫籠は、浩平(こうへい)が片手に提げて、斜め後ろをついてくる。しんがりを勇太(ゆうた)がぶつくさと、半分他人に聞かせるように、半分自身に呟くように文句を垂れながら手ぶらで上ってくる。

先週勇太は川に行って、水際のところにとまっていたオニヤンマを取ろうとして、足を滑らせた。捕虫網は水に落ちて、川の真ん中のほうへ流れていって、どんどん速く流されていくのを、川岸を駆けて追いかけたけれど、追いつけなくて見失ってしまった。うちに帰ったら、ものすごく怒られて、代わりの捕虫網など、とうてい買ってもらえそうにない。そうもらしていた。

「その虫捕り網、新しいんだろう。一度、貸してくれよな」「なあ、ちょっとだけでいいからさあ」「ちょっとだけ、持たせてくれたっていいじゃないかよ」ふてくされたふくれっ面で繰り返していて、他人(ひと)にものを頼むのにふさわしい態度とはとても言えない。それに、いつか気に入っていたロボットを貸したら、いつまでたっても返してくれなくて、ようやく戻ってきたと思ったら、片腕のところが壊れかけていたことがあったから、勇太にはもうなにも貸さないし、捕虫網も持たせない。

「マサヤはいいよなあ」と、浩平が口を尖らせ気味にする。「一人っ子だから、なんでもすぐ新しいのを買ってもらえて」。浩平のところは三人兄弟で、上から順に一平(いっぺい)、俊平(しゅんぺい)、浩平という名前がついている。

そうかな。曖昧に頷きながら違うと思い、違うと思いながら頷いている。本当は違うと分かっているはずなのに、違うと言う気にはなれず、誤りを正そうという気もなぜか起こらない。明らかに間違っていることをそのままにしておくのは、どうにも居心地悪いことなのに。そうかなと、なんとなくうやむやにして、なんだかうやむやな、はっきりとしない心持ちのまま、虫捕り網の柄を片手に握って歩き続ける。

草の生えた斜面を登り詰めていくと、行き止まりが崖になっていた。急坂になった草地を上がり切ったところで、前にあった地面が消えて、草の途切れた先が崖になっている。崖の縁の手前のところは砂利混じりの赤土で、そこに立って身を乗り出して覗き込んでも、張り出した崖の上から真下は見えない。覗き込んだずっと下のほうで、土の間に岩根が覗いて、窪みに石ころが溜まっているのが遠く見える。

草地のへりに鋸状の葉を伸ばして、タンポポが生えていた。細く伸びた茎の上に、弾丸みたいな形をした蕾が上を向いて、ところどころに黄色い花が開いていた。その間を吹き抜ける風に煽られるようにして、草いきれが立ち上ってくる。

虫捕り網が、濃い緑色の草の上に網を伏せ、竿を寝かせて置いてあった。白い帽子みたいな恰好で伏せられた網の、そのすぐ脇に、草の葉よりもっと派手派手しい緑の虫籠も置いてある。虫捕り網も虫籠もどちらも真新しくて、どちらも中にはなにも入っていない。

窪地を挟んで向こう側は、岩肌の斜面が切り立って、やはり険しい崖になっている。向かいの崖は、頂上にこんもりと木が茂っていて、その分こちら側よりも高く見えた。砂利混じりの赤土の上に立って、向こう側を眺めているうちに、背後に夕陽が傾いて、落ちていく夕陽に向かいの岩肌が照らし出され、紅鮭色になった崖の斜面に岩棚の影が落ちていく。その手前をカアアアッと鴉が一羽、翼を黒々と羽ばたいて飛び去っていった。

空の下のほうに僅かに残った茜色が、高みに向かって薄れていく。向かいの崖の上、立ち並んだ木々が一塊の影を作って、うっそりと黒い。その背後に影絵を切り取ったかのように、仄蒼い空が開けていた。

ここなんだ。そんな気がする。何度も何度もやって来て、ここに立っていたからなのだろう。幾度も同じところに、いつも崖の縁のぎりぎりのところに立って、そこからずっと眺め下ろしていたことが、きっと数え切れないほどあるからなのだろう。そんな気がした。

陽が落ちた後は、崖下のほうから順に暗くなっていく。はるか下のところで影が濃くなり、岩根を包んで広がって、こちらの足下目がけて、するすると音もなく這い上がってくる。もう葉も茎もはっきりとは形の見えない草を、根元からさわさわと揺すって風が吹いている。

目を開いたところは、暗かった。

先ほどよりずっと暗くなっていて、もう下に落ちた縞目もぼんやりと。目の前にかざしてみた手も、五本の指と掌がそこにあることがようやく分かるくらいで、その輪郭も定かには見極められない。部屋の外もきっと陽が翳って、夜に向かって傾いていくところなのだろう。

ここは暗くて狭くて暖かくて、ベッドの上よりもむしろ寝心地がいい。今日の夕食は、とっくに食べたはずだった。胃に直接問いかけるように片手を置いてみたら、膨らんではいないまでも満ち足りた感じがあって、やはり晩ご飯は食べたのに違いない。食べ終わってまっすぐ食堂から帰って来たのなら、たとえば薄いピンクの上っ張りを着た女の人が、様子を見にやって来ることもなさそうだから、このままここで、朝まで寝てしまおうかと思う。

眠いのか眠くないのか、どちらともはっきりしないけれど、眠ろうと思えば眠れるかもしれなかった。なにかクッションのようなものが、ちょうどよく背中を支えて快い。その温かいところに体を預けて、胸の上に両腕を組んで、掌に寝間着の襟を折り畳むようにして暗がりに目を瞑った。

傍らに、だれかが座っている。

すぐ隣に身を寄せ合って、肘の上から肩のすぐ下までが、互いにぴったりくっつくようにして座っている。そうやって隣り合って座って、触れている部分がほんのりと温かい。

右を向くと、横顔が見えた。ふすまの隙間から縦に射し込む細長い光の筋の中に、前髪の垂れかかった細い鼻筋と、茶色みがかった目があって、その目がまっすぐ外に向けられているのが見えた。

ああ、ここにいたのか、ここにいたんだ。一人の右半身と、もう一人の左半身がぴたりと合わさって、体温が伝わり合い混じり合い、そのうちに互いの皮膚もどちらがどちらのものなのか分からないくらいに、溶け合ってしまう。

大丈夫かな。耳元で囁くような声がする。

うん。

見つからないかな、ここにいれば。信也（しんや）が訊くともなしに訊く。

大丈夫だよ、見つからないよ、ここにいれば。押し入れの中ならなぜか大丈夫な気がして、どうして隠れているのかはっきりと分からないまま、そう答える。

そうだね。と信也が、暗がりの中で頷いてみせる。それからもぞもぞと身動きする気配がして、なにかカタカタと軽く鳴る音がしたのは、きっとズボンのポケットの中のマッチ箱を、片手に握って揺すってみたのだろう。

だめだよね。信也が分かっていることを訊く。

うん、だめだよ。やめといたほうがいい。

うん、そうだね。諦めたようなほっとしたみたいな声が言う。

自分も、ポケットに手を入れて探ってみた。すぐさま指先になにかが触れ、圧しつけた人差し指の腹を、紙箱の四角い角が圧し返す。学校でだったか、うちでだったか、だれか大人が話すのを聞いたのだ。押し入れの中でマッチを擦って火事になって、焼け死んでしまった子供の話を。

漫画本を読んだりはできないけれど、ふすまの隙間から細く光が射し込んでいて、押し入れの中は、真っ暗でもなく怖くもない。そのまま、暗がりに隣り合って座り込んで、しばらくの間うとうとした。目が覚めると横で信也が起きていて、ふすまの隙間からじっと外を覗いていた。

どうする。どうしようか。このままここにいても。うん、いいけど。いいけど、お腹すくよね。そうだね、すくよね。

そう言う自分たちは、もうとっくにお腹が空いているのだった。

今晩のおかずは、と尋ねると、天ぷらだって言ってた、と信也が答え、たちまち口の中に唾が湧いた。隣からもさっそく、唾を呑む音が聞こえてくる。食べ物の好みが、まったく同じなのだ。いや、食べ物だけじゃない、好き嫌いは全て同じ、感じ方も考え方も話し方も、頭の働きも体の使い方も動き方も。シンヤとマサヤって、そっくりだね。双子って、ほんとによく似てるんだね。よくそう言われたものだったけれど、自分たちは似ているのではなく、同じなのだ。そう思い、そのことを、どちらも同じように黙っていた。

お腹はとても空いていたけれど、やはり出て行く決心はつかず、だれかが捜しに来て見つけ出してくれるということもなかった。ふすまの隙間から射し込む明かりが次第に弱まって、押し入れの中は前より暗くなり、自分たちは押し入れの奥の暗がりに、ずっと体を丸めて隣り合っていた。

草地を、草の地面を駆けている。

草の生えた地面をずっと全速力で駆けていくと、行く手が坂になっていて、急になった草の斜面を、全力で駆け上がる。すぐ先を、一歩半ぐらい先を、やはり信也が駆けていて、その一歩半を追いつこうとして一生懸命駆けたけれど、まだ追いつけない。

すぐ先で、格子柄のシャツが風をはらんで膨らんでいる。信也は走りながら、笑っているらしい。走っている体の揺れに加えて細かく背中が震え、ときおり首を振ったり肩をそびやかしたりなど、そんな仕草も見られる。このまま行けば、必ず最初に天辺（てっぺん）に着けると思い込んで、ひとり笑っているのだろう。そうはさせないぞ、と思う。絶対に追いついて、追いついたらすぐに抜いてやる。テレビで見た陸上選手をそっくり真似て顎を引き気味に、姿勢を整えて足を繰り出す。速度が一段上がったのが分かり、今にみてろよ、と笑いながら走ったら、息が苦しくなった。

頂上が近づいてきて、差は一歩半から一歩に縮まったまま変わらず、信也はまだ笑いながら一歩先を走っている。紺色の半ズボンの裾から出た脚が目の前で交互に蹴り上がって、運動靴の底からぱらぱらと小石が降ってきた。よける間もなく土埃が目に入り、思わず立ち止まってしまう。すぐに三歩先を追って、急いで急斜面を駆け上がった。

頂上のひときわ小高くなったところで、地面が終わっていた。草地が途切れ、砂利混じりの赤土が覗いている。崖のはずれは木々もなく、向こう側の斜面と木立を陽射しの中に霞ませて、遠くまで視界が開けていた。

だれもいない。なにも聞こえない。そろそろと縁までにじり寄って、下を覗いて見た。ぎりぎりのところまで身を乗り出して覗き込んでも、張り出した岩に遮られて真下は見えない。じっと立ち止まって耳をすませてみたけれど、自分の心臓の鼓動が鼓膜を揺るがせて響き渡るだけで、声も物音もなにひとつ聞こえない。

草地のへりに、タンポポが咲いている。細かい短冊形の花弁を無数に開いて、真っ黄色に咲いている。ところどころ綿毛になったのが毬の形に丸まって、まっすぐ伸びた茎の上に載っているのを、濃い緑の葉が取り囲んでいた。生暖かい風が吹いてきて、鋸状になった葉先を揺らして通り過ぎる。

草地を、そっと歩いている。

足音を立てないようにそっと、草の生えたところだけを踏んで歩いていくと、草の根が盛り上がったところが、運動靴の底にこんもりと当たった。土の上を爪先立ちで渡って、また草の上に下りる。砂利のところは、歩くと小石が擦れ合って音を立てそうだから、草のへりを踏んで勢いをつけて飛び越えて、砂利の上は歩かない。

左手の掌が、指の付け根のあたりがちくちくとする。小さな棘の生えた足が、指の叉の柔らかい皮膚を引っ搔いて、ちくちくと這っている。ちょっと覗いて様子を見たいが、飛んで逃げられてしまうのは嫌だから、見たいのを無理して我慢して、お椀みたいに右手をかぶせたままでそろりと運ぶ。草地を上ってくる途中の、灌木の茂みの中、垂れ下がった葉の影に固く乾いた幹の、ちょうど手の届く高さにとまっているのを見つけたのだ。今までに、クロコガネとかカナブンとかは採ったことがあったけれど、それは大きくてネオンみたいに光る、本物のコガネムシだった。「黄金虫」と書かれるその通りに、本当に光り輝く黄金色をしていた。

我慢できなくなって、立ち止まって、ほんのちょっと隙間を作って覗いてみた。洞窟みたいに丸く囲った両手の中に、黄緑色の甲羅が一瞬垣間見えた。

崖の上の一等高くなったところに、後姿があった。自分と同じ紺色の半ズボンを履いて、水色の格子の入ったお揃いのシャツを着た背中をこちらに向け、崖のはずれに立っている。向かいの崖のほうに顔を向けたまま、全然身動きをしない。時折シャツに風が入って、白地の袖をきらめかせはためかせて出ていく。そうやって、風の通り道に打ち立てられた旗みたくまっすぐに立っている信也を、手前に立ち止まってしばらく眺めていた。

伸びた背筋が張り詰めていて、一心に集中しているのが後ろからでも分かる。向こう側の斜面に、なにか見つけたのか、崖の上にこんもりと茂った木立の間に、珍しい生き物でもいるのだろうか。目を凝らしてみたけれど、ここからでは遠すぎて、崖上の木々の枝ぶりさえ、はっきりとは見分けられない。

信也は相変わらずじっと立ったまま、おそらくこちらには気づいていない。そっと後ろから近づいていこう、真後ろに立って脅かしてやろうと、息を殺して上がる。音を立てずすぐそばまで、後ろから近づいていった。

わっ

コガネムシが飛んだ。

輝く甲冑を縦割りにして、茶色く透ける薄翅を羽ばたかせていなくなった。わあっと開いた口が見えなくなる。後ろの顔がなくなって、土が崩れる音がした。

腕が痛い。崖の上から右腕をぎりぎりまで伸ばして、左腕は後ろに伸ばして、低木の根元を摑んでいる。どちらの腕も、これ以上は伸びないところまで伸び切っていて痛い。自分は信也の右手を、信也は自分の右手を握り合っている。崖の上に腹這いになって、信也の片手を握っている。

張り出しから剝がれた土が、ばらばらと散らばって落ちていった。塊が、途中の岩に当たって砕けて鳴った。最後に落ちた小石がひとつ、下のほうで岩根にぶつかって跳ね返って飛んで、飛んでいった先はどこなのか、もう音は聞こえない。

手の先に、信也がぶら下がって見上げている。痛いのも苦しいのも恐怖感で吹き飛んで、まっさらになった顔が見上げている。その下に足が、運動靴が片方脱げてしまった足が、ぶらぶらとぶら下がっているのが見えた。ぶら下がった体が回って揺れて、もう片方の手はどこにも届かない。どこにもつかまるところがなくて、信也は黙って揺れている。

手の中が熱かった。掌と指が固く組み合わさり、伝わり合った熱に溶けて、もうどちらがどちらのものなのか分からない。もう一枚の皮膚が、自分の片手を封印するかのようにぴたりと重なって、爪の形、指の骨格から指球の肉付きまで、手の形をそっくりそのまま精巧になぞって作り上げた手袋を、嵌めているみたいだった。

時間と共に、手袋は脱げていく。あんなに隙なく密着していたはずなのに。手首の周りを一回り、端からめくれて、めくれたところが裏返って、僅かずつ下へとずれていく。毛穴から微量の汗が染み出る速度で、一ミリずつ確実に剝けていく。手首から親指の付け根まで、露わになって外気に触れる。押しとどめようとして、けれど引き止めようのない手の中を、さらにめくれてずり落ち続ける。親指はもうとっくに外れてしまった。掌が剝けて晒されて、四本の指がずるずると裸になっていく。

中指の先端を残して、全体が裏返った。爪の生え際のあたりから下だけが繋がって、束の間垂れ下がっていた。指先の皮膚の剝がれる感触がして、それは手を離れまっすぐ真下へと落ちて見えなくなった。

廊下の行き止まりに立っている。

突き当たりに分厚い窓硝子が嵌まっていて、そこから外の光が射し込んで、少し斜めに床に落ちている。暗がりに静まった廊下が、そこだけ四角くうっすらと明るんでいた。

足裏に、ひたひたとなにかが吸い付くような感触がある。見下ろせば、膝の抜けたパジャマのズボンの裾の下に、親指の爪が少し黄ばんで捻じれている。いつも履いているフェルトの室内履きは、どこへやったのだろう。

鋼鉄製の扉が外から夜気に冷やされ、そこから寒気が床を伝い、裸足の足裏から這い上がってくる。羽織った寝間着ごと凍えてしまいそうに冷えた体の中で、右手の先だけが妙に温かい。

右の手の温かく感じる部分を、自分の左手がぴたりと覆っている。固く握り締めた指は、ほどきようもなくこわばって、甲に浮いた筋が暗がりに白んで見えた。

錆び混じりの蝶番が軋む音。伸ばした手の先に、堅く冷たく平らなものの手触り。堅いものが堅いところにぶつかる乾いた音の残響と、膝頭の皿の骨のあたりに、鈍い痛みの名残があって、どうやらどこか暗い場所から、這い出して来たようだ。

今しがたまで、夢を見ていたような気がする。

ああ怖かったと振り返ってみても、振り返って見たところの記憶が、そこだけとんで、まっさらなところにはなにもない。なにかとほうもなく不吉な題名が、黒々としたたる墨汁で書きつけられた表紙の下に、白紙ばかりが幾枚も綴じ込まれている。そんな台本を誤ってめくってしまったかのように、ひたすら不穏でしかたない。なにがどうしてどう怖いのか、思い出せないのはもどかしくて不安だから、思い出そうとすると、訳の分からない恐ろしさが、訳の分からないままにつのってなおさら恐ろしい。

いつの間にか、目を瞑っていた。目を瞑ったまま、上体を軽く左右に揺すっていた。ゆらゆらと傾いでいく体は、真ん中を振り子の芯にして、右へ左へと繰り返し揺れ動く。その緩やかで規則的な揺れに、身の内が速やかに凪いでいく。

初めは遠く水平線の上に垂れ込めていた薄雲が、にわかに膨らんで大きく湧き上がる。雷神が乗ったらいかにも似合いそうな形に渦を巻いて、軍団を成し強風に乗って、妙に明るい雨もよいの空を千切れ飛んでくる。

上陸した雨雲からひきもきらず雨滴が落ち、稲光が雨のすだれを透かして瞬時に照り映える。閃光と轟きとの間合いを急速に詰め雷が迫るにつれて、きゃあきゃあとはしゃぎ半分だった声もいつしか黙りがち。頭に被った座布団のはしをより強く握り締め、部屋の隅に身を寄せ合って縮こまる。しまいに光と音とが一発、ほぼ同時に頭上から降り、そのころにはたいてい、家の中が停電になっている。

雷は、打ち上げ花火の華々しさで通り過ぎ、電灯が消えた屋内に蠟燭が灯される。マッチ棒の先端の焦げたにおいに、溶けた蠟のにおいが暖かく溶け、黄色味を帯びた炎がゆらゆらと周りを照らす。畳の目地に影が揺れ、光の届かない隅にとどこおった闇が、ことのほか深々と暗い。

雨は夜通し降り続け、古びた瓦屋根を叩く雨音はいつまでも止むことなく続く。そのうちに、子供部屋の六畳の西の角で雨漏りがする。天井から滲み透った雨水が押し入れの桟を伝い、ふすま紙に薄茶色の滲みが浮き出してくる。黄身のくずれた卵に醬油をかけたような、斑(まだら)の滲みだ。それが縦に長く伸びて、逆さに生えたキリンの首の形に垂れて広がっていく。その脇に、うっすらほのかな木目の模様。部屋と部屋の境に立つ柱も、ふすまの上の天井の梁も、飴色の木目を滲ませ、頼りなく揺らぐ明かりに揺らめいている。電気の消えた家内は、普段とはまるで違う別の場所に成り変わり、ちょっとだけ怖くておもしろい、おもしろいけれどちょっと怖い。神社の境内のお祭りと肝試しとが、ふたつながら一緒になってやって来たみたいだった。

目を醒ましたときには、外は晴れている。鎖樋を伝い落ちた水滴が玉砂利に滴る音が、部屋の中まで聞こえてくる。窓の向こうを窺えば、朝早い裏庭のヤツデの葉が、巨大なヤモリが手を広げたようにぴったりと、擦り硝子の裏側に張り付いているのが見える。

目を開けると、床が明るくなっていた。窓から射し込む光が、煌々と突き当たりの床の上を照らしていた。四角い明かりの枠の中に、枝の形がくっきりと。葉っぱの輪郭が、縁のほうからぎざぎざと。影は並んで落ちて、微かに揺れている。葉先がそよいでいるところからは、やわらかな葉擦れの音が立ちそうだけれど、耳をすませても、ここではなにも聞こえない。音もなく、葉群れの間を風が通る。外を、夜風が吹いていくのが見える。

ふっと大きく影が揺らいで、合間に光が射した。枝葉が一斉に吹き払われた地点に、花びら餅の形の月が出て、その餅色の光を、惜しみなくふんだんに降らせ振り撒いた。


透き通った水の中にいる。

岸からせり出した岩を縫うようにして、流れに乗って泳いでいる。水は蒼く冷たく澄み渡り、川床がとてもよく見えた。水中に根を張った岩のふもとに、ごつごつと大振りの石が積み上がって、脇の小さな石が白く丸い。岩の表面にはところどころ鶯色（うぐいすいろ）の苔が、隙間からは水草が生え出して、細い葉先を流れに揺らしている。

水を掻こうと伸ばした手に、逆に向かってくる流れが当たって指の叉につかえる。無理をして目を上げると、すぐ先の水が逆巻いて泡立ち、数知れぬ小さな泡が流れ寄せ、額の生え際や瞼の上をくすぐって通り過ぎた。渦巻く泡の只中に、なにか明るいものがちらついて見える。魚の胸鰭みたいにひらひらと、柔らかそうな肌色の足裏がふたつ、交互にしなって水を蹴っていた。

ああ、そこにいたんだ、すぐそこを泳いでいたんだな。この手ですぐにも触れられそうなくらいに近くを。今度こそ、絶対に追いついてやる。そう笑ったら、口からぶくぶくと大きなあぶくが出て、あぶくを出して笑いながら泳いでいった。

岩と岩の間の狭まった流れを前後して抜けると、押し出されるようにして突然広いところに出た。相変わらず澄んだ水はその色を薄め、小石と砂の敷かれた川床が目の下に遠く見下ろせる。傍らを、小型の魚が数匹の群れを作って平行に泳いでいる。青いネオンに縁取られぐるりと円く剝いた漆黒の目玉、僅かに開きかけた口の中の桜色まで見て取れるほど間近だ。そこに加わって一緒に泳いでいこうと思い、そちらへ一掻き繰り出した途端、群れは乱れて散り散りに。一匹ずつ鱗をきらめかせて身を翻し、瞬く間に流れのどこかへ消えて見えなくなった。

前を行く足は、相変わらず同じ速さで、水を蹴立て泡を立てて進んでいる。ちょうど体ひとつ分ほど、少し無理をすれば、なんとか追いつけるくらいの距離だ。全速力で泳げば、必ず追いつけるけれど、力を出し切って追いついたら息が切れて、そこからはもうきっと追い越せない。だからゆっくり追いついて横に並んで、そのまま隣を泳いでいけばいいと思う。川幅はさらに広がって、流れは滔々と。それに乗って、同じ動きと同じ速さで水を掻きながら、ずっとどこまでも隣り合って泳いでいこうと思う。

廊下を、少し薄暗い廊下を、ずっと奥まで辿っていったところに、陽だまりがある。

人気のない廊下を進んでいくと、突き当たりに重たそうな扉があって、扉の上のほうに、四角い硝子が嵌め込まれていて、扉は分厚く頑丈そうで、硝子も分厚く丈夫そうだ。実際分厚くて頑丈なのだろう。外の物音が聞こえない。静かな廊下に陽の光だけが射して、つるんとした床の上に、陽だまりになって落ちている。

窓硝子は真四角だけれど、陽射しは少し斜めに床に当たって、菱形に近い形をして、その角がひとつ、こちらを向いて尖っている。斜めになった窓枠の影の中に、枝の影が落ちていて、ちょうどその一番尖った隅を指差すみたいにして伸びている。窓の向こうに目をやれば、くっきり穏やかに晴れ渡って、静かにじっとそこに立つ外の木が見える。

陽だまりの手前に立ってじっと見下ろしていると、葉先がつつんと動いた。丸みのある影がぶれて薄らいで、僅かにずれたところに、縁の形をぎざぎざと刻み直して落ちた。

葉っぱの影がそよいでいる。陽だまりの中を風が吹いている。それに乗って、胡椒粒よりもっと細かな種が、いくつも舞い上がって吹き流される。崖下から吹き上げた風が、鋸状の緑の葉先を、耳の脇に束ねきれなかった後れ毛を、だらだら坂のふもとの水色のペンキが真新しいベンチの上に張り出した枝を、ふるふると震わせ揺らし、なびかせて通り抜ける。なにやら頭の上に落ちたようで、髪の間にとまったようで、おやと振り仰げば、見上げた先がひたすら白い。白く小さなかけらが、数知れずひきもきらず吹き寄せてくる。雪崩れ吹雪いて、まぶしく降り落ちてくる。

最後に、薄い桜色の花びらがひとひら散り落ちて、器に注いだばかりの緑茶の浅黄色の面(おもて)に落ちて、落ちたところに動かないまま、そうしてそこにそのまま、しめやかに浮かんでいた。

いつの間にやら、だれかが近づいてきて、斜めすぐ後ろに立っている気配がする。耳が遠いからいつもすぐ近くに来るまでまるで気づかないことが多いのだけれど、肩越しにちらと振り返って見た人は、とても静かな佇まいで立っていて、ずいぶん前からそこにそうして立っていたのかもしれなかった。

振り向かずにじっとしていると、その人は部屋に帰ろうと促すこともなくて、とても静かにそこに立っていたから、人差し指の先端を向けて、つるりとした床の上のぎざぎざした葉っぱの縁を指し示してみた。そうやって、葉っぱの影を指で差したまま、黙ってそこに立っていた。半歩後ろに黙って立っている人も、そのまま動くことなく黙ったまま、指差された影をじっと見下ろした。

廊下のはずれに二人で立っている。

四角い陽だまりの手前に立って、枝葉の影が揺れるのを、輪郭が濃くなり薄くなり、ぼやけてはまたくっきりとするのを、そこに立って眺めていた。じっとなにも言わず隣り合って、ただ黙って立ったまま、足下の陽だまりをいつまでもずっと見下ろしていた。

骨の行方

明け方になって見た夢に、箱が出てきた。

ハコという概念をそのまま三次元に立ち上げたみたいな、四角い箱だった。それが幾つも繋がったのが、目には見えない水に浮いていて、連結された車両が曲がるような具合に蛇行して流れ寄せた。先頭の箱が止まる。角に二つ目がぶつかってしまうのではないかと見ていると、寄ってきたそばから、すんなり音もなく中に滑り込んでいった。後に続く箱たちも、それぞれ微妙に大きさが異なるらしい。ひとつ前の箱の中に入り込んで、ひとつ後の箱を飲み込んで、その後の箱がまた次の箱を迎え入れて、次々と。何かが折り目正しく折り畳まれていくときの整然とした静けさで、相次いで仕舞い込まれて、最後に全てがひとつになった。幾重にも相似形を重ねた、入れ子構造の箱である。

入れ子の箱は縦になって展開して、橋桁の形にどこまでも遠くへと立ち並んだ。その橋が、そのうち緑に色づき始める。ツタが蔓を伸ばして茂り出し、無数の葉が列を成して生え揃う。同じ形をした緑が、繰り返し繰り返し果てしなく連なっていく。先端はもう、葉っぱの形も見分けられないほどに遠い。これは一体どこまで続いていくのだろう。と、緑の彼方を眺めやっているところで、久美子は寝ている布団の中に帰ってきた。

目を開ける前から、いつもの音が聞こえていた。カシャー、カシャー、カシャー。何やら軽い物が行きつ戻りつしているような。毎朝規則正しく、ほぼ同時刻に鳴る音だった。繰り返し耳に響いて、しばらくは止む気配がない。集合住宅の中は、ときに不思議な伝わり方で音が回る。板壁を隔てた隣の部屋の中からなのか、真下の階から天井と床板を通って来るのか、それとも外で鳴っているのが建物に侵入して、枕元まで届くのだろうか。そんなふうに音源に思いを向ける時分には、もう起きる時刻になっている。

音はたいてい、布団を上げたり服を着替えたり朝餉（あさげ）の支度をしたりなどしている間、ずっと間歇的（かんけつ）に聞こえてくる。狭い住居の中を、どこへ行ってもついてくる。その名残がシュワシュワと、抜け殻のような軽さで消え残り、ふと手足を止めて耳を澄ませば、もうとっくに止んでいたりもする。そしてまた忘れた頃になって、鳴り始めるのだった。

カシャー、カシャー、カシャー。見上げた天井の木目が、ピーマンからナスビに変わり、巨大なトウガラシの形へと引き伸ばされ、今日は仕事が休みの日だったと思い当たり、買い物に行こうと思い立った。掛け布団の中は暖かく、縁に折り込んだバスタオルの端を握り、人型のぬくもりからはみ出さないようにそろそろと両脚を曲げて伸ばす。

和室の奥の襖に陽が当たっていた。冬の陽射しが長く斜めに射し込んで、襖の上が菱形に明るんでいた。窓枠のまっすぐ濃い影に仕切られ、縁の方から毛羽立った古い襖紙がそこだけ真っ白に浮き立って見える。その下の陰になった片隅が、茶渋の色にくすんでいた。

引き手に指をかけて、横に滑らせる。上の段に重なった衣装ケースの手前にいつも通り、三つの箱が行儀よく並んでいる。どれも四角四面の立方体で、大きさも形状もほとんど違わない。左端にあるのが一等古くて、覆いの白布がところどころ黄ばんでいる。真ん中のも、金糸の入った折り目の窪みが埃っぽい。右端が一番新しい、とは言え、いつからそこにあるのか年数を数えるのに折った指が覚束なくなるくらいに、以前のものだった。

外は晴れ渡って、空気が乾いている。マフラーの襟元を緩め、嵌めて出た手袋を脱いでしまいたくなる暖かさだった。雀が一羽、続いて二羽、飛んで来て電線を揺らして留まり、すぐにまた相次いで飛び去って行く。その行方を振り仰ぐようにして、住宅街の小道を歩いて行った。

ありがたいことに、いつもながらにそう思う。この界隈には歩いて行ける範囲にスーパーが三軒。一番近い店は、駅へと続くひなびた商店街のとっかかりにあり、日常の用なら充分ことで足りる。昔ながらの万屋（よろずや）が、ひたすら拡張を重ね拡大した挙句、不景気で頭打ちになって沈滞しつつも、高齢化した地元の愛顧を引き留める形で生き残り、とそんな経緯を推測させる店構えである。見栄えと洗練とを大胆に度外視した安売り戦略が、功を奏しているらしい。庶民的な点を売り物に、それなりに経営を安定させて今に至っているようだった。

二軒目は、鉄道の高架をくぐった駅の向こう側、最後の一軒はさらにその先の国道沿いにある。食料品日用品衣料品園芸用品から、小型の物なら一通りの家具や家電まで揃えた大型店舗。

最上階には、迷うほど多種多様な飲食店が並び、何でも好きなものを買って好きなところに腰かけて、気兼ねなく飲んだり食べたりもできる。近くの団地からやって来るのか、小学生たちが歓声を上げながら大勢で駆け回るのには閉口させられたけれど、あれは休日の午後のこと。平日の昼間なら、きっと静かに空いていることだろう。

しばらくあちら側に足を運んでいないのは、近頃ほとんど電車に乗らなくなってしまったからだ。たまには、今日のように時間があって天気の良い日には、足を伸ばしてみるのもいい。たとえ何も買わなくとも服や装身具や装飾品など、彩良く陳列された売り場を眺め歩いてみてもいい。

そう思って商店街にさしかかって、店頭につい足が止まる。マジックで大書きされた赤字の値段と、ワゴンに積み上げられ、今にも雪崩落ちそうな商品の山。ごたまぜの賑やかさが、安価に興を添えていた。すぐ脇を誰かが追い越し、入口に高く積まれた買い物籠をひとつさらって入って行く。その背中を追うように閉まりかけた自動ドアを抜け、久美子はいつものスーパーに入ってしまった。

野菜売り場の通路を通るたび、その見事な景観に眺め入りしばし佇む。
京菜高菜菊菜小松菜野沢菜サラダ菜チンゲン菜。葉物野菜のひしめく棚は、小学校に入りたての頃は近所にいくらでもあって日々の遊び場だった野原よりも、遥かに緑が濃かった。袋越しにシャキシャキと、食感が指先に伝わりそうに瑞々しいモヤシの山の上方で、ほうれん草が根をこちら向きに、刈り取られた部分を乳首のごとく赤紫色に尖らせて束ねられている。

　生魚売り場で、本日の特別提供品と銘打たれた旬の鯖を一尾取った。銀色の皮が、いかにもヒカリモノらしく青味を帯びてきらきらしい。野菜売り場に取って返し、ラップに包まれた青首大根の半欠けを買い物籠に入れると、隣にはひょろりとした細大根が何本も。そのまま漬け物樽に直行しそうな様子でしおたれて、こちらは一本ずつ縦に並べられていた。値札を見較べ、重さは目見当で、グラム当たりの値段をざっと計算してみる。切られた青首は見るからに新鮮、大根おろしにしたらおいしそうだったけれど、それ相応に割高で、一方細大根の方は、いかにも覇気がなく中がすかすかしていそう。けれど一本買って半分おろしにしたら、残りは味噌汁の具にもできることだし、そうしたら今日の買い物から長ネギは省いてしまってもいい。誰かに見咎められていないかと周りを見回して、久美子は生きのいい青首を棚に戻し、やせて元気のない一本と取り替えた。

　最後は忘れずに、日用品売り場のはずれにある文具の棚に寄る。いつも目を配っているから、商品の配列が少しでも変化していれば、すぐにそれと分かる。以前はミニチュアの木綿豆腐みたいな無個性の消しゴムが並んでいたところが、色とりどりににぎやかだ。細かな仕切の中に、手鞠を模した花柄の球、胴に黒い帯を巻いた三角おむすび、チーズと挽肉を鮮やかにはみ出させたハンバーガーがある。赤い車と青い車は、それぞれバンパーとタイヤに当たる部分が緑と黄色の色違い。極端に寸詰まりのクジラに、間抜け顔のゴジラといった風情の恐竜もいる。様々に色と形の違う消しゴムが種ごとに入れられて、手前の値段票に『三つよりどり』と記されていた。

よくよく観察すれば案の定、幾つも間違った仕切に入っている。手当たり次第手に取って較べ、散々迷いぬいた末に、いい加減に放り込んで戻したのに違いない。そうするときの幼く乱暴な子供の手つきが、ありありと目に浮かぶ。久美子はポケットに手を入れて指先をハンカチで拭ってから、誤ったところにある消しゴムをひとつひとつ摘まみ上げて、正しい場所に入れ直した。

オバアサン

会計を済ませて向かった出口で、声がしたようだった。曇りかけの空色の制服を着た人と正面からぶつかりそうになり、片側に身をよけると、咄嗟に脇に踏み出したその同じ方向に、相手も一歩動いた。狭い道などですれ違おうとして、たまたま同じ側に寄ってしまうというあれだろう。淡く微笑んで顔を上げると、相手はひどく真剣な恐ろしいような顔つきで、なおも間合いを詰めてきた。その後ろから、黒エプロンの男が二人湧いて出て立ち塞がった。

「ちょっと」背の高いほうが口を開く「おばあさん」

さっきも聞いたそれは、こともあろうに自分のことだったのか。そう気づいて、ひたすら啞然とした。あまりのことに、反応のしようがない、返す言葉もないというのは、こういうことを言うのだろう。そうやって、オバアサンと呼ばれた衝撃の只中に立ちすくんでいる有様だったから、他の言葉が聞こえない、聞こえても意味が拾えない。ちょっとこちらに来てくださいと言われても、何を言われているのか何が起きているのか、理解も想像も及ばなかった。

「そのバッグ」制服の男が指差す。

この手提げのことなのか、何だろう。

「中を確認させてもらいたいんですよね」周囲がたちまち不穏になった。

頭から血の気が引いていく。しんと冷たくなった空白に、何かがせり上がってくる。見えないのに見覚えのある何かが、後ろ足を引きずりながらいざり寄ってくる。夜ごとに、その細部も情景も寸分たがわず繰り返される悪夢の中に、立ち戻ったような思いがした。朝になれば忘れてしまう、けれど眠れば必ず訪れてくる。見るたびに、ああ、まただと、馴染み深ささえ覚える途方もない怖ろしさで。

「ちょっと、来てください」

襲ってきた恐慌は瞬く間に広がって、神経の糸を片端から断ち切っていく。ぶつりと導線の千切れる感触があって、制御の効かなくなった全身が内と外と両方からわななないた。

「事務室のほうへ」

嫌だ、それは嫌だ。咄嗟に両腕を胸の前に畳んだ。

ここでは、なんだから。アナタもこんな人目のあるところじゃ、恥ずかしいでしょう。とりあえず、あっちで。中を見せてくれるだけで、いいんだから。さあ、事務室へ行きましょう。

折った両肘が体側に食い込んで、あたかも手提げごと身を庇う姿勢になる。体を固くし全力で首を振って、頑なに拒んだ。

「じゃあ、しかたないね。ここで見せて」

四隅の皮がはげかけた使い古しの赤い財布、鈴のついたくすんだ金属の鍵束、今時誰も持ってはいないだろう古い型の折り畳み式携帯電話、商店街の福引の景品にもらったティッシュペーパー、糸目のほつれた買い物袋と、使用済みのレジ袋を折り畳んだのが一枚。手提げの中には、明らかな盗品もそれらしき品も疑いを呼ぶ物も、それ以外の余分な物も何ひとつなかった。華やぎも新しさもなければ、面白みのひとかけらも見当たらない。作荷台に開けられた僅かな持ち物は、格段につましく古ぼけていて、寂寥感が木枯らしに乗って吹き寄せたような眺めだった。

レシートはと訊かれて渡した紙切れを、背の高い黒エプロンが小声で読み上げる。それを若く背の低い黒エプロンが、清算済みの籠の中味と照合していく。買った物はごく少量で、どれほど丁寧に確認したところで、作業はあっという間に終わってしまう。

「けっこうです。店長らしき黒エプロンの男が、レシートを返して寄こした。

「お引き取りいただいて、結構です」

久美子は目を見開き、口も大きく開いたけれど、言うべき何事も声になって出てくることはなかった。言葉なく開いた口が、釣られた魚のようだと思う。鰓を動かし筒型の口を開け閉めし、成すすべのなさを模るようにして川岸の地面に横たわっている。

アンタタチ、何ナンダヨ！

突如怒声が響き渡り、三人同時に振り向いた方角から、小柄なパンチパーマのお兄さんだか小父さんだかが、肩を怒らせてやって来た。久美子は最初、ヤクザさんが因縁でもつけているのかと思ったが、コ人ハ何モ悪イコトシテナイダロウと、その人が目の前の三人組を睨み上げたので、どうやら責められているのは自分ではないらしいと、少しばかり安堵した。それにしても、憤るその声が妙に甲高いように思われる。

「それを勝手に疑って人前で調べあげた挙句に、何もなかったからって、さあお引き取りくださいってか、そんな法があるかっ!?　この人がおとなしくて文句も言わないからって、嵩にかかって何て態度だよ！　お客さんなんだよ、この人はね、この店の大事な客なんだよ。かわいそうに、こんなに怯えて震えてるじゃないか」

それを聞いて両手を見下ろせば確かにカサカサと、寒風に吹き晒された枯れ枝のごとく揺れ動いている。

「根も葉もない疑いをおかけしたこちらが間違っておりました、本当に悪うございました。不愉快な思いをさせてしまって、誠に申し訳ございませんって、平謝りに謝るべきところだろうが！」

ようやく店長が正対して両腕を上げ、まあまあと制するように掌を向けた。パンチパーマの人は少し声を落としたが、低くなった声音は、怒鳴っていたときよりむしろ凄みを増して響いた。

「これはささやかなお詫びの印でございますって、現物供与でも商品券でも差し出したって、おかしくないだろう」

はあと店長がうつむく。

「せめて一言でも、謝罪の言葉を聞かせたらどうなんだ！　そうでないと、町中に触れ歩くぞ、この店は客に濡れ衣着せて、謝りもしないって！」

店長が目顔で合図を送り、店員が文字通り飛び上がって作荷台の上の物をかき集めた。それらを手提げに仕舞い、清算済みの籠の中味をレジ袋に、敏捷かつ猛然と詰め込み始める。昔は袋詰めサービスのあったスーパーの店員とか、時間限定詰め放題の常連客など、その道のプロ級の人たちと競っても負けそうにない手際の早業だった。差し出された手提げと袋を久美子が両手に受け取るや否や、三人が一列になり揃って低頭した。若い店員の黒々としたつむじ、店長のごま塩混じりの短髪、普通に立っているときは見えなかった警備員の、髪が薄くなり地肌の透けて見える頭頂が、等間隔で目の前に下りてきた。

「申し訳ございませんでした」

久美子はあっけに取られて見下ろしていたが、いつまで待っても頭は上がらない。ひょっとしたらここは何か一言言わなければならないのだろうか。寛容に事を収める一言、または捨台詞だって構わないのかもしれない。ともかくも何かを言ってこの状況に終止符を打つのが、この場で自分に割り当てられた役回りなのだろう。きっとそうなのだろうが、すんなりと口に出せるものなら、もうとっくに言葉にして発していたに相違なく、それがこれまで言えなかったのだから、ここへきて急に言えるようになるわけもない。どうしようもなく黙って立っていると、急に片耳がくすぐったくなった。続いて、温かく湿った息が流れ込んでくる。

「今日のところは、ひとまずこれで。今後、二度とこのようなことが起こらないように、くれぐれもご注意くださいませ。そう言って、振り向かずに、毅然と立ち去ればいいんだよ」

最後の部分はト書きと解して呑み込んで、前半部を言われた通りできるだけ冷然と厳かに言い切り、久美子は踵（きびす）を返して店を出た。

「またのご愛顧をよろしくお願いいたします」流れ出た声が、背中を追って唱和した。

指示された役はちゃんとこなせた。学芸会の劇を演じ終え、喝采を浴びた小学生並みに背筋が伸びていたのは、ほんの数歩の間のことで、角も曲がらないうちに、ことごとく操りの糸が切れてしまう。膝から下が一挙に柔らかくなり、久美子は歩道にくずおれて地面に両手を突いた。投げ出されたレジ袋から大根がはみ出して、しなびた先端が路上に白く伸びた。

ダイジョウブカイ。横合いから手が差し延べられ、二の腕のあたりに添えられたのを見れば、甲に万遍なくちりめん皺が寄っている。振り返ったすぐ間近に、パンチパーマの人が屈み込んでいた。縮れ乾麺のごとく固まった頭髪。群青色のダウン、その下から覗く紫のセーターに緑と橙色が派手にせめぎ合う幅広の化繊のズボン、この上なくちぐはぐな取り合わせに、見違いようはない。

「ああ、さっきは」言いかけて涙が出た「あ、ありがとうございました」

その人は横に首を振って見せ、数本輪になったたるみ皺が顎の下に覗いた。ドーランの上から、手荒く白粉をはたいたらしく、あちこち斑(まだら)になった顔は、どう見ても女性のもの。相当に年老いた人のものだった。

紫色の後姿が、まめまめしく立ち働いている。着古したセーターがくっきりと身体の線に沿って、相変わらず一糸乱れぬ黒い縮れ髪。後ろから見た小柄な背中は、まるで歳が分からない。久美子は食卓の椅子に座り込んで、台所の光景を見るともなくぼんやりと見ていた。

パンチパーマの人は、スーパーの前からアパートまで荷物を持って付き添ってくれた。ジャアコレデと、玄関口であっさり帰りかけた人が、結局部屋に上がることになったのは、久美子がたたきでよろけて、上り口にへたり込んでしまったからだった。何か食べて飲んだほうがいいよ。その人は至極現実的でまっとうなことを言い、ひとんちで勝手して申し訳ないけどと前置きもそこそこに、薬缶の把手を握ってシンクの蛇口に向かっていた。

一体、これはどういう人なのだろう。訝(いぶか)しくも不思議にも感じたけれど、未だまともに働かない頭の中は、ガーゼでも被せたように霞んでとりとめもない。空き巣狙いの泥棒や、人の心の機微に通じ操りに長けた手練れの詐欺師、よもやそんな者ではないだろう。たとえそうであったとしても、それならそれで構いはしない。何とでも勝手に好きにしろと、自棄が捨て鉢をしょって開き直ったみたいな思いも湧く。どうせ盗るものとて何もないのは、見た目にも明らかだ。そう考えると、深く不透明な不安も、底が抜けてしまったようだった。

他人に何かを任せきってしまえば、後はなだらかに安らかになる。ほーっと息が流れ出し、関節がひとつずつ緩んでほどけていく。全身が弛緩して、物憂いまでの安堵感に浸ってしまう。一旦身を預けてしまったその場所から立ち上がる気力は、どうにも湧いてこなかった。

食器棚の引き戸が桟を滑り、瀬戸物同士が触れ合って微かな音を立てている。普段使いの急須と湯呑み茶碗が二つ、お盆に載って食卓に運ばれてきた。脇に、赤絵の小皿が二枚添えられている。ようやく多少まともに動き始めた頭で、客人をもてなす菓子の類いが何もないのに思い当たり、当惑した久美子の目の前に、鶯色をした抹茶味の一口羊羹が二本、手品のごとく現れ出た。サーカスのピエロが、思いがけない場所に隠し持ったささやかな贈り物を、観客の子供の前に取り出して見せるときのような手つきで、ぴらぴらした幅広のズボンのポケットから取り出されていた。

「さあ、これをお茶受けにしよう。気分がまいったときは、やっぱし甘い物を食べるのが一番さね」

とろとろと、番茶が湯呑みに溜まっていく。花柄の磁器の丸みを、皺の寄った指が囲い込んで、高く急須を傾ける。注ぎ口から勢いよく流れ出たのが、だんだんと色を濃くしてすぼまって、流れは細く途絶えがちに。もう片方の指を蓋の丸い摘まみに当てて、両手で揺らす。滞っていた流れが僅かに戻り、注ぎ口から滴り落ちる。最後の一滴を振り切って、急須が盆の上に戻された。

二杯目を注ぎ終わった人の頭越し、正面に台所が見える。元はベージュ色だった換気扇のすすけた羽が右端に三枚。窓には棒状の縞目が浮いて、隙間が太く明るい。長方形の輪郭を溶かして、縁に光がにじんでいる。外を午後の陽が傾いて、表の格子の影を曇り硝子の上に並べていた。口に入れた羊羹が舌の上に温まり、柔らかく角がこなれ、隅から溶け出して喉を流れ下っていく。

不思議な客人はキヨと名乗り、帰りがけに風呂場はどこかと尋ねてきた。久美子は訳の分からないままに、突き当たりの扉を開けて脇に寄った。入って左手に浴槽が、正面に四角い小窓がついている。窓は通気用で、実物大の肖像画程度の大きさしかない。全開にはできない造りで、今は下を外側へと斜めに開けてあった。

ああ、あれだ。キヨさんが簀（すこ）の子の濡れていないところを爪先立ちで渡って、窓に取り付いた。隙間から外を覗き見て、ああ、やっぱしと嬉し気な声になる。手招きされて、狭い簀の子の上に隣り合って立った久美子に、ほらと節の浮いた指で外を指し示した。窓の真下には、アパートを巡って人ひとりがやっと通れるくらいの幅で通路が通り、斜め下に裏の家との境に当たる垣根と、その向こうに狭い庭があった。

「ほら、あれがアタシんち」

「ええっ」

窓の前に首を落として視角を変えると、鈍色の屋根瓦の連なりと、濡れ縁の板敷きらしい木の色が垣間見えた。古くこぢんまりとした平屋建て。キヨさんの家は、ちょうど久美子のアパートの裏手にある家屋で、そこから見れば、アパートの方が裏に当たる。つまりは互いに背中合わせになって、同じブロック内でもことさら長い築年数を競い合うような恰好で、反対向きに建っているのだった。ここに越してきてからは長いから、この窓から外を覗いて見たことがなかったはずはない。けれど視界は限られ、それに風呂場を使うのはたいがい夜だったから、すぐ裏がどんな様子なのか、目を留めたことも気に留めたこともなかった。

垣根に立てかけるようにして、素焼きの植木鉢が重ねられている。庇の陰には用途の分からない什器が置かれ、脇に倒れたポリ容器の原色が地面に鮮やかだ。草刈りは長い間した様子がなく、雑草が伸び放題のままに冬枯れている。西の隅に、セメントでできた塊があった。筒型をしているから、昔の井戸の囲いなのだろう。内側を埋め立てて花壇代わりにしているのか、薄茶色く枯れて倒れた束の間から、黄緑色の茎が数本立ち上がっていた。

人差し指の先が、井戸端のあたりへ向けられる。

「あそこに、柿の木があるだろう」

いささかひねこびて曲がった枝ぶりがそれらしい。今は葉がみんな落ち切って、裸の枝のところどころに赤黒い小さな塊がついている。元は丸々と色鮮やかな朱色の実が、秋にはたわわに実っていたのかもしれない。甘柿か、渋柿か、採って干したりはしないのか。

「あの柿の木の、あの枝のところに伝言板を」キヨさんが言う。

「伝言板」と聞き返すと、今は事情があって電話が繋がらないので、あそこに伝言板を吊るしておくから、それを見て遊びに来てくれと言うのだった。

框（かまち）に指をかけた窓の隙間から、改めて見下ろしてみる。裏庭の柿の木までは、糸電話でも繋げそうに近かったけれど、果たして書かれた文字まで読めるだろうか。大きく書いてあれば、たぶん大丈夫、もし裸眼で見えなかったら、双眼鏡を使うまでのこと。軽く小型で黒革のケースに入ったのを、どこかにまだ持っていたはずだ。そういえば昔、敵の基地近くまで双眼鏡を持って偵察に行って、危うく捕まりそうになったことがある。

思いは一気に子供時代の陣取り遊びに立ち帰り、今は新たに得た標的へ、裏手の柿の木目指していそいそと向かう。それじゃあ、やり取りは具体的にどうしましょう。と久美子は隣に向き直った。伝言板の上には提案する日時を記し、都合の良し悪しは、浴室の窓の取っ手から外に垂らしたタオルの色で知らせることにした。白は良し、赤は悪し。

「こんにちはー、ごめんくださーい」

直線距離にしたらすぐそこなのに、表の通りを玄関から玄関へと回ると、キヨさんのうちまでは電信柱にして四、五本分の距離があった。

「はーい」

ガラガラと引き戸を開けたのは、古稀もゆうに超えたと見えるお婆さんで、久美子は一瞬お手伝いさんか、ひょっとしてご母堂かと構えたが、イラッシャーイと言う声を聞けば、キヨさんその人なのだった。

「さあ、あがってあがって」今日は濃いグレーの暖かそうな毛のズボンの上に薄紫色のカーディガンを羽織って、藍染めのエプロンをつけている。極端な髪形も、不自然な化粧の跡もない。半分以上白くなった髪は、後ろに丸めてネットで留めてある。回り右してこちらに向けた背中に、大きく縦結びになった紐が揺れた。先に立って行く後姿は、先日のやくざ風の成りとは似ても似つかず、気の抜けるほどごく普通のお年寄りに見えた。パンチパーマはやはり鬘(かつら)であったのだ。半ばホッとしたような、いささかがっかりしたような心持ちで、久美子は後について廊下を進んだ。

「こっちへどーぞー、散らかってるけどね」案内された部屋は、言葉通りに散らかっていた。コタツ布団の裾野に青々とした足踏み用の竹、そばに孫の手が転がっている。テレビの下に角張った取っ手つきの、ダブルデッキのカセットテープレコーダーがある。蓋が少し歪んだ煎餅のブリキ缶、千代紙を張った紙箱。ティッシュペーパーの箱のカバーは、堅く粗い毛糸の網目を見ただけで手編みと知れる。どれもがどこかで目にしたことがあるような。懐かしさを誘う、親しみのある散らかりようだった。

「今、お茶入れるからね」

あのこれ、心ばかりの。久美子は台所に向かうキヨさんに、膨らんだ紙袋を手渡す。持ってくる間に、油分が薄くにじんでしまった。中にはクリスマス用商品のサンタとトナカイの顔の菓子パンが、それぞれ三個ずつ入っている。仕事場で余ったのを、女将さんに断ってもらい受けてきた物だった。

「わーっ、かっわいー」袋を開けて覗き込んで、キヨさんが喜びの声を上げる「それじゃあ、さっそくいただこう、お茶じゃなくて紅茶にしようかね」

コタツの向こうに雪見障子が閉まり、下方に嵌まった硝子越しに濡れ縁の縁板と庭とが見える。地面から生え出たように古びた井戸囲いがあって、コンクリートの縁の周りに落ち葉が茶色く積もっている。脇には裸になった柿の木が、乾いた幹を薄鼠色にひび割れさせて立っていた。

コタツに入っててねと台所から声がかかり、座布団の上に屈みかけると、下がった視線の先に庭が奥まで見通せた。突き当たりに、高くまっすぐ切り立ったアパートの裏壁。黒ずんだ表面が垣根を圧するように、すぐ後ろに迫っている。右寄りの高いところに、四角く小さな仕切が浮き立って見える。中に白とも灰色ともつかない模様が渦巻いて、隙間が仄明るい。斜めになった窓硝子に、薄日の洩れる曇り空が映り込んでいるのだった。ああ、あれが。初めて外から見る浴室の窓を、近いような遠いような思いで眺め上げた。

「いやあ、じつに災難だったねえ、この間は」キヨさんがエプロンで両手を拭き拭き、コタツに入って来る。

「ほんとうに、あ、ありがとうございました」

「ああ、あれは当然よ」

ああやって代弁してもらえて良かった、ありがたかった。久美子は繰り返し感謝の思いを伝えようとした。あんなふうに、あんなに正しく筋が通って効果的にツボを押さえた台詞を、ちゃんと言えたらいいんだけれど。言いたくても、自分にはとても言えない、そもそも考えつけないだろう。たとえ思いついたとしても、それはずっと後のこと。ずっと後になって、ああ言えばよかった、こう言えばよかったと、やっとのことで思いつき、ものすごく悔しい思いをして、けれどもうどうしようもなくて、きっと何もできずに終わって……。

「ああ、アイツら、ひどかったもの。普通は、あそこまでしないもんさ。現行犯で、その場を押さえたっていうんじゃなけりゃ」

「現行犯……」ああ、そうだったのか、そういうことなのか「わ、私、ききっ、きっと、きょ、挙動不審だったから」

キョドーフシンと聞き返すキヨさんに、一旦買い物籠に入れた大根を取り替えたことと、三つよりどりの消しゴムを摘まみ出して、正しい場所に入れ直したことを話して聞かせた。だから、後ろから見ていたら、怪し気な身振に映り、盗みを働いていると誤解されてしまったのかもしれないと。

そんな！　キヨさんはアンタと呼びかけ、それからクミちゃんと言い直した。

「クミちゃん、そんなことを、あの店のためにしてやってたの⁉」

ちがうちがう。久美子は、ぐらぐらと首を振って否定した。してやったわけではない、店のためなどではない。ただ、収まるところにものが収まっていないのが、居心地悪いだけなのだ。そういうのを目にすると、つい直してしまいたくなる。自分にとってはごく自然なことで、直すのはいつも楽しい。特にスーパーでは、代金を払ってもいない商品を使って、ひととき遊ばせてもらったような気分になる。以前会社勤めをしていたときも、キャビネットのファイルの並び方や、事務机の引き出しの中の文具の仕分けや、キッチンの棚の食器の重ね具合までが、しきりと気になったものだった。

キヨさんは心持ち肩を落とし、紅茶茶碗の持ち手にかけた自分の指のあたりを見ていた。

「クミちゃんちは、きちんときれいにしているもんね。きれい好きなんだ。それを、あんなひどい誤解をしてさあ」先日のパンチパーマのときの威勢の良さは、微塵も影を留めていない。しんみりと感じ入って、どこか悲し気な響きを含んだ声色だった。

「あのときは」

砂糖がけの狐色の生地の上で、干し葡萄が黒光りする。もうひと粒は、先ほど口に入れた。角が二本とも齧り取られ片目になったトナカイの、あどけない丸顔が皿に載っている。日を置いた菓子パンは、焼きたてのあの香り立つような柔らかさに欠け、舌にパサつく嚙み心地だった。何杯か紅茶をお代わりして、それでも食べきれない。やはり多少の無理をしても、せめてものお礼に真空パックの栗羊羹ぐらい買って持って来ればよかった。キヨさんの方を窺うと、皿の上は僅かなパンくずと粉砂糖が散らばっているばかりで、見事きれいに片づいていた。

あれは。皿の上の食べ残しを見下ろして、振り返る。あらゆることが一挙に移り変わっていく、その先触れのようなものだったのだろう。全てが速やかに流れるように変わっていった。流れは、堰き止めることはもちろん、渡ることも避けることもかなわず、その激しさを見極めることもできなかった。何とか岸に辿り着き冷え切った身を起こしてみれば、そこは見たことのない、まるで見覚えのないところで、見知らぬ遠くの土地まで流されたのか、あるいは戻って来た元の場所が、見分けがつかないほど変わってしまっていたのかもしれない。どちらにせよ、かつて踏んでいた確かな足場は跡形もなかった。

ここはスチール製の棚板が蛍光灯の明かりを遮って、いつも手元が暗い。上司から指定された時刻ちょうどに作業室にやって来ると、中には誰もいなかった。しばらく待っても誰も来ないので、久美子は奥の備品庫に入って、予備の文具の整理をしていた。何がどこに仕舞われているかは、大体把握している。薄暗がりに目も次第に慣れてくる。箱の中に重なったボールペンが一本、逆さになっているのを見つけて元に戻す。中のクリップをカタカタと鳴らしてケースを正しく重ね、メモ帳の束を角を揃えて置き直し、次の棚に移動する。

二十代半ばで中途入社して以来十五年近く、携わった業務は雑用の集大成とでも呼べるものだった。野心も自信も恐らくは能力もあまり持ち合わせがなく、与えられた仕事を与えられるまま、几帳面にこなしてきた。日々代わり映えのしない繰り返しも苦痛ではなく、時間があれば事務所中を片づけて回った。休憩室の雑誌はラックに垂直に立てられ、女子トイレの予備のトイレットペーパーは完璧に積み上げられて、ギリシアの古代神殿遺跡の円柱さながら。整理整頓の薫風を吹かせ、後を点検して飽きなかった。

人事の部長と経理の部長と、総務の課長と部長が入室し、備品庫から急いで戻った久美子を見てぎょっとした表情になった。その横顔の頬骨のあたりが一様に硬いのが奇異に感じられたが、きっと何か四人で話し合う重要な案件でもあり、お茶出し係として呼ばれたのだろうと、壁際に寄って待機した。

通勤用の書類鞄を持って来るように指示されたときは、どうしてだろうと不思議に思った。どうして私の鞄なんだろう、商品開発の手がかりになりそうなものも特にないだろうに。総務の女性課長がロッカー室に同行したのが、なおのこと不可解だった。

デスクに開けた鞄の中から、封の切られていない筆ペンや糊や付箋などの包みがぼろぼろと出て、その下に個人の持ち物に混じって、より高価なケーブルとアダプターとマウスが箱入りで見つかった。入れた覚えのない物が入っている、出て来るはずのない物が出て来る。さかしまの手品を見せられたように眩惑を覚え、これは自分が盗ったのではないと小声で呟いたが、そこにいた人たちに聞こえたのかどうか、それは分からない。

半年ほど前、いかにも好々爺(こうこうや)風の社長が引退して会長になって、甥が後を引き継いだ。その直後、ソロバンが大得意で珠算検定一級の資格を持った経理の女性が、突然いなくなった。社員の誰もその理由を知らないようだった。そして総務と人事の部長職にあった人が、相次いで定年退職していった。毎日のように同じ職場で顔を合わせ、相互の信頼を培った年月を扇のように広げて見せて、コノ人ガ、ソンナコトヲスルハズハナイと、穏やかに言ってくれたかもしれない人たちは皆退(しりぞ)いて、社内にはもう誰も残っていなかった。

作業室の扉は古めかしい円い握りのついた金属製で、開け閉(た)てがひどく重かった。奥が備品庫、二方が壁で窓ひとつない。中央に二列固めて置かれたデスクがやたらと場所を取り、下から椅子を引き出そうとすると、その背が壁にぶつかってしまう。席は八人か十人分はあったが、四、五人が座ればもう狭苦しく感じられる部屋だった。

二度と生きて出られないのではないかと恐れるまでに閉塞感がつのり、圧迫感が切りなく膨らんで、いたたまれなくなった。長年の勤務に免じて解雇処分にはしないからと言い聞かされ、久美子は依願退職届を提出して辞めた。

うーん。キヨさんが深々と溜息を吐き、コタツの天板に頬杖を突く「それで、何かしてやろうとは思わなかったのかい」

何かって？　久美子もコタツの上に片肘を突く。

「ん、弁明とか協議とか、どっかに訴えて出るとか、それか仕返しとかさ」

当時の関係者の顔写真を、一枚ずつ脳裡に捲ってみる。どこかに誰かの悪意が絡んでいたのは確かだろうけれど、それがどこからどう湧いて、どうしてそこまで肥大化したのかは見当がつかなかった。その裏には会社の経営の都合なども秘密裡に、けれど大義然として構えていたのだろう。そうも推測されたが、それは明るみに出しようのない事柄と思えた。

「まあ」久美子はうつむく「そのあと、病気になって、入院したりしていたから」

ひとつの禍(わざわい)の後にもうひとつの禍が、それが次の禍を呼び込んで、それに続いてもうひとつ。そうやって繰り返される負の連鎖は下向きに。辿った歩みは、螺旋状になった通路をひたすら下っていく。そうか、それがケチのつき始め。この人ならそんな風に括ってみせるのかもしれないと、目を上げたが、キヨさんはおとなしく伏し目がちに話の続きを待っているようだった。

一か月が数か月に、数か月が半年に、半年が一年になり、その一年にまた何か月かが加わった。入退院を繰り返して長引く療養だった。再発しない保証はないので定期的な検査は必要だが、ひとまず今のところは、ということで放免された。四十代の初め、同年配の担当医に「もう戻ってこないでくださいよ」と送り出され、院内の売店で買ったビニール袋に身の回り品を詰めたのを持って、出口でタクシーを拾った。ともかく生きて出て来られて良かった。同じ病室に入院したままの人もいるし、集中治療室に移されたり、そこで亡くなってしまった人もいる。その人たちには気の毒で、すまないような気もする一方、やはり、ともかくは。後部座席の背もたれに深く身を凭せ、久しぶりに目にする街路樹の列を、新たな指標のように窓の外に眺めた。マンションに帰り着いて居間に入ると、発病の二か月くらい前に貯金を出し合って購入した大型のハイビジョンテレビが消えて、夫がいなくなっていた。

そこまで話したところで、アラ、アンタ、ゴ亭主ガイタノカイと素っ頓狂な合いの手が入り、そう言えばこれは話していなかった、二十二のときに高校時代の同級生と結婚したのだと久美子は返して、先を続ける。

マンションの中を見回って、確かめた。飾り棚の一番上に置かれていたクラシックカーの精巧な模型がなかった。パソコンと周辺機器もなくなっていた。洋服簞笥の中の夫の衣類は二割がた減って、洗面所の収納棚の電気カミソリとスポーツバッグ、コップに刺した歯ブラシの片方も持ち去られていた。全部ごっそりでないところが、かえってあからさまななくなり方だった。

一応知っている範囲に連絡を取って訊いてみたが、返ってきたのは軽い驚きと、そのうち戻って来るだろうという根拠のない楽観で、予期した通り何も分からなかった。そもそも尋ねるあてが、片手の指に収まってしまう。すぐに思い当たるような親しい友人もいなければ、近しい係累もなし。人間関係の希薄さが改めて思いなされ、心許ない気持ちになった。

最後の半年は、病院への見舞いも途絶えがちだった。何をどう話しかけても反応が言葉少ななのは、以前と同じ。特に変わった様子は窺えなかったし、知られたくないことを秘しているようにも見えなかった。それでもあの大型テレビ持参で赴く先があったのなら、どこか自分の知らないところに、恐らくは入院中に、それだけ密な関係を築いていたということなのか。そう疑って疑えないこともなかったが、それはどこに通じているのか分からない暗い孔に片手を入れて探るような、薄気味の悪い手触りを残すのみでどこにも行きつかない、想像しても甲斐のない可能性だった。

もしかしたら、大型ハイビジョンテレビはどこかに売り払ったのかもしれない。と、居間の壁際のテレビボードの上に四角く空いた空白を眺めていた。

いくらなんでも電話の一本ぐらい寄越すだろう。初めは、そう思って待っていた。あの縦に間延びした癖のある筆跡で、思いがけない場所から絵葉書が届いたりするのか。これまでの経緯と心境を長々と綴った分厚い封書が、ある日送られて来るのだろうか。あるいは、署名捺印すべき箇所に付箋を貼った離婚届が、突然郵送されて来るのかもしれない。物騒な物の入った大判の茶封筒を思い浮かべ、待つともなく待ったが、いかなる形の音信もなかった。

退院してすぐ、新しい職に就こうと求人広告に目を通した。事務職の募集要項には、たいてい目新しい技能や資格が明記されていて、その単語自体が意味不明、知らないものを自分が持っているはずもないからと、自動的に無資格が判明する類いの名称が並んでいた。滅多に通らない書類審査をなぜかくぐり抜けるという僥倖に恵まれることも稀にあったが、次の面接で必ず、前の会社を辞めた理由とその後就労していない訳を尋ねられた。どこまで本当のところを言うべきか、何をどう話したものか、著しく狼狽してしどろもどろになってしまい、その場の担当者の顔色を見ただけで不採用と分かる。後にやって来る正式の通知を、待つまでのこともなかった。

追いついてなお、ついていくのに息が切れて、取り残される不安ばかりのつのる最新技術は、利便性よりも負担の方が遥かに重くのしかかる。正直に言って、あまりありがたくないシロモノである。

中指のペンだこのできる位置にしっかりと支え、軸を握り締めたボールペン。乾いた音を立てて重ねられる伝票の束と、そこに穴を穿つパンチの取っ手の堅さ。そうした手応えが、手触りの確かさが、月ごとに年ごとに薄れて遠くなっていく。円い穴に指を入れて回す電話機や、手動タイプライターや、青焼きの時代まで戻ってほしいとは願わなかったが、それにしても、プッシュフォンとファックスとワードプロセッサーがあれば充分仕事のできた時代から、どうしてかくも急速に変わらなければならないのか。思いはいつしか、後ろへと向きがちになる。

そうこうしているうちに、父が死んで、母が死んだ。

強く西陽の射す部屋はカーテンが閉ざされ、桐箱に入れ覆いの布袋を被せた骨壺を畳に置いて、母親がその前に座っていた。片手を脇に突き、正座した膝を僅かに崩す。もう片方の手をこめかみに当て首を傾げるようにして、どうしようかしらねえ、と言う。背後に下がった橙色の布地の隙間から、黄色く染まった光が漏れて、箪笥の角に当たっていた。母親は畳の上でほんの少しだけ身をよじり、考え込んだ格好のまま、しばらくして同じ言葉をもう一度繰り返した。

もう身内はいない。本当にひとりになってしまった。

約一年後、二つになった骨壺を引き取って来て、ひとまずは飾り棚に並べて置いた。仲良く寄り添った父母の遺骨を前にして、久美子もやはり、どうしようかと思った。いわゆる先祖の墓はなく、あったとしても、繋がりがない。新たに建立や購入するには、およそ資力がなかった。頼れる人もいない、ということは、自分がいなくなったら、葬る人がなくなってしまうのだ。それでは「浮かばれない」という言葉が、思わず浮かんだ。

実りのない定職探しは未だにずっと続いていて、終わる見込みもなく先も見えない。見えているのは、急激に水量の減った貯水池のごとく、浅瀬に透けてせり上がってくる貯えの底だけである。今は死んだ人を気遣うより、自分がその仲間入りをして骨になってしまわないよう、生き残ることに集中するのが先決かもしれない。そうしていつかあらゆることが軌道に乗ったら、そのときになって、ゆっくりと埋葬の仕方を考えればいいだろう。

そうやって物事の優先順位を明らかにして、ほんの少し前に向き直り、改めて何とかしなければいけないと思った。何ともならないにしても、とりあえず何かをしなければならないのは、明らかだった。

失踪届を出したいと言うと、失踪した人との間柄と年数を尋ねられた。失踪してから、どのくらい経っているのですか。警察と名のつく場所にかけるだけで、既に指も震えがち。それまで何もしなかったことの怠惰は言われるまでもなく、積極的に捜してこなかったことへの疚しさも嵩じて、たちまち頬から上が熱くなった。大体二年、いえもうすぐ二年半になります。そう声を励まして申告すると、失踪届は七年経たないと出せないと言われ、仰天し絶句してしまう。

「行方不明者届けは出ていますか」

「えっ」

「捜索願ですよ」

ソーサクネガイ。その前に言われた言葉は何だったのだろうと混乱している間にも、受話器からの声は続き、届を出したら身元不明相談所にも行ってみたらいいでしょうと、窓口の電話番号を朗誦した。

身元不明相談所というのは、いなくなった身内をどうやって捜すのか相談に乗ってくれる機関であろう。しばらくぶりに漠と湧いた希望を抱き、出かけて行った先に待ち受けていたのは、身元不明死者の全国リストだった。

　目を瞑(つむ)った顔の似顔絵は、似ているとも似ていないとも思える曖昧な印象だったけれど、所持品の写真の中にスポーツバッグとスポーツシューズがあった。濃紺に白地のロゴが鮮明で、以前ジムに通うときに使っていた物と即座に見分けがついた。夫は遙か遠い北のはずれの地で「行旅死亡人」という者になり、とっくに荼毘(だび)に付されて骨になり、骨壺に入って保管室の棚で永眠していた。そうして、長距離バスに乗って赴いた妻に引き取られてマンションに戻り、義父母の遺骨の横に無言で加わった。

　情報は、枯れかけた水源のように僅かで頼りなく、事実だけを事実として途切れ途切れに語られた状況は、頭の中にはっきりした像を結ばない。帰って来た久美子の記憶に残っていたのは、どうやら事故死であったらしいという、そのことだけだった。

　遺骨を前にしても、二十年近く連れ添った夫という感慨が湧いてくることはなかった。それはいなくなった人がいなくなったままであり続けるという事実を、決定的に証拠立てる物件のような物。今も壁際に四角く空いている空白そのままに、穴は穴として残され、もしもそれを埋めるものがあるとして、それは時の流れが降らせる埃か、砂丘の稜線から吹き飛ばされ流れ寄せる砂粒か、そうした微細な物の蓄積でしかないのだろう。そんな気がした。

　両親が住んでいたアパートを片づけたときと同じように、荷物を整理してマンションを引き払った。壁際に積み上がった段ボール箱が運び出され、カーテンが取り外された室内は、家具の置かれていた場所の床板を色濃く長方形に残して、むやみに明るくがらんとして見えた。

大部分を処分して極端に少なくなった所持品と共に、老朽化のお陰で家賃の格安なアパートに引越した。三つの骨箱は、丁寧に掃除された押し入れの上段に並べて納められた。火事が心配で線香を焚くことはしなかったが、炎の模型が電池で赤くなるプラスチック製の燈明を、見つけて買って来て灯した。こうしてたまたま、この家の裏手にあるアパートに落ち着いたのが、ほぼ十七年ほど前のことである。

「それで、あそこに、あのうらっかわのアパートに越してきたの」

口をつぐむとあたりはしんとして、久美子はあまりの静けさに、外を雪が降り包んでいるのではないかと、耳を澄ませた。向かいのキヨさんは下を向いて、うなだれているようにも居眠りをしているようにも見える。しゃべり過ぎたのだろうか。あまりに個人的な事を、埒もなく長々と。聞いていて心躍るような楽しい話では決してないし、こんなことは普段、誰にも話したりなどしないのに。ゴメンヨ。と声がして、たっぷり水を吸った海綿みたいに湿った思いが断ち切られた。

「ごめんよ。そんな思いをしてきたクミちゃんを、あんな、あんなひどい目にあわせちゃって、アタシのせいで」半白の太い眉毛の下から、黒く潤んだ目がまっすぐに向けられている。

訳がわからず目を丸くしていると、ああ、きっとわかんないよねと、そんなことを呟きつつ、キヨさんは天板に手を突いて立ち上がった。手を取られ、奥へと行く。握ってきたその手は、乾いてかさかさとしてコタツのぬくもりに温かかった。

仕切襖を開け中に入り、キヨさんは部屋の真ん中に下がった紐を引いて電灯を点けた。そこはコタツのあった居間と同じくらいの広さの和室で、壁際に大きな箪笥が二棹、隣にプラスチックの衣装ケースが重ねられ、その手前にハンガーラックがあり、ハンガーに干したタオルを先頭に、普段着らしい衣服が何着かぶら下がっていた。一見したところ衣装部屋の趣だけれど、隅にシーツをかけたままの敷布団が三つ折りに、分厚い掛け布団がぞんざいに畳まれて乗っていたから、寝間として使っているのだろう。

反対側の角に長く、紺地の布が垂れている。キヨさんがその端を持って捲り上げた下から、縦長の鏡面が現れた。どっしりした脚のついた、昔風の姿見だった。ほらと促され、隣に並ぶ。一緒に中に納まるようにと、少し遠くに並んで立った。

「ああ」

小柄な老婆が二人並んで映っている。この距離で見たら、そっくりだ。どうして自分がオバアサンと呼ばれたのかが初めて分かり、久美子はそうかと納得しながら、じっくりとその姿に見入った。

年齢はどう見ても久美子の方が若いが、キヨさんの溌剌はその差を埋めて充分に余りある。猫背気味の久美子とは逆に姿勢よく胸を張り、その分大きく見えるから、背丈は一見してほとんど変わらない。量が乏しく艶のない髪を後ろにまとめた髪型も、地味で温かそうな生地のズボンにカーディガンという服装も同じ。揃って抜けたズボンの膝が四つ、楕円形に緩んで並んでいた。

それにしても、と呆れてしまう。一体いつの間にこんなに年を取ったのだろう、年を取ったというそのことを、どうして気づかないでいたのだろう。体力知力気力容姿、全てにおいて加齢の兆候には目を留めてきた。そろそろ成人する孫がいても不思議ではない、そういう年齢に達したことも理解していた。けれど、いないものはいないのだ。子供がない。母にならずに、祖母にはならない。母にならない娘は、どれだけ年老いても娘のまま。「変わらない」という意識と「オバアサン」らしき外見とが、すり合わせようもなくずれている。

「分かったかい」キヨさんが頃合いを見計らったように口を開く「クミちゃんは、アタシと間違えられたんだよ」

「うん」分かった分かった「これじゃあ、間違えられるのも無理ないね」

「クミちゃん」

「ん」

「悪かったね……アタシ」キヨさんの肩が、心持ち縮まる。万引きを。

あの日パンチパーマのお兄さんになっていたのは、心置きなく万引きをするためだった。あの店では顔も姿も知られていたから、おかしな服を着て鬘を被り、思い切った変装をして出向いたのだと言う。キヨさんは、近隣のスーパーに人相書きの行き渡るような、万引きの常習犯なのだった。

「だからね、クミちゃんがあんな思いをしたのは、アタシのせいなのよ」

久美子はしばらく黙って、状況が脳細胞の中に染みわたり吸収されるのを待った。待っていても、回想した場面が突如違う色に塗り替えられることはなかったし、どこかが焦げついたり燃え始めたり焼き切れたりもしなかった。キヨさんが、アパートの台所でお茶を淹れてくれたときのことを思い出す。あれは、あの抹茶味の一口羊羹は、手品のようにポケットから取り出された品は、手品のように盗まれた物だったのだろうか。それまで口にしたいかなる菓子よりも、美味で甘かった。

「でも、代わりに、言えなかったことを、ぜーんぶ言ってくれた」

「まあ、あれは、せめてもの」キヨさんは、少し安心したような、ちょっと照れたような様子で首を曲げる。

「それにしても、よく似てるね」

つくづくと久美子が見詰める鏡の中で、キヨさんの手が持ち上がった。最初に久美子の方を指し、それからその指先を自分の像へと向ける。

「善玉、悪玉、シスターズ」そう詠い、顎を突き上げて爆笑した。

シスターズならぬ、ドッペルゲンガーかもしれない。久美子も仰向いて大いに笑った。

「世の中のことってさ、何でもどこかで勝手に決められちまうじゃないの。税金は、これこれの額をいつまでに納めなさい。料金改定です、電車賃が高くなりました。はい、来月からガス料金が上がります。一個五十円の豆腐が、今日から六十円ですって。それでいいですかって訊かれることもなけりゃ、賛成した覚えもないのにさ」キヨさんは言って、蜜柑の皮をぶちぶちと剝き始める。

誠にそれはごもっともと、久美子も天板の蜜柑に手を伸ばした。

だから、自分で決めてしまったのだ、とキヨさんは言う。何に対してどれだけのお金を払うのか、払わないのか。代価によって、またはそのときの懐具合に応じて適正に。もちろん誰もがそんなことをしたら、世の中は滅茶苦茶になってしまうから、世間に通る理(ことわり)じゃないのは、承知しているけれど。などと妙に常識的なところを見せたかと思うと、公共料金の未納滞納者のブラックリストがあれば、赤字三重マルつきで載っているに違いないと、そう豪語した笑い声には、いささか自慢げな響きも聞き取れた。

こと万引きに関しては、それぞれの店の方針やら警備体制、その盲点に至るまで、その道の素人や未経験者には想像も及ばない専門知識を、事細かに披露してくれる。万引きの防止策は、防犯カメラやミラー、警備員の巡回、疑わしい客への声がけなど様々にあるが、捕まえてしまってもそれはそれで厄介だ、被害額はとんとんと割り切って防犯には投資せず、見つけても捕まえない店もあるとのことだった。そんな。それなら、その店に行きさえすれば、誰でもいつでも安全に、盗みが働けることになってしまう。導かれた帰結に、久美子は唖然とし呆然とした。

「そ、そ、そしたら、いつだってその店に行って……」

キヨさんはうーんと唸る。

「いやあ、捕まえないってことにしてる店に、そうしょっちゅうは行きにくいもんよ」一瞬のためらいを見せて続ける「なんだかねえ、フェアじゃない気がしてね」まあ、泥棒本人が言うことでもないけどさ、と付け加えるのを、それもそうだと頷き二人して笑った。

「今まで、捕まっちゃったことはないの」

「ああ、あるよ、何度も」

悪びれもせず、あっさりとしたものだった。なけなしのお金をはたいて代金を支払って、放免してもらったことも、事務所でこってり油を搾られたことも、警察に突き出されたこともある、と。警察、話を聞いただけでも久美子が震え上がってしまうような事態に動じる風もなく、あくまでしたたか。起訴はされていないから、前科はついていないのだとキヨさんは説明した。

発覚から懲罰に至るまでは、いくつもの段階を踏んでいて、それぞれが分岐点ともなり、軽い躓き(つまず)から最悪の事態まであらゆる可能性があるのらしい。未知の分野に多少の知見を得て、久美子はそういうものかと、いたく感心した。

「それじゃあ、警察に行っても、すぐに逮捕されちゃうわけじゃないんだ」

「うん、状況次第だね。そういうときは、やっぱし泣き落としが一番。お金がなくてひもじかったって言う年寄りを、そう無下にはしないもんだよ」

初めて万引きしたときは、実際にお金がなくてひもじかったのだ。こんなにお腹が空いていて、こんなに山ほど食べ物があるのに食べられないなんて、何だか理不尽な気がしたのだと言う。そしてやってみたら、拍子抜けするほど易しかった。盗みというのは、これほどまでに容易なことなのかと、呆れ返るくらいに簡単だった。

いずれにせよ、高い物を盗るのではない、盗品を転売して儲けようというわけではない。ただときおり、食費の予算枠に入っていない物、たいていは駄菓子やら何やら甘い物がどうしても食べたくなって、棚に手が伸びるのだ。けれど、それももう止める。

「ヤメル、ヤメル、もうしない！」潔く威勢よく、キヨさんは宣言した。

これまでの事もあり、今度捕まったらそれこそ本当に手が後ろに回ってしまう。ちょうど止め時だったのだ。万引きするつもりさえなければ、あんなチンケな恰好をしなくとも、正々堂々と普段着で買い物に行ける。それに。

「クミちゃん、アンタのような人を見てるとねえ……」

キヨさんは、感慨深げにコタツ布団の裾にやっていた目を、つと上げた。アタシはキヨコだ、これからはその名の通り、清く正しく生きるのだ。そう前向きに、明るく紋切り型の台詞で締めくくり、久美子もやっぱりそれがいいねと賛同し、湯呑みを打ちつけ合って渋茶で乾杯した。

そろそろ、おいとまを。コタツ布団を出て立ち上がる。

キヨさんが、裏庭に面した雪見障子を、真ん中から左右に薄く開いた。冬の日は既に沈み、建物の稜線が黒々と、空の低いところだけが暮れなずんで仄青かった。隙間から、湿っぽく冷たい外気が流れ込んでくる。

「アタシは子供のじぶんに、田舎へやられたことがあってね」まだ小さかったからよくは覚えていないけれど、何か家の事情があったのだろう、遠い親戚のうちに三月ばかりいた。周りに他の家も建物も見当たらない、ひなびた山奥の一軒家だった。町中から突然そんなところに移されてきて、最も馴染めなかったのは、とにかく夜が暗いこと。高々と聳える峰に周囲を囲い込まれ、日が沈むのが滅法早い。一旦暮れると、蓋をした箱庭みたいに暗く閉ざされてしまう。紺青の空にされこうべの色をした月が上り、星が小さく細かく無数の孔を空け、上空まで迫った山並みのこちら側が、一面真っ黒になる。あんなに密で深い闇は、それまで見たことがなかった。あまりに濃くてねっとりとして、手を入れたら摑めそうなほど。キヨさんの言葉によると、「ちょうどあの黒砂糖を練った羊羹みたいな」色と質感の暗闇だった。

だから、町に戻って一番嬉しかったのは、宵から灯り始める明かりの数々である。街灯やネオンサイン、ビルや住宅の照明。どこもかしこも、夜が明るい。その後成長して、一時は紅灯の巷に遊んだものだが、別に遊蕩をするのでなくても、街の明かりは見ているだけで愉しい。夜も更けた時刻に人家の明かりを目にすれば、そこに誰かがまだ起きているのだと分かる。知らない人のごく当たり前の生活がそこに営まれているのだと思い、それだけで安心して歩き続けたり、眠りに就いたりすることができる。中でも特に、湯屋と風呂場が好ましかった。黄色っぽく明るんだ窓を見ているうちに、湯水の流れるのが遠くに聞こえ、合間にカンと桶の鳴る音が響いたりする。

今は電気が点いていないから、真っ暗だけど。とキヨさんはアパートの方を、見えない浴室の窓のあたりを指差して見せる。

「夏にはよく縁側に出て、あの窓を見てたんだよ。明かりが点くと、ああ、今お風呂を使ってる、誰かがあそこで暮らしてるんだなあって」

「ふうん、そうだったの」十七年前もきっと、恐らくは、もっとずっと前からだろう。

「それがクミちゃんだったって、もちろん知らなかったけどね」

奇遇だね。そうだねえ。雪見障子の桟に半ば寄り添うように片手を置き、しばらく並んで裏庭の向こうを眺めていた。

大晦日の午後五時。数日前にキヨさんが掲示板に記し、久美子が白のタオルを垂らして本決まりとなった日時である。

「おじゃましまーす」

どこか奥の方からイラッシャーイと声が上がり、それに続いてアガッテ、アガッテと言う。廊下を進んでコッチダヨーと呼ぶ声を追えば、それは台所のさらに奥から来るのらしい。勝手口の扉が開いていた。戸口の向こうは一段低く土間のようなところで、長々と横になった板切れの後ろに、手拭いで鉢巻きをしたキヨさんがいた。

「やあ、いらっしゃい」道具を握ったままの手を挙げて見せる「悪いけど、ちょっとコタツで待っててね」

あの、ここは。久美子は勝手口の敷居に立って、上から見回した。

壁に、様々な形と大きさの木材が立てかけてある。上に両刃と片刃と大きさの違う弓ノコが何本か、棚には用途の知れない工具が数多く並ぶ。床は、柔らかそうな木屑が散り敷かれていた。住居と繋がった専門的な工房、そんなような場所であるらしい。

「ちょっとこれ、削っちまうからさ」カツオブシでも削るみたいな気楽な調子で言って、キヨさんは片手に握った鑿を角ばった工具に持ち替えた。板に向き直り、あてがった鉋を滑らかに滑らし始める。

カシャー、カシャー、カシャー
あの音だ。間違いなく、毎朝寝床に響いてくるあの音だ。いつもアパートの部屋まで聞こえていたのは、キヨさんが木を削っている音だったのだ。ああ。久美子は、感に耐えず手を打ち合わせた。

「毎日聞こえてたのよ、この音。何の音だろう、どこから来るんだろうって、いつもいつも思って」

そうかいそうかいと目を細め、手は休めることなく、キヨさんは巧みに鉋がけを続けていた。コタツの前のテレビが、小さな音量でしゃべっている。台所に白い湯気が、温泉の湯けむりを思わせる勢いでもうもうと湧き立つ。鉢巻きを外して割烹着を着たキヨさんが、菜箸を手に蕎麦を茹でている。

毎年、前日までは今年こそはと気張っているのだが、仕事から帰ると一人分を作るのが億劫になり、結局もらってきた菓子パンで済ませてしまう。ひとりなのは、去年も一昨年もその前の年も前々の年も同じだから、年越し蕎麦はずっと食べていなかった。

「ほーい、お待ちどーさん。さあ、熱いうちに」

丼の中は縁近くまで濃い色の汁がたっぷりと、半ば沈んだ麺の上に油揚げの布団が敷かれ、長ネギがくたりと寝ている。

「わー、おいしそう」

「ほい、これ七味」

「ありがとう。いただきまーす」食べ出したら、止まらなくなった。あつあつっと息を吐いては、ずるずるずるると麺をすすって汁を含む。向かいからも負けじと、音高くすする音がする。

油揚げを嚙みしめネギの繊維を嚙み砕き、すすり込むそばから麺を呑み込んだ。最後に丼を両手で持ち上げ傾け、残りの汁を唐辛子の朱色の粒ごと一気に一滴残さず飲み干した。あらあ、負けちまったねえ、アタシは自慢の早食いなのにさあ。キヨさんのどこか悔し気で嬉し気な声を聞いて、久美子は箸を置いた。

雨上がりのしっとりした黒土、その上に敷かれた黄色の飛び石。日本庭園の庭先を縮約したみたいな栗羊羹が、縁からはみ出さんばかりに細長い。おもたせだけど。湯気の立つ湯呑み茶碗の隣にキヨさんが滑らせて寄越した皿には、一棹を二分したのかと思うほど大きな塊が載っていた。

きっと本人が好きでたまらず思い切り食べたいだけ切って、もうひとつの皿にも公平に、同じ大きさのを載せたのだろう。久美子は笑い、こんなにたくさんは無理、とても食べられないと、菓子用フォークの背をあてて三分の一ぐらいを切り取った。断面があんこ玉の曲面みたいに膨らんでしまったが、それには構わず刺して取り、向こうの皿の塊に添えた。あらま、そうかいと言うキヨさんの顔が笑み崩れる。

ツレアイは大工だった。空になった皿を前にキヨさんは目を細め、過ぎた時のまとまりを遠いところに包み込むような眼差しをした。

「腕がよくってねえ。アタシといっしょになった頃は、羽振りもよかったもんさ。それが、ケガしちまって。ギンジは」

「ギンジ、さん」

「ツレアイの名前だよ」

若いときは鳶職人になりたかったというくらいで、根っから高いところが性に合っていた。身ごなしも人一倍軽々として、屋根から落ちるなぞ万に一つもあり得ない。だから、そんなとんでもない事故を起こしたのは、前の晩にしこたま飲んでいたせいではないのかと、その不養生不摂生が疑われた。幸い命に別状はなかったが、後遺症が残って思い通りに動けなくなった。脚が不自由では、梁にも上がれない。それまで天職と仰いできた仕事は続けられず、身のよすがを求めて家具職人に鞍替えすることにした。ひとくくりにすれば大工だが、家大工と家具大工では組み立てるものがまるで違う。三十代で出直して修行に励み、そこは持ち前の勘の良さと器用さで道具の扱いにもたけて、通常五年かかるところを三年で家具職人となり、めでたく転向を果たしたという次第。台所脇にあった納屋のような物置のような土間をそのとき改装して、作業場にしたのだそうだ。

「ふうん。でもどうして、キヨさんもあんなことできるの」

「ああ、アタシのは見よう見真似、手伝ってるうちに自然とね。オメエなかなかスジがいいな、なあんて言われてさ。それに、やりだしたらおもしろくなっちゃって」

こうしてキヨさんとギンジさんは肩を並べ、双方家具作りの技術を磨き上げていったのだが、ただ良い物を作れば売れるというわけではない。二人とも制作には食べるのも忘れる熱中ぶりだったが、営業方面は、売り込みも宣伝もどちらも不得手でついおろそかに。先鋭的な分野で、特化した製品をものしたわけでもない。名も知られず、安定した販売先に恵まれなければ、商売は地域的に狭い範囲で細々と営まれることになる。大量生産の既製の家具が安価で出回るようにもなり、需要は沈滞し注文は増えず、売り上げは緩い右方下がりが続いた。

「屋根の上でせいせいとトンカチできないってのが、やっぱし辛かったんだろうけど、ほんと好きでねえ。アタシも身体のこと考えて、もっと厳しく止めなけりゃいけなかったんだけど、あんな嬉しそうな顔見ちゃったら、そうか、そんなに好きなら、好きなだけ飲みなって気持ちになっちまって」

図らずも断ち切られてしまった経歴と、思い通りに運ばない商売の先行きを前に溜まった鬱屈を、解消するすべもなく抱えて行った先に、満々と縁まで溢れそうな酒壺が待ち構えていた。元々優しい人で、飲んでも決して荒れることはなく、いつも愉快な酒だった。というのがキヨさんの弁で、酒精は外には一切危害を加えず、ひたすら内部に沈殿して内臓を痛めつけたのらしい。連れ合いは体を悪くして、五十を待たずにはかなくなった。

そうなの。久美子は返す言葉も思いつかず、天板に目を落とした。表面に円い輪染みがいくつか見える。皆既日食のコロナ、三日月や二日月の形に、白く浮き出して重なり合っている。ああ、この場所なのだと、改めてコタツ周りを見回した。ギンジさん——銀次だろうか錦二だろうか——なんていなせな名前だろう。はまり役の役者が回す舞台は、いかにもよくありそうなありふれた不幸話の枠を堂々と蹴破って、眼前に活き活きと立ち上がってくる。天板の上に一升瓶を置いて、ギンジさんが蹲(うずくま)っている。その前に、割烹着姿の若いキヨさんが立って見下ろして、そんなに飲みたけりゃ、まあ好きなだけお飲みよと、ちょっとはすっぱな姐さん口調で言う。

昔起こった事が、ひとコマずつ保たれている。この部屋にも作業場にも、恐らくは外の濡れ縁や井戸端にも。今いる空間の裏側に、かつての場景が巻き込まれ仕舞われていて、想いを向けさえすれば、たちまちその場にほどけて繰り広げられていくかのように。

見知らぬはずのギンジさんが髪をパンチパーマにして、鑿を片手におがくずまみれで笑っていた。オマエ、なかなかスジがいいなあ……。

シンダトタンニもとつまガ。キヨさんの声で我に返った。

「モトツマが、あ、正式にはまだツマが」

「へっ」

ギンジさんは既婚者で、十年以上ここでキヨさんと暮らしを共にしつつも、離縁を果たしていなかった。戸籍上の配偶者の権利は当然死後も持ち越され、それを水戸黄門の印籠のごとく押し立てて、妻とその家族が家に乗り込んで来たのだった。

「みーんな持ってかれちまったね。お金はほとんどなかったけどさ、電ノコとか機械類も、服やら身の回りの物もぜーんぶ、仏さんまでね」

葬儀の一切はあちらの家で、妻を喪主に立てて行われ、キヨさんは連れ合いのお弔いをさせてもらえなかった。骨の一本ぐらいは形見に取っておきたいと訴えたが、聞き入れられなかった。

「なんにも要らないから、せめて分骨をって頼んだら、そんなの泥棒に追銭だって。ひどいじゃないの、ったく」憤慨して見せる語り口は、恨みに湿らず乾いている。泥棒だってさ、失礼しちゃうよ、あの頃はまだ万引きなんかしてなかったのに。そう付け加える口ぶりには、多少のおかしみも混じっている。それにね、道具がね、とやけに嬉しそうである。妻一家はめぼしい電動式の工具だけを持ち去って、肝心の大工道具は、見逃したのか見過ごしたのか、ともかく全部置いていった。

使うんじゃなけりゃ、意味ないからね。使う人にとっては無限の値を持ちながら、使い方が分からなければ一銭の利も恵まない。道具というのは、そういうものであると言う。ギンジさんが使っていた工具が残されたお陰で、家具作りは続けられたが、やがてそれだけでは足りなくなった。

どの道具が合っているか、使い勝手がいいかは、職人ひとりひとりで違う。アタシはほら、手が小さいから。キヨさんは両手を裏返し、掌をこちらに向けて見せる。本当に自分に合った道具なら、思い通りに操れる。思い通りに道具が使えれば、それだけ良い物が作れる。だから良い物を作るには、自分の手にぴたりと合った道具を見つけて手に入れなければならず、ときにそれは非常に高くつく。投資と収益を考えればまるで割に合わなかったりするのだが、それでもやはりほしい、ほしかった。だから、金に糸目をつけずに買った。そうでなければ、万引きなどしないで済んだかもしれないけれど……。そのように結んで、キヨさんは湯呑みを両手で囲い込む。

それにしても、よくあんな力仕事ができるものだ。久美子がコタツ布団の縁を撫ぜながら感心すると、要は慣れだ、コツだ、身の構えだ、力は大して要らないのだと、余裕しゃくしゃくの応答振り。それに、普段はもっぱらずっと小さな小物箪笥とか小物入れなどを作っていて、今手がけている大物は例外、いわば最後の大作なのだと言う。

ナアニ、なにを作ってるの。素朴な久美子の問いに、キヨさんは唇の端を左右引き上げて応えた。

「ナイショだよ。まあ、そのうち、見せてあげるからね」

テレビ画面に、緑青色の鐘が下がっている。分厚いコートを着た人が、大きく後ろに綱を引いて、ゴーン。続けざまにもうひとつ、木霊（こだま）のように後を追って響いた。

あっ。キヨさんが身を起こし、膝立ちになる。素早くリモコンを手に取り、音量を落とした。聞こえる？　顔を見合わせ、耳を澄ませる。あ、聞こえた。うん、鳴ってる、鳴ってる。どこで撞（つ）いているのかな。そうだねえ、このあたりのお寺さんっていったら……。

雪見障子を開けても、鐘の音は大きくはならなかった。しじまに遠く低く、ときおり別の方角から聞こえてくるようだった。どこから来るのか、これまでいくつ鳴ったのか。除夜の鐘に耳を傾けているうち、年明けの挨拶を忘れてしまった。

今日は待ちに待った初売りの日である。

おせちは材料も出来合いの品も、大みそかまでが特別に高い。なので元旦はいつも茶漬けで済ませる。たった一日の辛抱だ、二日にはスーパーが開いて、年末の残り物が格安になるから、その日に一緒に行って、たくさん買い込んで正月を祝おう。それがキヨさんの提唱した年末年始策であった。

角を曲がって来る人の姿に、久美子は目を見張る。頭にパンチパーマをいただき、群青色のダウンに化繊のズボンという、あの日と同じ出で立ちだった。派手派手しいズボンの裾を翻し隣に立ったキヨさんが、ぐふと笑う。

「もうやらないって決めたから、最後に着おさめしとこうと思ってね。それに今日は、ちょっぴりプレッシャーかけてやろうって」普段着姿ではインパクトがまるで薄い。あちらさんは、この間のことなどとっくに忘れてしまっているかもしれないから、と。

「ふうん」確かにこの成りを見れば、記憶も速やかかつ鮮やかに再生されることだろう。

伊達巻とおなますと数の子、歩きながら、是非とも食べたい品を片端から挙げていく。里芋とかごぼうとか蓮根とか、根の物も食べたいな。アタシは断然、栗きんとんと黒豆。おせちって甘い物多いから大好きよ。それに海老に鯛に鮑（あわび）かトコブシ。ああ、もう考えるだけで。あとお餅も買わなきゃね、お雑煮用に。お屠蘇は。いや、普通のお酒でいいんじゃないの。

そうはしゃいで角まで来ると、店長らしき背格好の男性が、空色のはっぴを羽織って店頭に立っていた。明らかにこちらを見たが、ぎょっと驚く様子も、それを糊塗する愛想笑いや気づかぬ振りなど、何ひとつ窺わせない。というのも、ひょっとこのお面を被っていたからだ。片手に拡声器を、もう片方の手にマイクを握って突っ立っている。あんなものを被っていたら、呼び込みの声もくぐもってしまうだろうに。もしかしたらお面は飾りにすぎなくて、最初は頭の上に載せていたのを、私たちが来るのを遠目に見て、急いで顔に下ろしたのかもしれない。そう思い久美子が入口に向かう間、キヨさんは横で、わーい、ひょっとこだーと歓声を上げていた。

「でも、どうして、ひょっとこなのかな」買い物籠を取り、肘から提げて訊く。

「そりゃあ、めでたいから。おかめひょっとこ福笑い」

「えっ、福笑いって節分じゃなかったの」

「あらやだクミちゃん、お正月に決まってるじゃない。節分は鬼でしょうが」

「あ、そうだったっけ。でも、おかめの方はどうしたのかな」

「うーん、両方揃わないと、落ち着かないね。なんか片手落ちって感じ」

「おめでたいってことなら、別に」別に福助だって構わないのにねと言いかけた声を遮って、キヨさんがわらわらと指を差す。みてみて、ほら安いよ安いよ、特売品、四割引きだって！冷蔵ケースの中に、かまぼこと伊達巻がにぎにぎしく、ねっとりした栗きんとんの傍らで黒豆の皮が艶めいていた。

切り餅はどこかと、膝に手を置いて棚に屈み込む。一切れずつ包装されたのが一キロ入った大袋があるが、二人ではとても食べきれない。第一値段が下がっていない。お買い得の小袋はないかと探していたら、こっちこっちとキヨさんが数歩先で手招きした。ほら、これなら安いよ。差し出して見せるのは、プラスチックの蜜柑ごと真空パックされた鏡餅だった。なるほど、赤枠の特価シールがついている。これなら安いよ。うん、いいね、これに……

ふと顔を上げた先に麺類と乾物が並び、その棚が通路で途切れたところに、黒い頭が覗いていた。顔だけを出し、偵察ごっこ中の子供みたいに身を隠している。どうしてあんな恰好でと訝しく思い、黒い頭を見て思い出した。あのときのあの、超速で袋詰めをした小柄な店員である。

一旦その顔が引っ込んで見えなくなり、再び現れたときは二つに縦並び。上の方は店長だった。棚の陰から一歩踏み出し、はっぴ姿を晒して出て来る。お面はどこかに置いて来たのだろう、頭の上にはただ、短いごま塩の髪だけが立っている。顎を引き気味に、意を決したかのように歩き出した。

動きが変にぎこちない。できる限り迅速に事を運ぼうと急く思いと、踏み出す足を一歩ごとに引き留める恐怖心と、相反する引力が拮抗しているのだろう。猛獣の檻に近寄って、餌をやったら逃げ帰ろう。そんな気配が濃厚に窺える足取りである。

すぐ前まで来て立ち止まり、手に持っていた何かを久美子に差し出した。キヨさんの方は努めて見ないようにして、通路の行き止まりに目をやっている。あの、これを。

「なんだい、それは」横合いからキヨさんがねめつけて質す。

「は、ささやかなお詫びのしるしで」店長は久美子の手に封筒を押しつけ、お辞儀をしつつ身を翻すという離れ業を演じて、瞬く間に立ち去った。

お買い得だったたね。良かったたね。満杯になった買い物籠を二つカートの上下に乗せて、レジ前に乗りつけた。しかるべき期日が過ぎた食品は、どれもこれ程安いものなのか。バレンタインデー後のチョコレート、二十五日過ぎのクリスマスケーキ、二月四日の恵方巻、卯月を迎えた雛あられ、年を越した年越し蕎麦など。そりゃそうさ。キヨさんが太鼓判を押す。チョコレートならまだもつけど、ケーキなんかはね、売れ残ったら困るだろ。

「そうだ、歳に応じて二十五年に一個ずつもらえるって、そういう催しもいいだろね」

「じゃあ、五十歳以上は、ふたつもらえるの」

「そうさ、アタシなんざ、もうすぐ三つももらえちゃうよ」キヨさんは言って哄笑する。

うつむき加減にくくと肩を震わせていたレジ係の小母さんが、盛大な笑顔を上げて訊いた。

レジ袋は、おつけしますか。

　ああ、こんなに買ったら入り切らない。いつも持っている買い物袋は……。手提げの中を探ろうとしたところを、キヨさんに引き留められた。

「いいよ、いいよ、今日は一年に一度の初売りだからね。レジ袋なんぞ、五枚でも十枚でもいっくらでもつけとくれ」宵越しの金は持たないと豪語する人がドンペリとかいう飲み物を、その場に居合わせたバーの客全員に大盤振る舞いするかの勢いだ。

　もらった封筒から、手の切れるような商品券を出して使い切った。

　店先で店長らしき人がひょっとこのお面をつけて、来店客にチラシを配っていた。キヨさんが振り返りざま、体育会の学生風の声と仕草でおーすと片手を上げ、それから朗らかに声をかけた。

「ありがとさーん」

　ひょっとこが首をすくめたのが、小さく会釈をしたように見え、久美子は身を縮めて控え目に手を振った。

　買い込んだ料理と総菜と菓子は、コタツの天板に乗り切らないほど溢れ、好きな物を好きなだけ何度も取り皿に取り分けた。キヨさんが即席でこしらえてくれた雑煮も、熱いうちにふうふう息を吹きかけて食べた。酒は、買って来たばかりの大吟醸の瓶を冷凍庫で冷やし、コップ酒で飲んだ。ああ、おいしかった。くちく熱く頬が火照って、思わず声が出る。

「全部おいしかったねえ、お雑煮って、おいしいもんだねえ。二人で食べるのって、楽しいねえ」

年越し蕎麦もおせち料理もお雑煮も、伝統に裏打ちされた味は懐かしく頼もしい。久しぶりに口にすればなおのこと、気のおけない人と食膳を囲めば、またひとしお。このような団欒に正月を過ごしたのは、いつのことだっただろう。昔を振り返ってみても、思い出せる記憶は幼少期のものだけで、長い時間の隔たりの先に茫と遠い。

台所から取って来た擂粉木(すりこぎ)をマイク代わりに、キヨさんが歌っている。身をくねらせ、けれん味たっぷり演歌歌手の声音を真似ているらしいのだが、さびだけが効いて音程を外れた歌は、何の曲だか分からない。

翌朝寝床で目を醒ますと、いつもの音が響いていた。

カシャー、カシャー、カシャー。裏手から、壁を上って耳に届く。飽きずたゆまず余念なく。きっと今日が仕事始めなのだろう、熱心だなあ、精が出るなあ。布団の中は安らかに甘やかにぬくもって、正月だから、三が日だから、お休みだから、今はここから出なくてもいい。久美子はうっとりと寝返りを打ち、より小さく体を丸めて目を瞑った。

早番の仕事を上がっての帰り道、パンの入ったビニール袋を何度目かに持ち直し、いつもの道筋を辿って行く。大谷石の塀に被さるように茂った緑の合間に、薄黄色の実が生っている。

凸凹（でこぼこ）した小振りの玉が、互いに少し距離を置いて日陰に憩っているようにも見える。ここまで歩いて来る間に出会った柚子の木は、これでもう三本目。今年は柑橘類の当たり年なのだろう。

そう言えば、あの年も豊作だった。久美子は思い返し、初めてここを通った折の実り具合を、塀の向こうに重ねてみる。柚子があり、蜜柑があった。驚くほど巨大な実も下がり、あれはナツミカンかハッサクかブンタンか。蠟細工のごとく艶めいて見事な球体を見上げ、通り過ぎた先でまた振り向いて眺めたものだった。

正規雇用の見通しが、短冊だの花の種だのを括りつけて一斉に飛ばす風船さながら、遠く空の彼方に飛び去って見えなくなっていた当時のこと。ならば近場で、何らかの余得に与れるような仕事はないものか。突然思い立って、隣町まで足を伸ばしてみた。

冷たい風をホームに吹き上げて通過する急行列車をやり過ごし、各駅停車に乗って二駅先で降りた。駅近くの繁華街を歩いていたら、裏手の路地のラーメン屋と空き家の間に、間口の狭いパン屋があった。手書きで「無添加の手作りパンあります」、下に小さく「店員さん募集、委細面談」と記した紙が下のほうからふやけて、窓硝子に張りついていた。総菜屋さんを探すつもりでいて、そこに入ってしまったのは、あまりに空腹で漂ってくるパン生地の焼ける匂いが、めまいを呼ぶほどに香ばしかったせいだった。中には頭巾を被った五十路の小母さんがひとり、カウンターで店番をしていた。

パートが決まり、店から出て、線路に沿って歩き出した。駅裏を抜けてしばらくすると、小道は線路を逸れ、ブロック塀の間に立ち入って細々と続いた。丈高い緑が瓦屋根の上に覗いて見え、その梢を見上げて歩いて行った先で、急に折れ曲がり幅を広めて伸びていた。家々を囲む低い石塀、生け垣と木格子。その列が途切れるたび、砂利敷きの駐車場や更地が現れ、その向こうに並行して走る線路の柵が見えた。

アパートまでは、片道歩いて半時間ぐらいだろうか。徒歩で通えば交通費が節約できる、運動にもなる、余ったパンがもらえる。次々と嬉しくなってひとり笑いをしながら、線路から一本奥まった通りを辿って行った。家々の庭先に、垣根や塀の向こうに、ところによっては街路の上まで伸ばした枝先に、たくさんの黄色や橙色の実が生っていた。

ああ、あそこ、あそこにも。そう振り仰いだ枝ぶりもそのままに、この道の景観は六年前とほとんど変わっていない。

音楽が鳴っている。

どこから聞こえるのか、行き過ぎようとして足早に歩いている傍らを、そのまま近くについて来る。妙に甲高く人工的な音質で、同じ旋律をひたすら繰り返し繰り返し。どこかで聞いたことがあるような……あっと思うと、手提げの底が震えていた。あわてて手を突っ込んで探り取り出した携帯電話を、開こうとして取り落としそうになる。

渡りかけた道の、右手の行き止まりに線路が見え、カンカンカンカンと警報が鳴って遮断機が下りて来た。

「ク、ク、クミちゃん！」
「あ、キヨさん？」どうしたのだろう。まさか、携帯電話を買ったのか。それとも滞納料金を後払いして、回線を繋いでもらったのだろうか。キヨさんのところに電話機はあったろうかと、頭の中で家の中を捜す。い・ば・びょうい・ぢ。接続が悪いのか周囲がひどく騒がしいのか、両方かもしれない。いま・びょう・いんに。

ブワンと背後から音が迫る。踏切を通り過ぎた電車が音高く柵の向こうを通り、真四角の顔をした最後尾を僅かに傾げて遠ざかって行く。

階段を上がり切った右手に、長く廊下が伸びていた。ナースステーションの前を、足音をひそめうつむいて通り過ぎたが、中に立ち働く人の気配もなくあたりは森閑と。静まり返った通路を奥へと辿る。二つ目か三つ目の病室の通路側のベッドに、キヨさんが座っていた。するりと無言で下りて来て、廊下の左右を確認し「婦人用手洗い」の扉を押して入って行く。その後に続いて入り、久美子は持っていた紙袋を差し出した。キヨさんは中味を確認し、途端に顔をほころばせて、ああありがとうと口を開いた。中にはパンチパーマの鬘や幅広のズボンなど、変装用の一式がまとめて納められている。

今病院に入れられているけれど、こんなとこにはいられないから、早く抜け出そうと思う。ひいては変装道具を一揃い持って来てはくれまいか。全部寝室の箪笥の近くに、紙袋に入れてある。家の合鍵は、玄関の手前、右手にある植木鉢の下に隠してある。病院の公衆電話からかかってきた通話は、雑音に阻まれてひどく聞き取りづらかったが、依頼の内容はかくのごとく把握できた。

「お世話かけて、悪かったねえ」キヨさんはにこにこと便所の個室のドアの取っ手に手をかけて、下の外来で、と声を低める。受付のところにベンチがあるから、そこにかけて待っていて。

病院の一階は、たくさんの人たちで慌ただしく混み合っていた。濃紺の制服姿の事務員らしき人。半袖の上着と揃いのスラックス、薄桃色の上下を着た看護師が足早に、ときには白衣の医者も通る。それよりずっと目を引くのは、ありとあらゆる傷害疾患疾病を負ったり抱えたりしている患者たちの方だった。

松葉杖をついている、車椅子に乗っている、背を丸め前を行く人に摑まって歩いている、点滴液の袋をぶら下げたキャスターを転がしている。ギブスで固めた片足だけがサンダル履きだったり、方肌脱ぎで腕を吊って、中の肌着が見えていたり、羽織った毛糸物の下から花模様の寝間着の裾を垂らしていたりなど。身成りも服装も、やむなく多種多様。変装の方がむしろ人目を引くのではないかとの心配は杞憂に終わり、一階に降り立ったキヨさんのやくざ風の風体も、さして悪目立ちはしなかった。

ちょっとあっちへと手振りで示したその隅に、屋根つきの白木の箱があり、一見神棚かと見紛うような造りに、貼られたお札は「ご意見箱」、軒下に薄い口が開いていた。そこからキヨさんが、二つ折りにした紙片を中に落とし込む。なあに、請求書を送ってもらうのさ。なにも治療費うんぬんを踏み倒そうってわけじゃあないが、黙って出てくのに、受付を通すわけにゃあいかないからね。小声で言って、片目を瞑って見せる。

出口を出てタクシー乗り場の方へ進もうとしたところで、くいくいと二度、肘のあたりを引かれた。

「大丈夫だよ、電車で帰ろ」

「だって、た」退院と言って良いものかためらう「出て来たばっかりなのに、無理しちゃ」

「平気平気、クミちゃんがついててくれるから大丈夫」既に駅のある方向へと向けた顔を覗き込めば、確かに顔色も悪からず、重病人の面影はまるでない。体の状態、財布の中味、相手にかけてしまう金銭的負担。諸々を秤にかけ、逆の立場だったら自分も同じことを言うだろうと想像がつき、「でも、無理しないほうが。タクシー代ぐらいあるから」と請け合う言葉もどこか及び腰。結局、健常者より元気そうなキヨさんの勢いに押し切られた形になった。

空いていたシルバーシートに、並んで腰かける。

膝の上に手提げと紙袋の取っ手を握った久美子の拳を、キヨさんの掌が軽く叩いた。

「ほんと、ありがとう。来てくれて助かった」

それでその、一体どこが悪いのか。ようやく訊いた。

キヨさんは自殺志願者が頭に銃口を突きつけるみたいにして、尖らせた人差し指の先でこめかみを指してから、その手を下ろし、胸の上に指を揃えて掌を置いた。

「こっちじゃなくって、こっちらしいんだよね」

最初の動作の禍々しさが、即座に薄れてホッとする。一瞬遅れて、二つ目の仕草は心臓が悪いのかとにわかに不安がつのり、事の経緯を、入院に至ったいきさつを、恐る恐る尋ねてみた。

昨日坂を上がっていて変な動悸がしたから、普段飲んでいる薬のついでに救心丸でももらおうと病院に行ったら、その場で検査入院させられてしまった。終わってすぐに帰してくれるのかと待っていたら、あしたにでも別の検査をもうひとつ、その間にやれ投薬だ検査のための検査がどうのこうのと、うるさくて切りがない。病院にいたら、まずは費用がかさむだろう。その上こちらには、やりかけの大仕事があるのだし、結果が出ないまま引き留められても困るのだ。最後は、いわれのない言いがかりをつけられて迷惑顔の常識人、とでもいった口ぶりになった。

それにしても、と久美子は頭を傾ける。どこがどう悪いのかは分からないが、病院に留め置こうとした医者の方にも、医学的見地に鑑みたそれなりの理由があるのだろう。そう思うと、脱走の片棒を担いでしまった自らの咎（とが）が思いやられ、向かいの窓を塞いで床に伸びてきた影の中に、気分が暗く翳（かげ）っていく。

けれど、しかし、病院側だって、立って歩ける人を引き止められはしない。いくら何でも監禁はできまいから、本人が出たいと言い張ればそれまでのこと。あんな珍妙な変装をしなくとも、入ったときの恰好でそのまま出て来られたはずである。そう思い直して隣を見やれば、キヨさんは心持ち頭を仰向かせ、口を半開きにして寝入っていた。鬘が僅かにずれて、ぺたりと貼りついた白髪の条が耳の上に覗いて見える。

ああ、この人は。パンチパーマの鬘を被りヤクザな成りをして、きっと楽しかったに違いない。はたではらはらと見ていてさえ面白かったのだから、当人が楽しまなかったわけがない。やりたいことはやりたいがまま、やりたい通りにやってのけてしまう、そういう人なのだ。やりたいことが、今は作業場で何かをこしらえることならば、そのためにはどこからでも、どうやってでも逃げ出して来て、やり遂げてしまうだろう。誰にも止められない。そう考えると、朗らかな諦めとでもいった思いに、波が収まり気持ちが凪いでいく。

車窓の外は、高架の下に遠く視界が開けていた。角張ったコンクリートの建物や金網に囲われた運動場を間に挟んで、低い家並みが続いていた。屋根屋根が冬枯れの枝や常緑樹の緑を引き連れ、色を変え形を変えて通り過ぎて行く。

カシャー、カシャー、カシャー

翌朝も、いつもと同じ音が寝床に届いた。

大丈夫だったんだ元気なんだ作業もできるくらいなんだ。久美子は深く安堵の息を吐いて起き上がった。布団を上げ、押し入れの骨壷に挨拶し、冷凍庫に入れておいたパンを解凍して朝ご飯にした。歯を磨き顔を洗い身支度を整え、隣町のパン屋に仕事に行った。

目を開けると、部屋の中が薄墨色に翳っていた。夜がまだ明けきらない早朝なのか、それとも寝過ごして日が暮れかかった夕方なのか、どちらともつかず薄暗い。つい今しがたまで見ていた夢が仕切から洩れてこちら側に溢れ出し、その中に半分浸かっているような。そんな心許ない心地がする。寝床から起き上がり、半纏を羽織って風呂場に行った。

外から鳥の声が聞こえ、やっぱり朝なのだと、微かに白んだ窓に寄る。気をつけて簀の子の上を渡ったつもりなのに、靴下が水を吸って爪先がじわりと湿る。少し屈むようにして覗いた隙間から裏手の庭の柿の木が見え、いつもの枝に伝言板が下がっていた。何だかくすんでいるようだ、普段と色が違う。目を凝らして見れば、板はひっくり返され、裏を表にしてかけられていた。四角の中はのっぺりと灰色で、文字も数字も記号も何ひとつ書かれていない。

何だか変だなあと思いながら、パン屋の店先に下げてある木札を連想した。表は「営業中」、裏は、準備中や休業中ではなく「本日は終了しました」。遅番のときは店仕舞の最後に、硝子戸の内側のフックにかかった紐を捩(ね)じり裏に返してから外に出るのだ。

布団を上げ手洗いに行ったり、薬缶を火にかけたり洗濯物の仕分けをしたりなどしつつ、合間に幾度も風呂場に戻って確認した。そのうちに外が完全に明るくなり、耳の底に呼び込むような思いで待ち受けたが、いつもの音は聞こえなかった。鉋がけの音も、ときおりそれに混じっていたカンカンと木を打つ軽快な音も、響いてこなかった。

「おはようございまーす」合鍵の隠し場所にしゃがみ込むまでもなく、引き戸はガラガラと難なく横に滑って開いた。おじゃましまーす。玄関に入って、もう一度声をかけた。
「キヨさーん、いるのー」そう呼ばわって、奥へと進む。足の下に、廊下の踏み板がしんと静かに冷たい。

　コタツのある部屋には誰もいなかった。右手の仕切襖が真ん中から左右に開かれていて、中に何か箱のような物があった。畳の上に立った横板が、一畳分伸びていた。幅はそれよりずっと狭い。表面が平らかに削られ均(なら)された直方体の箱。蓋も斜めに立てかけられて、見事に完成した棺桶だった。その中に隙なくぴったりと納まって、キヨさんが寝ていた。

　藍染めの粋な浴衣を着て、帯の上の方に数珠を持った手を組んでいる。目を瞑った寝顔は白く、表情は安らかと言うよりにこやか、にこやかと言うよりにんまりと口角を上げ、してやったりと言いたげな顔つきに見える。

　キヨさん、分かった分かった、もういいよ、起きて。すごい箱だよ、いい出来栄え、ほんとにすばらしい。だから、ねえ、もう起きて。

　初めは上から見下ろして、それから畳に膝を突いて、箱の縁に手を置いて幾度となく呼びかけたけれど、キヨさんはいつまでも目を開けず、身動きせず、起き上がってもこなかった。

　季節柄、コタツ布団は陽に干してから埃をはたき畳んで仕舞った。むき出しになった櫓(ろ)に天板を置いて、卓袱台(ちゃぶだい)代わりに。両肘を突いて顎を載せ、久美子は雪見障子の向こうを眺める。

井戸囲いの周りを埋めていた枯葉は、さらに枯れて小さくなり隅の方に吹き寄せられ、覗いた土の地面にぺんぺん草が生えた。どこからか種が飛んで来たのか、雑草の緑に混じってハルジオンかヒメジョオンが、白く細かな花弁を無数に開いて咲いている。

この春先に、裏のアパートからキヨさんにもらった家へと引越して来た。そうして久美子は突然物持ちになった。居間には小型のテレビがあって、夫とハイビジョンテレビが共になくなって以来、埋めることも考えず空けていた空白に、さり気なく滑り込んだような按配だった。それ以外にも、日用品、身の回り品、調理器具その他の道具類、ありとあらゆる物が家中に溢れていて、収納用の紙箱やケースを珍しく気前よく買い求め、使う物と使わない物とに仕分けしながら、居間と寝室と台所を片づけて回った。服は、キヨさんが残した晴れ着や普段着の数々から、着られそうなものを取り分けた。まさかあの変装に用いた幅広の化繊のズボンなどは穿かないけれど、いつかそのうち少し若やいだ格好をして出かけてみようと、華やかな柄や色物を取り出して、姿見の前であててみることもある。

作業場だけは、どうしてよいのか皆目分からなかった。一度入ってひとしきり見回しただけで、手を触れずに出て来たので、今もそこはキヨさんが使い終わった状態のまま、勝手口のドアの向こうに残されている。

係累のいないキヨさんは、遺言書を書いて久美子に全てを残していった。金融資産も借財もなく、遺贈されたのは土地と家屋とその中の所持品である。正式の書類の他に、久美子宛てに長々としたためられた私信があり、家土地は親の代からのもので、路線価を見る限りでは相続税はかからないはずである。住んでも売っても構わないから、暮らしの役に立ててほしい。そうした主旨に続いて、知っておいたほうがいいことや注意すべき点など、様々に有用な事柄が平易な言葉遣いで綴られていた。葬式代と書かれた封筒が添えられ、中に入っていた現金は、最も簡素で低額の火葬式を賄って少し余るくらいの額で、残りを病院から送られてきた請求書の支払いに充てると、ちょうど切り良くなくなった。

天板の上で軽く頭を下げてみる。庭の突き当たりに垣根、そのすぐ後ろに、暗い色をした壁がまっすぐに聳えているのが見える。上方に仕切られた窓は相変わらず暗く閉ざされ、明かりが灯ることも開けられることもない。老朽化したアパートには借り手がつかないのか、引き払った部屋はそのまま空き室になっているようだった。それでもいつかは誰かが、家賃の安さに釣られて入居するかもしれない。そうしてそこに暮らし始めれば、夜には風呂場の電気が点いて、湯音も聞こえてくるかもしれないから、そのときは縁側に立って行って、窓の明かりを見上げてみようと思う。

キヨさんの遺骨を引き取って来た日の晩、寝間の衣装簞笥の脇の棚に骨箱が二つ見つかった。近頃のあの、金糸が入った大僧正の帽子風の覆い袋ではなく、どちらも白無地の風呂敷に包まれていた。天辺が真結びになった真四角の包みは、まるで古道具屋に売るのを躊躇してお蔵入りとなった、先祖代々の茶道具のようにも見えた。細紐を通した札が結びつけられ、それぞれ縦に筆書きで、同じ名字と男女の名前。名札は撚れてもおらず真新しく、最近になってからキヨさんが、父母の名前を記しておいたものらしかった。

結び目をといてみれば、古びた桐箱の木目が現れ、ずらした蓋の下に白い骨壺が認められた。蓋を戻して包み直し、埃の染みた折り目に沿って、できるだけ元通りに端を結んだ。遺骨が家の中に保管されていたのには、きっと自分の両親の場合と大差のない、似たような事情があったのだろうと推察されたが、しかし今回親元に加わったのは、不義理の義理の息子などではなく、必ずや大切に育てたはずの愛娘である。久美子は、三つの骨箱を畳の上に並べて置いた。それからキヨさんのを三角形の頂点に、房飾りのついた正面があとの二つと向き合うように、角度を配して置き換えてみた。

「世話をかけることになって申し訳ない」キヨさんは、そう書き残していた「親の分まですまないけれど、骨はとりあえず預かっていてください。クミちゃんがいなくなった後は、もうどうなっても構わないから、それまでよろしくお願いします。もちろん、散骨してもらえれば、それも嬉しいです。(でも、勝手に撒いたり埋めたりしたのが見つかると罪になるから、気をつけてね!)」

パン屋の女将さんはまだ五十代になったばかり、寡黙で勤勉で丈夫な人である。店の運営は堅実になされているようで、とりあえずしばらくは仕事先も安泰であろうと期待が持てた。ここに住んでいれば家賃はかからず、ささやかながらじき年金も下りるはずだから、多少は貯金に回せるぐらいの余裕が生まれるだろう。これまで通りの暮らしぶりを続けていけば、健康を保ったまま長生きすれば、いずれそれなりの貯えができるかもしれない。六人分の永代供養は無理としても、樹木葬か森林散骨ぐらいなら、何とか営めるくらいの分が、いつかきっと。

下生えのないすっきりとした地面から、細めの幹がすらりと立ち上がっている。まっすぐで頑丈そうな木が二本、並んでいるところを選ぶ。キヨさんと自分は、その真ん中で手を繫ぐようにして。左右の木の根元には、各々の両親が仲良く隣り合って収まる。夫の分は、ちょっと離れた後ろの方に、他の若木があればその下にでも埋める。

両親は、それで全く異存がないだろう、キヨさんの父母も娘が託した人のすることだからと、喜んで納得してくれそうな気がする。夫のことは本人に訊いてみない限りは分からないのだが、まあこうした成り行きである以上、土に還されただけでもましと諦めて、多少我慢してもらう他はない。キヨさんとは、そうやってずっと仲良く……、そこまで考えて、自らを自らの手で埋葬できないことに思い当たり、あまりの迂闊さに久美子は笑い出しそうになった。

自分はどれほど頼りなく見えていたことだろう。キヨさんが最後の手紙に事細かく注意事項を書き連ねたのも、なるほど無理もないと思われ、その心情と配慮のほどが改めて感得される。

手製のお棺入りのキヨさんを見つけた後には、山盛りの厄介事がつづら折りの山路のごとく続いていた。病死の確認、遺体の搬送火葬引き取り、遺言を巡る諸々、登記その他云々。胸突き上がりの急坂を登り詰める間に指針としたのは、生前のキヨさんから聞いた言葉だった。世の中に思いを通していくには、望みを素直に口に出すのが最善の策。それが六割で、あとの四割は、関わる人の感情に訴えること。それには、期待された役割を演じるのが肝心である。そう言っていたのを、たびたび思い返し自ら言い聞かせた。最も相応しいのは、「お金も身寄りもなく悲嘆と途方に暮れた老婆」の役柄であろうと、その身の丈に合わせるべく努めたが、久美子は実際それ以外の何者でもなかったから、さしたる演技力も要らず、ほとんど地のままでやってきた。

　実にきっぱりとして、頼りがいのある人だった、こうした面倒な事態に当たるときこそ、ついていてほしかった、そばにいてほしかった。キヨさんを想うたび、慕(した)わしさと懐かしさと心細さの混じり合った塊が熱く喉の奥につかえ涙腺を圧(お)し、湧き出た涙に視界がぼやけて霞んだ。

　立って行って、寝間の押し入れの襖戸を開ける。

中は祭壇の形に整えられ、上段に敷かれた白布には一点の染みも皺もない。骨壺は六つ、各々桐箱に納まり覆いを被って整然と並んでいる。左端に夫、その隣に父親母親、真ん中に布地の白さが眩(まばゆ)いばかりのキヨさん、その右手にキヨさんの両親。

　私は一人っ子で子供もいないから、と久美子が話したら、アタシもおんなじと、キヨさんが深く頷いた。そうそう、アタシらは血筋の最後っていうか、袋小路っていうか、どん詰まりなのよね。ええと、あの系統発生じゃなくって、何だったっけ、ほら、あの、ああ、言葉が出て来ない。そう頭を抱え呻吟していたのは、恐らく「世代交代のどん詰まり」とでも言いたかったのだろう。

引き継ぐべきものが流れ寄せ、それを引き取って、けれど、そこから先へと送り出すあてがなく、どこにも託せないままに、滞らせてしまう。遺骨はそのような流れを形にして、今ここにあるのだと思われる。

託された骨はどこへ行くのだろう。いずれは、収まるべきところに収まっていくのか。いつかその行方を、見送れるようになるのだろうか。それが自分に与えられた役目であるのなら、いつの日か、果たせるようになるのかもしれない、そういう風に定められているのかもしれないと、そんな気もする。

手前の燈明を手に取れば、手ごたえもなく軽かった。裏に返し、刻みのついた小さな突起を押し上げる。小指の爪の先ほどに小さく尖った電球が灯り、徐々に黄色くなって明るさを増していく。やがて橙色の炎が背後の白布に影を映して揺らめいて、久美子はそれを囲い込むようにして掌をかざした。

連れ合い徒然（つれづれ）

――二十年ほど前の話――

その一　石

ツレアイが石を拾った。

海は凪いでいて、浅瀬の水がぬるかった。膝下まで浸かって立った砂床の上を、半透明の小魚の群れが絡まり合って通り過ぎるのに目を奪われている間に、それは拾われてしまったのだった。

足元の地面と同じ砂色をしていた。全体に嵩ばって片手で持つには大きすぎ、水切り遊びには使えないし、拾った貝殻と一緒にポケットに入れるわけにもいかない、何とも持て余してしまう大きさだ。ところどころに生えた突起は先が丸まって、角と呼ぶには尖りに欠ける。丸とも四角ともつかない輪郭がとりとめなく、とりあえずは「石」としか言いようのない代物だった。

おびただしい数の孔が目をひいた。表面はコツコツと軽石を漂白したみたいな質感で、円く小型の孔が無数に開いている。その口径は、幼児ならどの指でも入りそうだけれど、大人の指だと、小指かせいぜい薬指の先端がようやく嵌まる程度に小さい。筒状の空洞が、中でねじれ曲がっているのだろう。開いた口のすぐ下から俄(にわ)かに黒ずみ、奥に溜まった暗がりの先が見通せない。

私は半歩下がって首を傾げた。その角度に合わせたように、ツレアイが石を傾けると、サワサワと砂が流れ落ち、裸足の爪先のすぐ脇に、小さな砂山を築いて積み上がった。見事に整った円錐形をして、周りの砂地よりほんの僅か色が濃かった。

ツレアイは石の縦横を持ち替え、何度もひっくり返してためつすがめつし、様々な角度で揺すったが、砂もその他のものも、もうこぼれてはこなかった。何も出なくなった石を、けれど十本の指は執拗にこねくり回して、一向に手放す気配がない。

「もしかして、アナタはそれを、ホテルに持って帰るつもりですか」私がいつもの標準語で尋ねると、ツレアイは首を振るでも頷くでもなく、寛大なような不遜なような笑顔でこちらを見下ろした。

「モウスグ雨ガフルデショウ」関係のないことを言って、石を脇に抱え込む「雷モ、来ルカモシレマセン」と付け加え、ツレアイははだけたシャツの前身ごろをはためかせ、山側の空を顧みた。

そう言われて振り仰げば、空はいつの間にか嵐の予感を湛えて暗く低い。額の真中にポツリと大粒の雨が命中し、後は引きも切らず無数の水滴が降りかかってきた。

頭上を縦に走る幾何学模様。最初に目に入ったのは、白塗りの天井に据えつけられた扇風機が、くっきりと刻んだ羽の影だった。室内はまだ明るく、驟雨は、夕立と呼ぶには少し早い時刻に屋外を通り抜けて行ったのらしい。

サイドテーブルの上に木の魚が転がっている。三角形の頭部に、愛嬌のある丸い目玉。胸鰭のあたりの平らな窪みに、彫り付けられた三桁の数字が読める。尾鰭に向かって胴がすぼまったところから銀の鎖が生え出して、その先に繋がっているのは、三つ葉型の頭をした部屋の鍵だ。胴にひとつずつ円く彫られた鱗の縁が、西陽の照り返しににじんで見えた。

バルコニーの方へと目を向ければ、電灯に被せられた分厚い硝子の傘の下、籐椅子の背もたれに透ける網目の隙間、片側に寄せられた生成りのカーテンの襞の中など、あちこちに光の溜りができている。硝子戸の向こうには紅鮭色に染まり始めた空が、つやつやと水を含んだ枝葉の上に広がっていた。

海岸から全身ずぶ濡れになってホテルの部屋に駆け込み、バスタオルにくるまって、しばらく硝子越しに弾け流れる雨粒を見ていた。雨の幕にぼやけた視界の中に、時折稲妻がほのめき一瞬遅れて雷鳴が轟いた。雷雨はそうしていつまでも止む気配がなく、背の高い椰子の木が、曲芸師の柔軟体操並みの信じ難い角度でたわむのをベッドの上から眺めているうちに、そのまま眠り込んでしまったようだった。

隣からは、穏やかで規則的な寝息が聞こえてくる。ツレアイはダブルベッドの片側に足を投げ出し、首から上だけをヘッドボードに凭せかけた不自然な姿勢で、この上なく安らかに眠り込んでいた。そろそろ夕食の時間だから、起こしたほうがいいのだけれど、こんなに気持ち良さそうに眠っているところを見ると、このまま寝かせておいたほうが親切だろうとも思う。

私は、ひんやりとした床のタイルに足を下ろした。バスルームに向かうと、半乾きの砂粒が足裏にきしんだ。まずは顔でも洗って、と蛇口に伸ばしかけた手が止まる。何かが、直前、視界をかすめたような、そんな気がする。つやつやと真っ白い洗面台の端に、色も材質もまるで異質の何かがあって。

ゆっくりと周りを見回す。楕円形に張り出した陶器の縁に半ば隠れるようにして、浜で拾われた石がうずくまっていた。


ツレアイが起こされずとも目醒め、伸びと欠伸とを同時にして、額に張り付いた前髪を大分薄くなってきた頭頂へとかき上げた頃、外は既にとっぷりと暮れていた。

手の甲で目をこすり、こちらに気付いてその手を振る。上体を起こし足を床につけたが、すぐさま立ち上がるでもなく、ベッドの端に腰を下ろしたままぼんやりと動かない。

「ねえ」しばらくその様子を見守っていてから、私は声をかけた「晩ごはんは、なにを食べましょうか」

ン。ツレアイは頷くが、顔はどこか別の方向を向いていて、こちらの意味するところを把握したのかどうかはっきりしない。もう一度大々的に伸びをして、膝に手をあて、ようやく腰を上げた。寝皺の寄った半ズボンの裾から覗く脚は、普段は長く縮れたすね毛が今は汗に湿って、肌にぺったり渦巻き模様を描いている。それが部屋を横切るのを見送りながら、私は突如、耐え難いほど空腹なのを意識した。そう言えば、バイキング形式の朝食を幾度も取り皿を換え、もうこれ以上はコーヒーの一滴もスイートコーンの一粒さえも入らないという限界まで食して以来、何ひとつ口にしていない。

トイレの水を流す音がひとたび止むと、バスルームは沈黙して部屋中がしんとなった。何かをしている気配がない、いかなる物音も響いてこない。歯を磨いたり顔を洗ったりまたはシャワーを浴びるなり、必要な身支度をしているのでもなさそうな。この空白は一体何なのだろう。何にどうして、これだけ時間がかかるのだろう。籐椅子の肘掛けを握った手に、つい力が籠もる。

バスルームのドアは、開け放されていた。洗面台の前に立ったツレアイの後姿が、斜め後ろから見えた。大きな背を丸め、前かがみになっている。片手に何かを持って、もう片方の手で慈しんでいるようでもある。ハツカネズミかシマリスかモルモットか、小型のペットを掌に乗せ、情を込めた甘い言葉をささやきかけつつ、つややかな毛並みを繰り返し撫ぜているかのような、そんな仕草に受け取れた。

私がドア框（がまち）の手前に立ち止まると、次の一瞬ツレアイが顔を上げ、私たちは洗面台の上の鏡の中で目を合わせた。

どこか違う。妙に違う。何かが変にズレている。毎日目にしていてとても良く知っているはずの顔なのに。似通っている分だけ、微妙な差異が余計に居心地悪く感じられる。本物の上にわざと描かれた偽物を眺めているみたいに、ふつふつと違和感が湧き立ってくる。

やがてそこに、見知った微笑が大きく半月形にせり上がってきたかと思うと、ツレアイはこちらを振り返り、破顔した顔を向けた。上体を斜めにひねり、片手に例の石を載せていた。

「コレハ便利ナモノデスヨ」

洗面台に向き直って歯ブラシを手に取り、比較的大きな孔のひとつに差し込んで見せた。数回使っただけで毛先のよじれてしまった、ホテルの使い捨て歯ブラシだった。ゴツゴツと粗い石のあばた面から、ぬめりとした桃色の柄が長く斜めに突き出して、天辺の茂みの毛がてんでんばらばらな方向に反り返っていた。前衛芸術のオブジェのような、と言うよりその出来損ないみたいな物を、ツレアイはまるで伝来の家宝を半世紀ぶりに開陳して見せるかのように誇らしげに、嬉々として両手に捧げ持っている。

それはないだろう、いくらなんでも。私は思う。開いた口から言葉も出せずにいるうちに、二本目の歯ブラシがオブジェに加わった。

「ねえ、ちょっと……」思わず出た声が、途中から裏返る「ちょっと、かんべんしてよお、その石！」

母語は教科書的規範を離れるや否や、より自然な形態へと即座に先祖返りを遂げる。その口調の変化を聞き取ったのか、ツレアイの笑顔がやにわに曇った。夕方のお日様から満月並みへと光度を落とし、さらに欠けなむというあたりに留まる。微笑の形に上がった口角と、軽く見開かれた両目。コンナニ素晴ラシイコトナノニ、アナタハドウシテ諸手ヲ挙ゲテ賛同シナイノカ、アンマリ不可思議デ、ドウニモ分カリカネルノデスガ、とでも言わんばかりに、驚愕の前面に無邪気さの幕を開き、張り付けて見せている。

「だってその石、……なんか薄気味悪い感じがするんだもん」

汲み取られない思いは、汲み取られないまま語尾ににじむ。そうして、言葉をひたひたと湿らせるけれど、その湿り気は相手の知覚に浸透していかない。彼岸の言語領域はほどよく乾燥している上に、境界線には防水加工が施されているのだ。

「うすきみい？」と首を傾げたツレアイは、速やかに滑らかに話題を換えた「えびトかにヲ食ベマショウ、ソシテ貝モ」歌うように言う。

空腹時には私の機嫌が極端に悪くなること、何かおいしいものが食べられるという見通しさえ立てば、それがすぐさま好転することを、これまでの経験から着実に学び取ってきたのだろう。無論、魚介類が無類の好物であることも、充分承知の上での提案に相違ない。実際私の気分は瞬く間に転換して前に向き直り、約八割方は持ち直した。ワンピースに着替え髪を撫でつけ口紅を引き、少し踵の高いサンダルを履きビーズ刺繡が施されたポシェットを肩から提げ、五分で出かける支度を整えた。

その晩、私たちは海辺にある魚介類の高級レストランに入り、キャンドルの灯った窓側の席に案内され、質量ともに至極満足な夕餉（ゆうげ）を供された。食前酒から始めてワインを一本空け、デザートの後には食後酒。基本的に割り勘をモットーとしているツレアイが、今日はいいからと財布からクレジットカードを引き抜いて、トレー代わりの帆立貝の貝殻の上に乗せた。テーブルを回って演奏していた楽団にも気前よくチップをはずみ、即妙の冗談を言ってウエイターまで笑わせた。

そんなこんなで、部屋に帰り着いたとき、私の気分はほろ酔い機嫌を通り越して、極度に高揚していた。サンダルを蹴って脱ぎ、鼻息荒くバスルームに駆け込んだ。そこで、歯ブラシ立てとしての新たな役割を、寡黙かつ勤勉に全うしつつある石に出迎えられたが、戦闘的な多幸感には一滴（ひとしずく）の水も差さなかった。

孔から一本威勢よく歯ブラシを抜き取り、練り歯磨きを絞り出す。ピンクの角を片方もがれた石は、なんだか間が抜けて、取るに足らない安価な土産物か、置き忘れられたガラクタみたいに見える。

私は警戒態勢を緩め防御の盾を数段下げて、鷹揚に見下(みくだ)した。ああ、こんなもの、なんということもない。ツレアイの希望通り、スーツケースに入れて持って帰ったって、どうということもないだろう。歯を磨きながら、洗面台の脇に顎をしゃくって侮った。ふん、なによ、たかが石じゃないの。何ができるわけでもあるまいし。

口をゆすぎ顔を洗い服を脱ぎ、ベッドに倒れこむと同時に睡魔に襲われ、すぐさま眠りに落ちた。そして久方ぶりに夢を見た。

上下を反転させ、深い海を逆さにして頭上に被せたように、突き抜けた空だった。その下に、凪いだ海がどこまでも広がっている。透き通った水の舌が波打ち際の砂の上にひたひたと伸び、先端を薄く広げて束の間留まり、さわさわと砂粒を転がして退(ひ)いていく。明るい水色の水面が目の下に続く。それは遥か先の沖合いで藍々と色を変え、真横に長く引かれた水平線で空に接していた。

湾は小高い緑の丘を背負い、緩く弓なりに。足元の砂は細かく乾いて、ラクダの毛色をしている。ところどころに驚くほど丈高く椰子の木が茂り、あたりの景観にふと既視感を覚えた。瞬きをした次の瞬間、突如として空がかき曇り、どこからか微風に乗って雨のにおいが運ばれてきた。

浜辺には誰もいない、私ひとりしかいない。すぐにも降り出しそうな空模様のせいかとも思ってみるけれど、やはりそれでも何だかおかしい。そもそも、私はひとりでここに来たのだったか、たったひとりで、遠い海になどやって来るものだろうか。自分は何か、とても当たり前の物事を忘れてしまっているのではないのかと、根拠もなく何となく疑う。疑ってしまってから、少しばかり不安になる。とらえどころのない不安感がその繊細な触手を伸ばし、羽毛の先端の軽い手触りで背中の中軸を撫ぜて過ぎる。

私は砂浜に立っている。どうしてなのか、両手で石を持っている。足の下の砂地と同じ、淡いラクダ色をした孔だらけの石だった。持ち上げて、顔に近づけてみた。表面は粗く凹凸に富んで、たくさんの孔が開いている。相似形の円いくぼみが、無数に隣り合って口を開け、その白っぽく明るい口からストンと急に暗くなって、その奥が見通せない。どの孔をどんな角度に傾けても、先は窺えず、あるのかないのか底も見えない。

いつ抱え込んだのか、覚えがない。どうしてそれを抱えているのか、よく分からない。もしかしたら、見かけによらず貴重な価値あるものなのだろうか。そうでなくとも、縁あって拾い上げたからには、通りかかる人のあるまで、しっかり辛抱強く抱いているのが定め、というようなことなのかもしれなかった。

トボ。何かが手に持った石の底からこぼれ、滴り落ちた。

何だろう。見下ろした足下にはただ砂の堆積があり、きれいに渦を巻いた巻貝の殻が半ば埋もれている。空耳だったのかもしれない。その場に佇んでいるうちに、音の記憶は砂粒のように干され、やがて吹いてきた海風に煽られて散り散りになる。
しばらく待ってみたが、何事も起こらない。これから先も、何も起こらないだろう、起こらないに違いない。一体何だったのかよく分からないけれど、きっとあれが最後だったのだろう。そう思わせるほど長い間を置いて、再び滴った。
トボ
暗く湿っていて比重が重い。固まる前の泥状のコンクリートか、液化したコールタールの黒いぬめりが連想された。思わず真下を見たが、水着の裾にもそこから出ている脚の素肌にも、何かが垂れた形跡は窺えない。なのに、足元の地面が乱れていた。平らだった砂地がえぐれ、濡れそぼった砂が飛び散って、そこいら中めちゃくちゃに掘り返したみたいな荒れようだ。石から何か密度の濃い液体が漏れ出てきて、地面にめり込む勢いで流れ落ちたのか。否、もしかしたらそれは、自分が暴れた跡かもしれない。いたたまれなさに、足を踏みしだいて荒らしてしまったものかもしれなかった。
頭上で椰子の葉が僅かにそよぐ。生暖かい風が、吹いているのかいないのか分からないほどの微かさで、頰に吹き寄せてくる。
トボ
それが滴り落ちた。今度こそ、あれで最後だろうと思っていたのに。

掻き乱された砂の間に、両足がめりこんでいる。ビーチサンダルの鼻緒の跡が白くついた甲が、砂に紛れて見えなくなり、くるぶしのすぐ上のところから脛が地面に突き刺さっているように見える。何だかこの場から生え出ているみたいだな、と思う。そう思うと、もうここから二度と動くことはできないような、そんな気がしてくる。

気づけば、周りは砂に呑み込まれていた。砂の絨毯がいたるところに被さって、全てを覆い尽くしていた。椰子の木も緑の丘もその奥のバンガローの臙脂色の屋根も、何ひとつ見当たらない。前方にあったはずの海も一粒の水滴さえ残さず消え果てて、もうどこにもなかった。

手の中で石が身震いした。痙攣するような動きで、間歇的に震える。陰に籠もった振動が指の叉から付け根へ、そこから指先へと伝わっていく。ボトッと、何かが垂れ落ちた。一見さらさらと乾いて見えた石の角が、ぬるぬると。目に見えない排出物を染み出させて、指の腹にぬめる。ああ、嫌だ。投げ出したい、放り出して、捨ててしまいたい。けれど、もし放そうとして、石のほうが離れなかったら。そう考えると怖くなって、丸めた掌が開けない。あまりに恐ろしくて、石にしがみついて鈎型に曲がった指を、どうしても伸ばすことができないのだった。

誰も来ない。何もいない。何もない砂の広がりの只中に、石を抱えて立っている。両脚が足首まで埋まって、まるでこの場に植え付けられているようだ。いつまでもずっと、ここにこのままいなければならない。そういうことになっているらしい。どうしてだろう。これは罰なのか。そんなものを受ける謂われはないのに。こんなに酷な刑罰に値するような罪など、犯したことはないはずなのに。

身を捩じってあたりを見回した。視界の中は三百六十度目の届く限り、どこまでも砂色の地平が伸び広がっているばかりだった。この茫として果てしない世界に生きているものといえば、自分自身とそして恐らくはこの石だけだろう。そんな思いが、ほぼ確信に近く湧き上がる。それに呼応するようにして石が震え、またトボトボと何かを滴らせた。


目を醒ましたところは、夢の中より暗かった。

ぐわんぐわんと鳴り響く警鐘に身を起こせば、それは頭蓋に轟き渡る心臓の鼓動だった。握りしめたシーツの端が湿っている。上掛けを胸元に引き寄せて、大きく息を吸った。

しんと静まり返った夜のしじまに耳を澄ますと、前庭の草むらの中からだろう、戸外で鳴いている虫の音が小さく聞こえてくる。バルコニーの壁の常夜灯が灯り、黄色っぽい光が硝子に濾され、歪な輪を幾重にもにじませてカーテンに映っていた。室内は、隅のほうから闇に溶けて薄暗い。隣に黒っぽい塊があり、長く連なったシーツの山脈の、その稜線だけが外からの明かりに白く浮き上がって見えた。

恐かった。恐い夢だった。悪夢と呼んでもいい。

これまでにも恐い夢は数知れず見てきたけれど、醒めたあとには必ず深い安堵が約束されていた。ああ、恐かった、けれど、あれは、ただの夢。ああ、夢でよかった。そんなふうに温かな安心感を道連れに、素直に眠りのぬくもりへと戻って行けない類いの夢だった。後味の悪さが尾を引いて、見てしまったことが恨めしい。

どうして、こんな目に遭わなければならないのだろう。真面目に勤勉に正直に働いて節約し五日に満たない休暇を取って、一体何が悪いのか。どこが間違っていると言うのだろう。今晩は確かに酔った勢いも手伝って、多少高慢ではあったかもしれないけれど、ほんのちょっとだけ思い上がったからといって、これほどの思いをさせられる道理はないはずだ。それも、自分が拾ったのでもないたかが「石」に。

ひたひたと足音を忍ばせて、床を歩く。バスルームに入って照明を点けると、洗面台の楕円形をした陶器が、明かりの下に白々と浮かび上がった。その縁に二本、柄を交差させた歯ブラシがバツ印を作って転がっている。すぐ脇に粗く固く砂で固めた面が覗く。孔だらけの顔を晒した石が、洗面台の傍らに鎮座しているのだった。

どうしてやろう。

こんなにたくさん孔が開いているのだから、きっと中はスカスカに違いない。思いっきり床に叩き付けたら、難なく割れて粉々になりそうだ。けれど、もし、床のタイルのほうが壊れてしまったら。割れなくても罅が入るかもしれない、罅が入らなくとも、修復できない傷がついてしまうかもしれない。そうしたら……。こういうときに、ホテル側の迷惑や、そこから浮上するであろう様々な厄介ごとに考え及ぶ、自分の良識と小心さに少しだけ呆れた。

そうした危険を冒さずとも、ただ投げ捨てればよいことだった。バルコニーから、できるだけ遠くに放り投げるのだ。そう、やはり投擲が一番。幸いそれは、頭上に振りかぶるのにちょうどよさそうな重さと大きさを備えているように見える。

私は両肘を上げ、肩の関節をぐるぐると回した。しばらく物は投げていないが、小学校の体力測定のボール投げでは、クラスの女子で二番目の記録を出した覚えがあった。両肩を前回りに五回、後ろ回りに五回。

石は相変わらず無数の孔を見せ、その表面は荒涼とした月面を思わせた。全く、よりによって何でこんなものを、と改めて思う。岩や石には魂が宿っているから、やたら拾ったり持ち帰ったりせず、その場にそっとしておくのがいいのだと、祖母も言っていたではないか、「さもないと、コワイ目にあうよ」と。

憤りの裾野にふっつりと影が差した。それはたちまち濃さを増し、黒々とした墨跡となって染み広がる。暗く不吉に塗り込められた思いの底から、本能的な忌避感がじわりと湧き上がった。触りたくない、触れたくない。見たくもない。ならばなおのこと、そんなものをこんなところに置いておくわけにはいかない。すぐに、さっさと、捨ててしまわなければいけない。持ち上げようと両手を伸ばし

ぬるり

何かが指先を舐めるように触れた。ヒッと石を投げ出した拍子に、私は後ろによろけて尻餅

をついた。石は右のほうへと飛んだようだった。ドオンともボワンともつかない音を立てて、隅の壁際に落下して床を滑り、壁の化粧板と床のタイルの間に挟まる恰好でうずくまり、そしてそのまま動かなくなった。

ずずずずず。冷たいものが背中を這い下りる。両腕に鳥肌が立ち、体毛が一斉に逆立った。

イヤ！　首を振り手足を振り回した。足先が何かに当たって痺れると同時に、鈍い音がした。それをインディアンの太鼓のように遠くに聞きながら、なおも両脚をばたつかせた。首が抜けるほど振り回し、拳を固め太腿を叩き、なおも暴れ泣き喚いた。らちもない子供じみた振る舞いと分かっていて、どうしてもやめられない。化粧板が繰り返しボコボコと鳴り、インディアンは狼煙（のろし）を上げ続けていた。

　ドウシマシタカ

戸口の上のほうに、明け方の月のごとくぼんやりした影がかかり、私は蹴り出しかけた足を途中で止めた。

「ドウシマシタカ」

　これではまるで、診察室に患者を迎え入れた医者もどきではないか。そう思って振り仰いだ顔は、科白（せりふ）の冷静沈着さを見事裏切って、両目を大きく見開き、中途半端に開いた口元から唖然と固まった舌を覗かせている。医者よりはむしろ、恐慌半歩手前で駆け込んできた急患の顔つきに近い。入口の框から体を引き剝がし、こちらへとにじり寄る間に、ああだかおおだか何だか、聞き取りにくい感嘆符をひとつ口にした。

「憂慮」を石膏で固めたような顔が、ゆっくりと正面に下りてくる。普段あまり目にすることのない表情に刻み直され、ツレアイの顔貌は年相応に思慮深そうな感じがした。ああ、こんなに彫りの深い顔をしていたのか。改めて見上げたその肩越しに、浴室の隅の暗がりが見えた。私は床の一点を、タイルと化粧板の間をじっと見詰めた。その視線の先を辿るようにして、ツレアイが後ろを振り向く。すぐに石をみとめ這い寄ろうとするところを、咄嗟に手首を握って引き留めた。待って。

「待って。先ずは話を聞いてからにして、お願い」

こうして私は話し始めた。

時間が経過すればするほど、恐怖は半減しあからさまに色褪せ、そうして薄まった怖ろしさは、もう誰にも伝えられない。だから、全てがただの夢に収斂してしまう前に、理性が感情をことごとく平に均してしまわないうちにと、話し急いだ。見たばかりの悪夢を。石の震えと滴り出てくるもの、その耐え難い不気味さ。広大な砂地にひとり取り残され動けなくなったときの焦燥感と、それに続く絶望感。さらに目覚めてからの一切を。

「こうやって、持ち上げようとしたら」両手の掌を前に、石を持つ形に開いて見せる「そしたら」

指の腹に何かがぬめる。蘇った感触は鮮やかに生々しく、鮮明なおぞましさに背筋が震えた。ツレアイは隣り合って床にしゃがみ込み、静かに耳を傾けていた。疑問も反論も差し挟まずに、黙って聞いていた。聞き終わり、一度無言で頷いて膝立ちの姿勢になった。それから石のほうを振り向いて見て、おもむろに立ち上がった。石は割れて、数箇所に散らばっていた。それらを次々に拾い上げ、一番大きい塊を左手に、破片を右手に持ち、しばらくの間じっくりと断面を見比べていた。

手の中でひっくり返され上下逆さになった塊は、裏も表もなく一様に乾いた色をしている。割れ目から、フナ虫や蟹の類いが這い出てきたりすることはなかったし、もちろん、怪物ヒドラが頭を出すとか、孔の奥に蛇眼が覘(のぞ)いているなど、ホラー映画級の超常現象も起こらなかった。

気に入っていた物が壊れてしまったのを、残念至極と悔やむのか。ひょっとしたら、それが壊れたということ自体を、何かの表象かあるいは兆候と受け取ってしまうのではないか。そうした私の懸念をよそに、ツレアイの動作は殆ど科学的とも言える様相を見せ、愛着や哀惜、または後悔など湿度の高い感情の色付けを微塵も感じさせなかった。

石の塊を洗面台の脇に戻したツレアイは、その場に寄りかかり十数秒間腕組みをして考え込んでいたが、やがて腕をほどきこちらにやって来た。膝の上に両腕を突っ張って、目の前に正座した。剣道なんぞをやっていると、こんなに固いタイルの床でもちゃんと正座ができるものなのだな。私は妙に感心し、壁に凭せていた背を若干伸ばし気味に座り直した。

キミの話は全部聞いた。八十パーセントから九十パーセント、理解した。キミがどうしてそんなに恐い夢を見たのか、それはよく分からない。けれど、それがキミにとってとても恐かったのだということは、よく分かった。石は石でしかない、ただの物体にすぎない。だがこの石はきっと、無意識のどこかとても深いところにある恐怖心を、揺り起こし目覚めさせる触媒のような機能をたまたま果たしてしまったのだろう。そうした潜在力を有する物を、家の中に、君が暮らしている生活圏に置いておくことはできない。だから、この石を持って帰るのはやめようと思う。そうしたほうがいいと思う。どうにも繕いようのない日本語の穴を、母語で端的に埋めながら、ツレアイはそういった内容のことを述べた。

私は安堵するより先に、どこか気が抜けたような心持ちでぼんやりとしたが、とりあえずは頭を振って頷いた。

それで、……これから
一瞬言い淀んだツレアイの顔に、改めて目を向ける。脳内の小高い丘を、小振りな体格の好奇心と大柄な警戒心とが手を携えて下って来るのに歩調を合わせ、続きを待った。

「石ハ、ほてるニ置キマセン、ト捨テマセン。海岸ニ行キマス、持ッテ行キマス。石ヲ見ツケマシタ、トコロ」そこでこうやって。ツレアイは両腕を揃えて曲げて地面を掻く仕草をして見せ、私は物心のつく頃家で飼われていた雑種犬が、嬉々として骨の塊を掘り出す場面を思い起こした。要するに、元々あったところに石を戻して埋めるというのが、ツレアイの望みであるらしい。

「つまり、穴を掘って、埋めるのですね」

「ソウデス、ソウデス。今カラ一緒ニ、埋メマショウ、行キマショウ、海岸ニせれもにーヲシニ行キマショウ」

セレモニー。儀式らしい儀式は祖母の葬儀に参列したのを最後に、身近な日常から徐々に退いて、いつの間にやらもうその姿を見極めきれないほどに遠く隔たっていた。今これから執り行うべきは、いかなる類いのものなのだろう。愛玩したペットを人並みに悼み弔う葬式なのか、それとも悪魔払いの系譜に連なる祈禱の一種なのだろうか。いずれにせよそれは、科学的物理的法則を外れた次元にあって、それなりに筋の通った然るべき行いとも思われた。


ツレアイは石の割れたのを左右の手に携え、私はホテルの部屋にあった非常用懐中電灯を提げ、バルコニーの柵を相次いで乗り越えた。灌木の茂みを廻り込み、砂地に乗り込む。ホテルの敷地を出たところで、地面に材木を渡した遊歩道が始まり、踏み板の列がところどころ砂を被ってざりざりと海へ向かう。途中で二、三段高くなり、階段状になったその麓に、プラスチック製のスコップが落ちていた。申し訳程度に短い柄に、角型の本体が付いている。子供が砂遊びに使って、その後落としたか忘れたかしたのだろう。降り落ちた天啓が玩具化したかのように、夜目鮮やかな黄の色が啓示的に目に飛び込む。かがんで拾い上げ、ついた砂を丁寧に払い落とした。

弱い風があたりを吹いている。風は、涼しいような生暖かいような温度で吹いてきて、柔らかく体に当たる。薄暗がりにぼうと伸びている椰子の木影を過ぎて、ココデスとツレアイが立ち止まった。

「ソウデス、ココデス、タシカデス」そう言ってしゃがみ込んだ。石を脇に置いて、素手で地面を掘り始める。私はその向かいに膝を突いて、流れ落ちる砂をスコップで掬い縁に積み上げて圧し固めた。砂は途中から適度に湿り、共同作業は順調にはかどって、縁は高く穴は深く、やがて生まれたばかりで死んでしまった子猫など、小さな遺骸を埋めるのにぴったりの、程よい大きさの墓穴ができあがった。

ツレアイは縁に跪き、石の塊をひとつずつ握って下ろして底に横たえていく。全部を並べ終えると立ち上がり、上からじっと考え深げに穴を見下ろした。その反対側から、私はツレアイの顔と小さな砂の土手とに代わる代わる目をやった。背後に開けた空が微かに明るみかけて、手前の姿が影になって見える。片手を入れた半ズボンのポケットには、常のごとくアーミーナイフが入っているはずだから、流木でも拾ってきて、十字架なり墓標なり器用に即興でこしらえてしまうのかもしれない。

やがてツレアイは顔を上げ、こちらを見た。

「何ヲシマショウカ」

何をって、そんな。セレモニーをしようと言い出したのはそちらではないか。ひたすら豪勢な晩餐を目当てに出席した結婚披露宴で、突如余興を強いられた食客のような気分になった。

「ドウシマショウ」ツレアイは軽く肩をそびやかし、前に出した両手を広げて見せる。その仕草が、絶妙に傾げた首の角度と相まって、わざとらしくさり気ない。

まあ、ともかくは、埋めましょう。身振りで示して、砂の山に屈んだ。穴を挟んでツレアイがしゃがみ込み、両手で砂を掬って撒き始める。私は土手をスコップで崩し、湿った砂を穴に落とし込んだ。底に横たわった石は、降り積もる砂に真中から埋もれ、隅に顔を覗かせていた角（つの）も一本ずつ隠されて、そのうちに一かけらも見えなくなった。手前の砂山が消えたところで、周りの砂をかき集め、まだ少し窪んでいるところへ、と押しやった。穴はこうして、掘ったときの三分の一にも満たない時間で手早く埋め戻され、砂地はそこだけ少し色濃く、けれど元通り平らになった。

なぜか、ゴシック建築の大伽藍の丈高い穹窿（きゅうりゅう）が思い浮かぶ。式服姿の行列が、先頭に巨大な十字架を掲げ粛々と中央通路を進んでくる。振り香炉から乳香の白い煙が撒かれ、聳（そび）え立つ石柱に絡まり、ほどけ流れて漂い出す。床は、世紀の移り変わりに磨き込まれた大理石。その一枚下の層に、建物同様に古い銅版画が敷き込まれていて、石材の幾何学模様を透かして浮き出してくる。画題は、こともあろうに多種多様な魔女たちの一団だった。もつれ合い飛び交って、不吉でいかがわしく蠱惑的な姿態を、あますところなく開陳していた。箒にまたがって空を滑空し、サバトの宴もたけなわと踊り狂う全裸体。火にかけた大釜で、魔法の媚薬を調合中の立ち姿。はたまた、薪の山の上で身を捩じらせ、火あぶりに遭っているところなど。

遙か遠い中世の暗黒時代へと私が思いを馳せている間、ツレアイは埋めた墓の上を素足で均していた。巨大な足が交互に踏み下ろされて、砂地に足跡を重ねていく。足の形に窪んだところに、並んだ指の跡が幾つも、花弁を散らすように刻まれて固まった。

そういえば、マントラをひとつ知っていた。お経や詩と言うよりも歌に近く、数年前ヨガの講習の最終回に習い覚えたものだった。サンスクリット語の歌詞は、ことごとく謎めいて意味不明。それでいてカタカナ書きのその音も曲の旋律も、驚くほどはっきりと覚えていた。

短い歌詞を七度繰り返して歌った。三回目からはツレアイも加わり、大幅に音程を外して朗々と唱和した。おしまいのアウンの最後の音が鼻骨を震わせ、耳奥から余韻が消え去ったときには、完全に空が白み、未だ暗い鈍色の海面がその下で平らかに凪いでいた。

カサカサカサ。頭上遙か上で葉ずれの音がする。背の高い椰子の木が、緑の枝葉を微風に揺すっている。吹いているのはまだ、陸風なのか。ツレアイは半ズボンの裾を叩いて手の砂を払い、人差し指の先を一舐めした。腕を伸ばし、その指を空に向かって差し上げ、そうやって風向きを確かめているのだろう。見上げた指先は天を指し、何らかの重要な地点を示す旗印のごとく、まっすぐ高々と掲げられている。

「キョウハ、イイ天気デス。暑クナルデショウ」腕を下ろし、心から納得した満足気な様子でツレアイが言う。

「そんなことが、わかるのですか」

「モチロンデスヨ」

「そうなの。ふうん。まあ、下駄投げるよりは、マシかも」

「ン、げたな？」

私はビーチサンダルを脱ぎ、鼻緒のところを指にかけて片手に提げた。裸足の足の裏に、砂粒がじわりと冷たい。片足を立て爪先で引っ掻くと、掘り返された砂がラクダ色の筋を引く。その跡を足先で均してから、波打ち際へと下った。波が届くちょうどぎりぎりのところに立ち止まり、後ろから歩いて来るツレアイを待った。

あ、そうだ、水！　そう声を上げたかと思うと、ツレアイはバシャバシャと音高らかに海に入って行く。寄せ波にスコップを差し入れ、僅かばかりの海水を汲み上げ、慎重とも不器用とも映る身ごなしで、そろそろと運び始めた。花でもあるまいに、水か。そう突っ込みたい思いが即座に湧いたが、これも、この儀式とも呼べない一連の行為の締めくくりであるのかもしれないと考え直し、最後まで付き合うことにした。スコップを水平に保とうと、腰が引けた態勢で一歩一歩進んで行くのを、援護するように脇に付き添った。

あれ、どこだっけ。ツレアイが唐突に立ち止まる。右に左に首だけを回して、あたりを見ている。

その横で、私も足下に目をやった。あ、ほんと、どこだろう。埋め戻した跡も、踏み固めた足跡も見当たらない。どこを見ても砂はよく似た陰影を刻み、箱庭の中に置かれた砂丘のようにきめ細かくなだらかだ。あんなにしっかりと踏み固めたのだから、どこかに痕跡が残っているはずなのに、埋めた穴の場所がどうしても見分けられない。

どこだろう、へんだな、おかしいなあ。そう繰り返しつつ、下を向いて歩いていた。汲んだ水はスコップからこぼれて砂に吸い込まれ、それを撒くという目的もいつしか忘れ、それでもなお歩き回っていた。明け方の人気(ひとけ)のない砂浜を巡り歩き、私たちは埋めたばかりの石の墓を探した。

その二　刃物

ツレアイが刃物を買った。

別にそれを携えて強盗に押し入ろうとか、刃傷沙汰に及ぼうというわけではなくて、ただ皿の模様が透けて見えるくらいに薄く、魚を切ってみたいのだと言う。季節柄なまめかしく横たわる河豚がテレビ画面に登場していたから、それが目に焼き付いて視床を離れなくなってしまったのかもしれない。まあ、河豚刺しは無理としても、鮪、鰤、鯛、平目、烏賊、蛸、帆立貝。刺身の盛り合わせを思い浮かべるうちに、いたたまれなくなり、私も同行することにした。

店は、調理用品専門店の建ち並ぶ通りから、一本脇にそれた横道にあった。由緒を形にしたような木製の看板を屋根に載せ、時代がかった造りである。狭い間口を入ったところから、ずずと奥へ細長く、壁のケースの中におびただしい数の刃物が並んでいる。少し暗めの店内に、刃先の光芒がうっすらと。隅に中年の男性がひとり、黒子のごとく佇んでいるのを見れば、醸し出す雰囲気からして玄人風情。半分近く磨り減った柳刃を片手に、硝子越しの刃物にじっと目を凝らしていた。

「たまはがね」説明書きの写真には、作業中の二人の人物が白く写り込んでいて、どうやらそれは刀鍛冶の伝統的な衣装と見える。ツレアイが賛嘆の表情で幾度も語った通り、すぐれた和包丁は、昔の刀と同じ製法で作られているのだった。

私が知っているだけでも既に二回、ツレアイはこの店に下見に来ている。初回はおっかなびっくり入ってみたらしいが、ひとり英語の達者な店員がいて、しかもツレアイの母語まで少しは分かるという、貴重な言語能力を備えた専門家であった。それに勇気付けられて、再び出向いて行った。用途と予算を明らかにし、和包丁への敬意を熱意をもって語り、様々な質問にアドバイスをもらい、意気揚々と帰宅した。今回は、いよいよ購入の運びとなるはずである。

ハローと声を上げ、角張った顔の店員が近づいてくる。ああ、と親しげに挨拶を交わしているから、語学に秀でた店員とは、この人のことだろう。二人は早速頭を寄せ合って会話に入り、日本語と英語の怪しげな混交が、暗号を使って秘密の談合に突入したかに聞こえる。私はツレアイに目で合図を送り、店から表の通りに出た。

刃物恐怖症。昔から、全ての刃が怖ろしかった。アラビアンナイトに出て来るような半月刀、中世の騎士の長剣、その切れ味を世界に誇る日本刀など、白刃のほの光を思い浮かべるだけで背中が粟立つ。幸いなことに、歴史的伝説的な武器を普段身近に見ることはないが、ナイフや剃刀など、鋭い刃は日常生活の中に当たり前にある。T字型の使い捨て髭剃りが普及する前の時代は、一枚ずつ紙に包まれた替刃の、あの手の指に吸い付く強靭な薄さがたまらなかった。今でも映画の中や広告など、剃刀で髭を剃る場面では画面から目を背けてしまう。台所に立つとなると、いかにも切れそうな西洋ナイフも嫌だが、和包丁はもっといけない。菜切り包丁、刺身包丁、極めつけは出刃包丁。刃渡り、鋭さ、そして全体の大きさと重量に正比例して恐怖心がいや増す。自ら手に取れるのは小ぶりの三徳が限界で、実際セラミック製ナイフかペティナイフで全ての用を足している。

ツレアイが単刀直入にコワイと言ったのは、初めて一緒に遊園地に遊びに出かけたときのことだった。遠く空の方から、黄色い歓声が降ってきた。中学生らしい子供たちが三、四人、パタパタと足を鳴らして、ソフトクリームの売店に向かって駆け出して行った。風がなく、晴れ渡って暖かな日和だった。

あのループがスピードが、それに乗客の悲鳴が喧しくて。一番初めに向かったジェットコースター乗り場の前では、乗らない理由をあれこれあげつらっていた。それではと移動して、牧歌的な速度で回っている大観覧車を頭上に仰いだ段階で、言い繕うのをやめたらしかった。ただとにかく恐いと言う。高いところが恐い、つまりは高所恐怖症なのである、と。

ふうん。見上げたその顔は、額から鼻筋を通って頬へと心なしか青ざめて見えた。本音を言えば、「大の大男が」と思わないでもない、思わないはずもなかったが、その反面多少可愛くないこともなかった。まあ、誰にでもひとつくらい、苦手なものはあるだろう。この中に、高所恐怖症でも差し支えなく楽しめる乗り物があったかしらん。園内案内図を頭に浮かべて、思案した。

ヒトは鳥ではない、魚でもない。空は飛べないし、長く水の中にいることはできない。だから、高いところや水を怖がるのは無理もない、本能に根差しているとも言える。それに引き換え、ナイフなどの武器が恐いというのは、実に無意味極まりない。それらはただの道具に過ぎず、それ自体には害がない。使う人間がいない限りは何も起こらないのだから、道具を怖がるのは理屈に合わない、大変不合理な反応である。後年、ツレアイが滔々と理論を展開してみせたときには、少しも可愛くなかった。

己の恐怖症を棚上げした上、こちらの恐怖症に疑義を差し挟むような真似をするとは、一体いかなる了見なのか。コワサには道理もへったくれもなく、誰が何と言おうと、コワイものはコワイ。どれだけ不合理だと言われても、コワくなくなったりなどしない。

コワさはもともと不合理なものなのだ、本能を引き合いに出すなら、その最も原始的な部分に根を下ろしているから、理性的な制御は不可能である。そう言って、私は論陣を張った。何が恐いかは、人によって違う。恐怖心の対象を比べてみたところで意味はない。恐怖のあり方は、いわば「想像力」の問題である。落ちるかもしれない、溺れるかもしれない、刺されるかもしれない。想像するから恐い。想像力のないところに、恐怖症など生まれない。

本当のところを言えば、刺されることより、刺してしまうかもしれないことの方が、何百倍も何千倍も恐ろしかった。けれどその恐怖に言い及べば、「誰を」と訊かれるに相違なく、答えは「誰でも手あたり次第」か「特定の誰か」、あるいは「自分自身」か。いずれも、すんなり口に出せるほど穏当ではない。「分からない」と言葉を濁したりしたら、「ならば怖がる必要はないだろう」と返されるのが明らかだったから、あえてそこは素通りした。

その後、自分たちの間にどんなやりとりがあったのか、今はよく覚えていない。少なくとも、私の刃物恐怖症はきちんと復権し、ツレアイの高所恐怖症に匹敵するレスペクトを獲得したのだろうと思う。以降記憶に残るような論戦も、恐怖症を巡っての大きな諍いもなかったから、相手の恐怖心については、これを敬して評せずという協定が暗黙裡に結ばれ、大筋で遵守されてきたのに違いない。

ツレアイが店から出て来た。片手に紙袋を提げ、もう片方の手を額にかざして、まぶしそうに空を仰いでいる。それからおもむろに歩き出して、こちら側へと道を渡って来た。隣に並び立ち、深く息を吐いた。目当ての包丁を買ったのか、という私の問いには軽く頷いただけ。まるで大仕事を成し終えたばかりといった気の抜けた表情を瞬時に切り替え、朗々とした声で宣言する。

今、おしるこヲ食ベタイデス！

近くの路地の甘味処のテーブルで汁粉が運ばれてくるのを待つ間に、ツレアイは紙袋から透明のケースを取り出して見せた。中には、真っ赤なプラスチックの蟹が入っている。よく見れば、片側の蟹爪の部分が指穴で、胴体に二本の刃を収納した小型の鋏だった。冷蔵庫の扉に張り付けられるようにだろう、裏側には円型の磁石が埋め込まれている。つるりとした赤地の表面に、店名を綴った黒い文字が躍っていた。

「コレハ、ぷれぜんとデシタ」ツレアイが蟹を動かすと、目玉の中の黒目が振動に合わせ、ゆらゆらと揺らぎさ迷った。

「あ、おもしろい」

続いて細長い紙包みが取り出され、うやうやしくテーブルに置かれた。直方体の箱が、薄手の包装紙に包まれている。側面に折り込まれた紙の三角の端に、貼られたセロテープが艶光りする。家で使うと言ったのだが、それでも包もうとするので、黙って任せてしまったのだとツレアイが説明した。オ店ノ人ハ、親切デシタ、ぷれぜんとモ、クレマシタ。もしかしたら、自宅用と言おうとした言葉が、うまく通じなかったのかもしれない。

「おまちどーさまー」

ツレアイは箱と鋏をそそくさと仕舞い、紙袋を脇の椅子に下ろした。イタダキマース。木の匙を取り上げ、汁粉を食べ始める。

甘味一杯分の満足を過不足なく表して椀に屈み込んだ顔を、私はテーブルの向こうに眺めた。得しているなあ、とつくづく思う。完璧すぎない程度に日本語が達者で、その上人懐っこい外国人というのは、あれこれと余得にあずかれるものだ。もっともツレアイが購入した刃物は実は驚異的に値の張る商品で、店にとってはおまけの鋏など、どうということもない、高価な品を買った客には、もれなく進呈している可能性も大だった。汁粉と同時に頼んだ抹茶セットはまだだろうか。エプロン姿のウエイトレスが引っ込んだ奥の暖簾(のれん)を、振り返ってみる。

ツレアイは鋏と包丁の入った紙袋、私は芋羊羹とあんこ玉の入った紙袋をそれぞれ律儀に膝の上に抱え、隣り合って座っている。快速電車は町中を出て、建物の背の低くなった郊外をひたすら北上していた。上空はまだ夕刻の明るさなのに、下から茜色に暮れ始めて、葉を落とした木々の列が影絵になって流れ過ぎて行く。この分では、向こうに着く頃には真っ暗になっているだろう。傍らに畑の暗闇を湛えた街道。その路肩をずっと歩いて行くのかと思うと、寒々と心許ない気分が波立って打ち寄せてくる。

包丁を買ったら、近くのいつも観光客であふれている界隈を散策しに行こう。外国人が多いから、ツレアイでも着られる特大サイズの浴衣や半纏も売っている。そうした店を冷やかして回り、どこかの大衆食堂で晩御飯を食べ終わって出て来る頃には、短くなった日も落ちて時宜に適った宵の口。有名なバーで名物のカクテルを飲み、ほろ酔い加減でうちに帰る。大まかに立てていた休日の予定は、大体そんなところだったが、週末を控えた木曜日に知り合いから電話があった。

今度の日曜日、ベッティーナがうちに夕飯を食べに来ないかって。ツレアイが受話器を手にして言い、ああ、でもその日は買い物に、ほら包丁を買いに行くことになっていたでしょう、と私が返すと、それなら丁度いい、包丁店から始発の駅も近いから、すこし早めに出れば、と言うので私も頷き、こうして日曜日の晩の訪問が決まったのだった。

ベッティーナはツレアイと同じ地域の出身、いわば同郷人で、既に十年以上日本に暮らしている。太っているというのではないが、かなりの大柄で、その体格と極めて断定的な話しぶりに曰く言い難い威圧感があった。彼女の前に立っても座っても、私の背骨の継ぎ目では非常用の電源が入り、全身が警戒態勢を取ってランプがせわしなく点滅する。ベッティーナの現在の住居は、都心と日帰りできる有名な観光地とを結んだ路線を、三分の二ほど北へ走ったところにある。最寄り駅からはバスの便もなく、県道をひたすら辿り林の中を通り抜け、徒歩で二十分以上かかる。それでも、二つ返事で承諾したのは、ショウジさんがいるからだった。

ツレアイは、同郷だか同国だか何かの集まりでベッティーナと知り合った。紹介されて初めて会ったとき、私は先ずその日本語の巧みさに驚倒した。文法が正確で語彙が豊富、表現もこなれていて言い淀むことがない。ただ、さして難しいとも思えない高低アクセントが、ときたま反転するのが妙だった。そのせいで、彼女が頻発する「ショウジサン」が、初めは「障子(しょうじ)、桟（さん）」に聞こえた。戸惑いながら耳を傾けているうちに、それは昭二だか正治、どうやら同居人か配偶者の名前らしいと判じられた。

そうした経緯から未だに建具屋を連想してしまうのだけれど、ショウジさんは実はアーティストである。著名とまではいかないにしても、その方面ではそれになりに名を上げた彫刻家、作品を作るだけで何とか暮らしを立てていける、数少ない「芸術家」の枠に入っている。

ベッティーナはそのショウジさんと、通訳をしていて知り合ったそうである。二人は結婚し、しばらく都内のアパートに住んでから、近県の家に引越した。田舎にアトリエを構えたという知らせに、訪ねて行ってみれば、何となく思い描いていたログハウスや、天井の高い吹き抜けのアトリエとは似ても似つかない佇まいだった。やはり自然が豊か、と思いかけたあたりで林が尽きて、殺伐とさびれた場所に出る。畑の中の車道を、スピードを上げた車がたまに通る。ガードレールもなくアスファルトの脇にえぐれた路肩を歩いて行った先の四辻に、錆の浮いたシャッターが下りていて、その横の外階段を上がったところに入口のドアがある。町工場の上に一世帯分の安アパートを乗せたみたいな造りで、実際その通りの用途に使われてきた建物だったらしい。

確かに駅からはちょっと遠いけどね。でも、俺あんまし出かけないし、ベッティーナもうちでインターネットで仕事すること多いから。それに、ここ、すっごーく家賃が安いんだよ。そう笑ったショウジさんの口の中の糸切り歯が、一本欠けていた。

「どうしたんですか、その歯？」

「なんか、沢庵かじってたら、折れちゃったんだよね」ショウジさんは頭をかきかき内階段を一階に下りて、改装したてのアトリエを見せてくれたのだ。


「イラッシャーイ」

「コンバンハ」

「どうも、お久しぶり。お招きありがとう」

開いたドアの内側に、温かく甘い匂いが立ち込めている。バターと砂糖が溶け合い混じり合って焼ける匂い、自家製ケーキの芳香に違いない。ほらね。玄関で靴を脱ぎながら、私はツレアイの脇腹を肘でつついた。

「はい、これお土産」と、ベッティーナに紙袋を差し出す。

甘味処を出てお土産を選ぶ段になって、和菓子にしようと提案した私に、ケーキのほうがいいとツレアイが反対したのだ。ベッティーナはお菓子作りが得意で、今晩のデザートにもケーキをこしらえている公算が非常に高かった。彼女は和菓子を食べるだろうか、と首を傾げているツレアイの横顔を、私は呆れて見やった。日本のものなら何でも食べる、日本料理も和菓子も大好き、日本人が食べないようなものでも全然平気、納豆だって何だって食べられる。そう豪語したベッティーナの物言いが、永遠に忘れようもなく記憶に刻まれていたからだ。

「やあ」ダイニングの椅子からぬうっと、ショウジさんが立ち上がる。既に晩酌を始めていたのか、両頰が少し赤味を帯びている。お客さんがあるときは、いくら飲んでもいいんだ、と以前嬉しそうに話していたから、今日はめでたく飲酒無制限なのだろう。飲む、と訊いて返事も待たず、いそいそと冷蔵庫に向かい、缶ビールを三本出してきた。アルコールを一切飲まないベッティーナは、台所でコーラの缶を持ち上げる。乾杯。

ねえねえ、すごいものを買ったんだよ。ツレアイがベッティーナに母語で話しかける。嬉々として、紙袋の取っ手を開いている。本当？　見せて。台所に並んで立つ二人を尻目に、ショウジさんと私はシンクロしてビールを飲んだ。

どれだけ暖かく友好的であっても、いくら好意がてんこ盛りでも、決して私を寛がせないベッティーナの語調が、ツレアイには全く気にならない、ごく自然な話し方と映るらしい。自分の使う用語や文型が、相手の理解の及ぶものなのか。間違いなく伝えるためには、どんな表現が最も相応しいのか。そうした斟酌を一切せずに話せる機会には、自然と手が伸びるのだろう。ベッティーナの料理の腕前は日本語と同じく、その知識で三倍、実践では五倍ぐらいツレアイを上回っていたが、材料と献立、食文化を巡る蘊蓄だの、二人は毎回料理の話題で盛大に盛り上がる。一方私は、ショウジさんの作品を見せてもらい、どうやってどんなふうに、どれだけ時間をかけて作るのかなど、作業過程についてぽつりぽつり語られるのを聞くのが大の楽しみだった。髪と同じ色の髭を伸ばしたショウジさんは、どこか仙人めいている。束の間開いた扉の中にこの世ならぬ場所を垣間見せるかのように、語り口も内容もいたく浮世離れしていた。

アトリエはしんと寒かった。電灯に浮き上がった白い壁のひとつに、黒ペンキで大きな顔が落書き風に描いてある。楕円形の輪を並べた寄り目が、鋏の蟹を思い出させた。

「ごめんね、あったかくなるまで、ちょっと時間がかかるんだ」ショウジさんが、隅に置かれた電気ストーブを点けた。

削り落とされた木屑の微かなにおいを吸い込んで、私は作業場の中央に立つ。相似形のオブジェが三つ、均等に距離を置いて並べられている。棒というには平たいが、中心に厚みがあってただの板でもない。下から三分の一の高さのところで、微妙にねじれている。ペーパーナイフを拡大して、ひねったような形をした物が三体。約五十センチ、七十センチ、一メートルの大きさで、左から順に立てられていた。滑(なめ)らかな木目が波を描いて連なって、幾重にも天井を目指して立ち上がっていく。

「ああ、きれい」思うのと同時に、するりと言葉が滑り出る。私はひたすら彫刻の表面に目をやっていたが、隣でショウジさんがアリガトウと照れたのが分かった。

どうやったらこんなに滑らかになるのかと尋ねると、答えは単にヤスリ。ヤスリをかけ終わったら、次はサンドペーパーを段々に目の細かなのに代えてひたすらこする。磨けば磨くほど、木材の表面はきめ細かく滑らかになっていくので、いくら磨いてもきりがない。手が、止まらなくなってしまうことがあるのだと言う。

「なんかこう、シャッ、シャッ、シャッ、てリズムがついて、やめられなくなっちゃうんだよね」

「そうなんだ……」

実は、もっともっとずっと大きくしていきたいんだ。ショウジさんはそう言って、溜息を吐いた。

「大きくって、二メートルぐらい？」

「いや、もっと」

「そしたら、天井につかえちゃうね」

「そうなんだよ、そこが問題なんだ」

「でも、削ったり磨いたりするときは、横にするんでしょ」

「うん。だけど全体のバランス見るのに、やっぱり立てて並べて見ないと」

「じゃあ、春になったら天気のいい日に、外に出してみるとか」

「そうだなあ、それしかないよなあ」

そのときは喜んで手伝うから。そう言おうかどうか一瞬迷った隙を埋めて、ベッティーナの大声が二階から降ってきた。食事デキタワヨー。

ホイ、見テ見テ。ツレアイが食卓に出刃包丁をかざし、ショウジさんがおおと、感嘆の声を上げた。

「すっごいなー、よく切れそー」

「トテモトテモ、ヨク切レマス」

「でも、研がなきゃいけないんだよね。砥石(といし)、ある？」

「エッ、といしい、ナンデスカ」

「あ、ちょっと、待ってて」ショウジさんは言い置いて、階段を駆け下りていく。やがて、片手に灰色の四角いものを持って戻ってきた。

「これだよ、砥石。これで研ぐの」

「ホオ」

「あとで、研ぎ方、見せるよ。俺はオヤジに習ったんだ。何をするにも、大事なのは道具だぞ、ちゃんと手入れしないとよって」ショウジさんはビールを一口飲んでから、オヤジは研師(とぎし)だったんだと付け加えた。

そうか、なるほど。私は思った。少し口下手なところも、ただひたすら作業に励んで脇目も振らないところも、堅実な技能に裏打ちされた頑固な無心さも、いかにも職人気質を継承したものに思われる。そして何よりも、同じ動作を果てしなく繰り返し続ける真摯で地道なその身振りが。

「きっと、とっても腕のいい職人さんだったんですね」

「うん、まあね」ショウジさんは、赤くなった顔をほころばせる「だけど、オフクロが死んで、気落ちしちゃってね……うーん、ちょっと酒びたりっつーか。そんで、今も」

ハーイ、ドウゾ。ベッティーナに皿を手渡され、会話が中断する。湯気が立ちそうにほかほかの中味を見ると、四つ切りの茹で卵が二個分、それにジャガイモの茹でたのが八つ切りになって添えられていた。これは恐らく前菜なのだろう、それにしても何だろう。不審の眼差しを向けている最中に、誇らかな声が響き渡った。

「今日ハネ、ぐりーんそーすニシテミタノ。ぐりゅーねぞーせ、知ッテルデショ。好キナダケカケテ、召シ上ガッテ。卵モぽてとモ、オカワリ、タクサンアルカラ」

郷土料理と言っていたのは、このことだったのか。私は表情を取り繕う余裕もなく、皿の上を見詰めた。グリューネゾーセ、もちろん知っている。世界的に著名な文豪のご母堂が、独自のレシピーを考案したとか、ソースに入れるべきハーブの記載に一箇所だけ誤りのあった観光案内書が、たちまち回収されたとか、色々と逸話に事欠かない名物ソースではある。

「牛肉ニシヨウカナト思ッタンダケド、あなたアンマリ肉ハ食ベナイッテ聞イタカラ」と、調理人の目がにこやかに細まって頰に埋まる「ソレニ、日本ノ肉は超高イシ」

一体、何をどう吹聴したものかと、私はツレアイの顔を横目で睨む。あまり肉を食べないの「あまり」とは、豚足一本以上は無理とか、一ポンドステーキは食べきれないといった範疇の話であって、私はベジタリアンでもなければ、どの文化の基準に照らしても決して少食ではない。現にグリーンソースがけ料理は、本場のレストランで注文して食べたことがあった。茹で牡牛肉の灰色がかった茶色と、ソースの淡い緑のコントラスト、両者の混じり合った絶妙な味が思い出される。もちろん、一口も残さず食べ終えた。

ジャガイモの塊に薄緑の液体を絡めて口に運びつつ、食卓の両隣を盗み見る。ショウジさんは、ふうふうと息を吹きかけて冷ましては、固茹で卵にソースをつけ満足そうに食べている。間にビールを傾けるときは、さらに嬉しそうだから、メインはアルコール飲料で、料理は付け足しのつまみみたいなものなのかもしれない。一方ツレアイは、さすがに懐かしげにグリューネゾーセを口にしていたが、どこか上の空で、サイドテーブルに置かれた出刃包丁と砥石に頻りと目をやった。ベッティーナは上気した顔で、ほらもっとソースをかけて、お代わりは、ポテトは、卵を切ってきましょうか、と食べ盛りの子供を三人持った母親並みに気ぜわしく甲斐甲斐しい。

「遠慮シナイデ、イッパイ食ベテチョウダイ」私に向かって念を押した。

もちろん、遠慮などしない。今日は摂取カロリーを度外視し、デザートのケーキを何切れでもお代わりして、持って来た芋羊羹とあんこ玉も、出されたなりにいくつでも食べてしまおう。そう揺るぎない決意を打ち立てる。誇張した笑顔を顔面に貼り付け、ごちそうさま、おいしかったわ、でももうお腹一杯と、私は皿の上にナイフとフォークを斜めに置いた。

「それ、よかったらあげるよ」

何のことかと思ったら、ショウジさんがツレアイの視線の先を辿って顎をしゃくっている。

どうやら、砥石のことを言っているらしい。

　エッと、ツレアイが目を丸くする。

「昔オヤジが使ってたののひとつだけど、俺もう包丁は研がないし、ベッティーナは西洋ナイフだから、金属の研ぐヤツ使ってるし」

「ヨインデスカ、本当ニ」

「うん、誰かに使ってもらったほうがいいからね。もらってやってくんな」

「ア、アリガトウゴザイマス」ツレアイがテーブルにつきそうなほど、深々と頭を下げる。その横で私もどうもと言い、半分ぐらいの角度でお辞儀をした。

「ヨカッタネ」ベッティーナはツレアイに微笑みかけ、お茶を淹れるからと席を立った。

「アノオ、包丁ノとぎいカタナンデスガ……」ためらいがちな依頼の表現を採用しながらも、ツレアイは包丁を手にしてさっさと台所に入って行く。それを追って、砥石を持ったショウジさんが台所へ向かった瞬間、どこかで電話が鳴った。四、五回鳴って、ベッティーナが受話器を取ったようだった。内容は聞き取れないが、何か受け答えしている声が、くぐもって聞こえてくる。突然ヒッとかすれた悲鳴が上がり、すぐに沈黙した。

　ショウジサン
　戸口に覗いた顔が、黒く染めた髪に縁取られて円く真っ白だった。唇だけが真赤で、薄く開かれている。呼ばれたショウジさんは向きを変え、廊下で受話器を受け取り、そうして二人とも柱の陰に見えなくなった。

「今日じゃないようにって、祈ってたんだけどな」

ショウジさんの目に涙はなかったが、顔からは完全に赤味が引いていた。「オヤジ」さんはアルコール中毒から肝臓を壊し、高齢者用の施設から病院に移され、数日前から容態が悪くなっていたのだそうだ。聞いたばかりの訃報に呆然として、何を言っていいのか分からないままに突っ立っていた私の横から、ツレアイがつと前に進み出てショウジさんに手を差し出した。こんな場合の日本の習慣など知らない、お悔やみの言い方も分からない、抱擁したくてもそれはできない、けれど、何らかの形で気持ちを示したかったのだろう。ショウジさんはそれを受け、手を握り返すのと同時にお辞儀をする恰好になり、男二人は奇妙な姿勢と立ち位置で身を硬くした。やがてツレアイが手を放して脇にどき、私はご愁傷さまと呟きながら、先例に倣ってショウジさんと握手をした。

アノオ、ナニカ、と言いかけるツレアイの袖を、なりふり構わず必死に引っ張る。何か役に立てるものならと思う誠意は汲み取れるが、こんなときにできることはほとんどない。せめてデザートを食べていって、と勧めるベッティーナの台詞も歯切れが悪く、本気で引き留めているわけではないだろう。できるだけ早く退散して、なるべく負担をかけないこと。ただ身を退(ひ)くという消極的な方向にしか進みようのない状況と受け取れた。

「今日は、本当にごちそうさまでした。悲しいけれど、私たちはこれで失礼します。本当にありがとう」そう言って、頭を下げる。

イイエ、ドウイタシマシテ

ショウジさんは無言で、ツレアイに砥石を手渡している。アリガトウと言うツレアイに、にっと笑顔を向けると、治った糸切り歯が口から覗いて見えた。差し歯にしたのか、周りの歯列から浮き出して一本だけ白く輝いていた。

「もう、送らないで、ここでいいから」ツレアイを引き連れ、玄関の方へと廊下を駆けるように移動する。車はどうするのか、タクシーを呼ぶのかと訊いているベッティーナに応え、借りられるかもしれないから、工務店の方に電話してみると、ショウジさんが言うのが最後に聞こえた。

私たちは並んで、足早に夜道を歩いた。

林を通り抜け県道に出て、三本目の照明灯の明かりの下で、ツレアイがアッと叫んで立ち止まった。

「どうしたの？」

「ワスレマシタ」

あまりに慌ただしく出てきたので、包丁を忘れてきてしまったのだと言う。嘘でしょうと詰め寄る私に、紙袋の取っ手を引っ張り大きく広げて見せる。一見して、中には砥石と鋏しか入っていない。

こうしよう。ツレアイは腕時計をちらりと見て、やけに決然とした顔つきになった。今からなら、一時間に一本の特急に間に合うはずだ。自分はこれから駅まで急いで行って、二人分の特急券を買っておくから、君はベッティーナのところに引き返して、包丁を取ってきてほしい、お願いだ。さあ急ごう。

頷いて、逆方向に走り出した。一旦彼らの家に戻ってから駅に向かうので、走る距離はこちらの方が遥かに長い。それに何と言っても、もう一度顔を合わせるのが気詰まりで、取り込み中とあればなおのこと気後れがした。どう考えても損な役回りを、どうして引き受けたのか分からない。小学校も中学校も運動会ではリレーの選手だったから、バトンを受け取る要領で、咄嗟（とっさ）に駆け出してしまったのかもしれない。忘れた本人が、自分で取りにいくのが道理だろう、そう主張すれば通ったはずだと思う。包丁を取り戻したいのは貴方だろうと言えば、必ずや折れただろう。私の方が駅に行くと、提案してもよかった。二人一緒に引き返したって、構わなかったのだ。そう思いながら、夜道を駆けた。

汗みずくで外階段を駆け上がる。住居の入口には、呼び鈴がついていない。ぜいぜいと肩で息をしながら、拳を固めてドア板をノックした。応えはない、誰も出て来ない、人声も動く気配もしない。もしかしたら、もう二人とも出かけてしまったのかもしれない。一瞬にして安堵が湧き上がり、すぐさま踵を返して立ち去りたくなった。けれど、ここまで来る間に車の音は聞こえなかったし、下から見上げた窓は中に明かりが灯っていた。もう一度、少し強めにドアを叩いてみる。

声が聞こえた。扉の隙間から、細く明かりが洩れ出ている。そっとノブを握ってひねると、金属は音もなく回って、半回転したところでカチリとドアが開いた。

家の中一杯に、高く大きく笑い声が響いている。ただおかしくておかしくて笑っているといった、含みも混じりけもない純な笑いだった。大笑か哄笑か爆笑か。それが、こちらに向かって近づいてくる。言葉もなく唖然とたたきに立っていると、廊下のはずれに受話器を耳に当てたベッティーナが現れた。

あ、あのう忘れ物を、包丁を取りに。そう声に出して言ったのか、それともただ台詞の形に口を動かしただけなのか、自分でもどちらとも分からない。ベッティーナは笑い止んでいたが、相変わらず受話器を持って通話を続けていた。私を見て驚いた様子もなければ、戻って来るのを予期していたわけでもなさそうだった。どうしてまた、こんなときに。そうした訝しさや苛立ちの気配は見せず、まずいところに来られたと慌てる素振りも気まずさも、一切窺わせなかった。

一旦台所に入り、箱を持ってまた廊下に出て来た。白い顔には、表情と呼べるものが何ひとつ見えない。受話器を顎の下に挟んだまま玄関の手前までやって来て、上がり口から無言で包丁の箱を差し出した。

私はうつむいてそれを受け取り、ごめんなさいと頭を下げて踵を返した。外からドアを閉める直前に、ああ、別に何でもないの、と彼女が言うのを聞いたような気がしたが、そう思っただけなのかもしれない。外階段を走り下り、包丁の箱を握り締め、木々の葉の輪郭が溶け込んだ暗がりの中に走り込んだ。

三、四か月が経ち、都心の梅の木が蕾を膨らませたかと思うと、黄色いめしべを残して散り落ちた頃、ツレアイはベッティーナから一通の電子メールを受け取った。引越しをするそうだ、と伝えられ、私は咄嗟に、ショウジさんも一緒なのかと尋ねた。
「ヘッ」ツレアイが、素っ頓狂な声を上げる。

「何て書いてあるの、メール見せて」

メッセージは「引越します」と日本語で簡潔に書かれていて、主語がないので、「私」なのか「私たち」なのか、行為の主体がはっきりしない。時候の挨拶もなく、その後の生活ぶりを尋ねる常套句もなく、あの日のことや自分たちの近況にも一切触れていなかった。

元気なのか、引越しはいつなのか、どこに移るのか、質問を連ねて返信したが、受信されなかった旨の通知が配信されてきた。ショウジさんのホームページを探し、そこに出ているアドレス宛に送信してみたが、結果は同じ。固定電話も携帯電話も、登録番号が抹消されていて繋がらなかった。

一体、どうしたのだろう。ショウジさんの親族が亡くなったことで、生活に大きな変化が生じたのだろうか。例えば遺産を相続して家をもらったり、もっと便利な場所に引越す余裕ができたりなど。それとも突然、ベッティーナの故郷に二人して行ってしまったとか。私たちは想像をたくましくして、きっと、おそらく、もしかしたらを頻りと連発したけれど、しっくりと納得できるような結論は引き出せなかった。

分からないことを、あれこれ詮索するのはやめよう。そのうちまたベッティーナから連絡が来て、事情が明らかになるだろう。ツレアイが希望的観測を漏らし、私も頷いた。

「待チマショウ。タブン、べってぃーなハ、めーるヲ書キマス」

「うん、そうだね、きっと」

あのとき、私が包丁を取りに戻ったとき、ベッティーナは誰と何を話していたのだろう。ショウジさんはどこにいたのか。車を借りに工務店へ赴いていたのだろうか。知りようのないことが問いとなって、答えのないままに幾度も舞い戻って来た。

二人はもう一緒にいないのかもしれない、とっくに別れてしまったかもしれない。そしてベッティーナは、国に帰ってしまったのではないだろうか。そう疑うと、「まさか」はたちまち「やはり」に塗り替えられて、確信の色を濃くしていく。それにつれて、ほっとするような喜ばしさが、どこからか染み出してきた。

私にも他の誰に対しても、ベッティーナはさらさら悪意など抱いていなかったし、その力でいつもショウジさんを守ろうとしていたのだ。あえて、そう考えてもみた。それに他人（ひと）の別れを、当人たちにとって悲しむべき事柄を、こんな気持ちで歓迎していいはずがないと、その不当さを省みたけれど、安堵と喜びに薄く染まった思いの色を変えることはできなかった。

春が過ぎ夏が終わり秋になって、以前過ごした中秋の晩を思い出した。昔彼らがまだ都内に住んでいたとき、河原に集って一緒に月見をした。川面の遥か上にかかった満月は呆れるほど円く明るく、ベッティーナがこしらえてきた団子にそっくりだった。ショウジさんはドブロクの壜（びん）を提げてきて、ススキの穂陰でお猪口に注いで回っていた。

きっともう、連絡は来ないだろう。あの訪問の日から一年近くが経ち、私たちは待つのを止めた。まあ、こういうこともあるよね。そう言うツレアイの口調は、かなり淡々としていたが、仕方ないよね、と付け加える声音は、仲間が皆帰ってしまった後の遊び場にひとりで佇む小学生の独り言のようで、悄然とした響きが聞き取れた。

仕方ないよね。私も思うことにした。

春になったら、巨大なペーパーナイフが完成したら、外に並べるのを手伝いに行くと、はっきりそう約束しておけばよかった。最後にアトリエで交わしたショウジさんとのやりとりを振り返って考えたが、それで何かが変えられたのかは、大いに怪しかった。記憶の淵を覗き込めば、深く暖かく刻み込まれた共感があったような気がするけれど、それはあの場で一時培われただけ、それを抱え持っていたのも、自分ひとりだったのかもしれない。ショウジさんにとって私はただ、配偶者の同郷の知り合いの、その連れ合いに過ぎなかったのだろうと、そんなふうにも思った。

どこにいても、誰といても、たとえひとりになっても、ショウジさんは変わらずに作品を作り続けていくだろう。それ以外のあり方は、何であれ想像することができなかった。木を彫り削り、ヤスリとサンドペーパーを使って表面を均していく。限りなく滑らかに艶やかになるまで、木目が飴色の輝きに満たされるまで、ひたすらずっと磨き続けていく。その手の動きを思い描き、耳奥に音をなぞると、いつもほんの少し気持ちが平らかになる。

もらった砥石は、私たちのアパートの台所の流しの縁に置かれている。ツレアイはインターネットで包丁の研ぎ方を調べ、ビデオを参考にして実践に挑んだ。ステンレス製の安物や小振りの三徳で充分に練習を重ねてから、いよいよ高価な本物の出刃包丁を研ぎにかかった。そう、道具は大事に扱わなければ。毎回そうひとりごちて、水に浸けておいた砥石の上に、一定の角度で刃を乗せる。深呼吸し集中して、刃物を支えた両手を滑らせる。丁寧に、丹念に、飽くことなく勤勉に。

使うたびに手入れを怠らず、研いで洗って拭き清めて箱に仕舞う。貴重な包丁はお陰で錆の跡ひとつなく研ぎ澄まされ、買ったとき同様に鋭い切れ味を保っているそうだ。相変わらず刃物恐怖症の私は、わざわざ蓋を開けて確認したりはしない。ツレアイが誇らしげに語る刃物の状態に耳を傾け、なるほどそうであろうと、鈍色の光芒を放つ刃を、一瞬だけ怖い物を見るように思い浮かべる。

砥石は頻繁に使われるから、大抵いつも湿っている。グレーの地に、グリューネゾーセの草色をほんの僅か溶かし込んだような色に見える。それが、流し台の脇の隅にちんまり四角く収まっている。結局は父親の遺品となった物だけれど、ときには、ショウジさんが残していった形見のように感じられることもある。

シャッ、シャッ、シャッ

今日も台所で、ツレアイが刃物を研ぐ音がする。

その三　琥珀

ツレアイと墓地に来た。

墓地と言っても、○○寺の敷地とか××霊園など、記憶にある限り彼岸でも冬至でも呆れるほど晴れ渡って、線香の煙が漂うようなところではない。空が周りの空気と見分けがつかないくらい低く暗く、恐ろしく寒い場所である。墓のひとつひとつが、真四角だったり角を丸めて幅広かったり、地面に平らに寝ていたり、家や神殿を模して立ち上がっていたり、墓石とひと括りにするのがためらわれるくらい様々な形状で、半ば雪に埋もれている。

ここまで来るのに飛行機に乗った。食事をして映画を見て眠り、目を醒ましてまた映画を見ている途中で寝入り、起きて映画を見てうたた寝して食事をし、そうしている間に着いた。ツレアイは隣でヘッドホンをつけて寝ていたかと思うと、その次には真剣に画面に見入って、何かのゲームをしていた。空港から長距離列車に乗り、降りた駅でレンタカーを借り、雪で視界が真っ白な中をツレアイが運転した。こうして二十四時間近くをかけて着いたのだ。

墓地に来る前に、そこからほど近い老人ホームに寄った。ツレアイの母親を訪ねるためである。飾り気のない建物が、青灰色のスレート屋根を凍り付かせて立っていた。後ろの木立が雪を被り、ひと繫がりになって見える。下の駐車場から入口へと続く小道がきちんと除雪され、両脇に固められた雪囲いに、まばらな粉雪が吹き寄せる。建物の中は、窓硝子がどこも二重で、暖房が効いて暖かかった。

ツレアイの母親は私たちを見て、ああ来たのねと、ひじ掛け椅子の中から両腕を伸ばした。その様子は、二年前と全く変わっていない。既に八十歳近く、かけている眼鏡の硝子越しに、薄青い光彩が拡大されて見える――ちなみにツレアイの目は茶褐色で、その色はどうやら父親から受け継いだのらしい――毎日杖を突いて散歩をし、編み物もすれば本も新聞も読み、脳は少しの衰えも見せずに活動しているようだった。今も、椅子の脇に置かれた布製のバッグから、虹色の毛糸と編針が覗いている。その編針よりも脆そうな指先で、ゆっくりと一目一目、むらなく精確に編む。家族は全員、彼女が編んで送ってくれる靴下と帽子を持っている。

母親は、息子の連れである私に隔たりない好意と心遣いを示してくれる。私も、たまに会えば懐かしいような親しみを覚える。けれど私たちの会話は、滑らかには進まない。どれだけ学習したところで、私にとっては所詮外国語である。共通の話題を探そうと手探りしても、互いにあまり収穫がない。母親のイントネーションと語彙が、標準語から方言に傾きがちである。加齢による滑舌の問題に加え、歯か入れ歯の噛み合わせも悪い。それらの要素が組み合わさり重なり合っているせいなのだろう、言っていることが私には半分も分からないのだった。あんまり聞き返すのも煩雑だし失礼だし、分からないままに愛想笑いを続けるのも誠実さに欠けるように感じられる。というわけで、ついたびたびツレアイの方に目顔で問いかける。ツレアイは、母親の言葉を要約したり訳したりなどして助け船を出してくれることも、全く気づかずにただ聞いていることもある。

　失礼しまーす、とドアの方から声がして、薄緑の上下を着たヘルパーさんらしき人が顔を覗かせた。ああ、こんにちは。今日はご訪問ね、良かったですね。お昼ご飯はこっちに置いておきますよ。

　部屋の隅にあった移動式のテーブルを見やると、長方形のトレイが置かれ、真ん中の皿に大きめのハムとチーズが二切れずつ載っていた。脇に黒パンが数枚とバターの塊、ナイフとフォークが添えられているだけで、他には何もない。そうなのか、そうなんだ、そういうことなのだ。この国で老後を過ごすというのは——まだ全然決めていないことだから、もし過ごすとしたらの話だけれど——こうした食生活に甘んじる、いや余儀なくされるということなのだ。温かいものが何もない、正に「冷たい食事（カルテスエッセン）」である。味噌汁もない、ご飯もない、豆腐も焼き魚もない。そういうものはエクストラで料金を払っても決して供されないだろう。昼食のトレイから目を逸らして、今から憂いても仕方がないと思う。色濃く染み入りそうな暗澹を薄めようと、将来の不確かさとそこに至るまでの時間の長さに、思いを向けた。

そろそろ行くよとツレアイが言う。母親は、そうねお墓に行くなら、あんまり遅くならないうちに、と頷く。クリスマスに来られなくて、プレゼントが遅くなってしまったけれど。私は用意してきた包みを取り出し、ツレアイは細長い箱を手に持って構えた。ああ、私からもプレゼントがあるの。母親は編み物の袋から、包装紙に包んだ箱を二つ取り出した。「それでは」そう声を揃え、年を越したクリスマスプレゼントを交換し合う。ツレアイはシャンペンを贈り、いかにも精密そうな小型のオペラグラスをもらった。私はカシミア入りのひざ掛けをプレゼントし、もらったのは蝶の形をした貝殻のブローチだった。

ツレアイは、私の実家で大いに可愛がられている。

父は名前に君づけで呼んで、他の家族が毛ほどの関心も寄せない盆栽を、東洋の美の神秘に弱いツレアイに見せて講釈をする。話の大半は父がするのだが、ツレアイは禅的考察の一語とか、ネットで検索した専門用語などを使って、かなり巧みな合いの手を入れる。その興味が、日本的美なるものへの限りなき憧憬に根付いているので、それなりに底も深く、毎回父を感嘆歓喜せしめる。

母はツレアイをさんづけで呼んで、丁寧で控え目と映る範囲をはみ出すことは滅多にないが、目を細めて眺めるその眼差しは、晩年になって予期せず降って湧いた僥倖をめでるかの様子。ずっと昔、一度は男の子を育ててみたかったと言っていたこともあり、本心では、偶然見つけてきた毛色の違う息子と思って慈しんでいるのだろう。

義理の兄は、ビジネスとテクノロジーを話題にしながら、ツレアイと共にビールを飲むのを楽しみにしている。初めはいつも英語で話し始め、専門用語も交えつつ、なかなか流暢である。そのうち、ああ、そうだなあ、やっぱりなあ、君もそう思うだろう、といった呟きを挟み、独語が増えて、なし崩し的に全てが日本語になる。手加減のない自然な外国語を、ツレアイがすんなり理解できるはずもないのだが、その頃には杯を重ねて双方とも良い加減になっているので、話が通じていなくとも気にならず、どちらも幸福であるらしい。

家族の中では姉の接し方が一番私に近く、普通の友人や兄弟に話すような、普段通りの自然な口調、君づけで呼んで、言葉も日本語しか使わない。△△君、今晩は何が食べたい？ ちょっとコンビニまで行って、ビール買って来てくれない。あ、そこのお皿取って。だいたいそんな調子である。

ツレアイの方はと言うと、全員を例外なく親族名称で呼ぶ。オトウサン、オカアサン、オニイサン、オネエサン。最初は皆、多少こそばゆそうな顔を見せたが、呼称はいつまでも律儀に守られて、呼ばれる方もそのうちに慣れてしまったようだった。この点に関しては、初めて実家に連れて行く前に、私が日本語における親族名称の用法について、著名な言語学者の論を引き、理詰めで詳細な理論をぶち上げてしまったためでもあると思う。世界の中心に位置すべき一人称が、相対(あいたい)する相手によって多様に変化するという、この相対性。日本語母語話者が外国語に接し、動詞の人称変化に初めて遭遇したときと、驚きの質は似たようなものかもしれない。親族名称の虚構的相対的使用法。その論理が、ツレアイには効きすぎるほど効いた。

　そして、この親族名称体系からはみ出すのが、姉夫婦の二人の子供たちである。他に呼びようがないから、ツレアイは彼らを名前で、彼らもツレアイを名前で、初めから互いに呼び捨て合っておあいこなのだった。三人で一緒のときは必ず一部屋に籠もって真剣にゲームに興じ、その熱中ぶりに年齢差はなく、ツレアイは難なく溶け込んで、義理の甥たちといかにも対等な関係を築いていた。

　両親と姉夫婦は、二世帯住宅を建てて住んでいる。訪れるたびに、ツレアイを囲んでうるさいほど賑やかになる。正月ともなれば、父方の叔父夫婦や母方の叔母夫婦、ときにはいとこも子供連れでやって来て、家の中は熱気と活気に満ちると同時に騒然雑然として、特に台所が慌ただしい。

　実家がそんな風だったので、初めてツレアイの母親の住まいを訪れたときは、あまりの静けさにぼんやりとしてしまった。父親は既に亡くなり、ツレアイの姉も遠いところに暮らしており、母親は当時、昔は四人家族が住んでいた大きな家に、たったひとりでいた。クリスマスの直前、あたりの家々は広い敷地に間遠に建ち、日暮れ時には前の道を通る車も人通りも途絶える。屋根の雪が音を吸い込むのか、屋内も静まり返り、居間のモミの葉の深い緑が隅の暗がりに溶け込んでいく。飾りを銀色一色に統一した清楚なクリスマスツリーが、枝に灯した蠟燭の明かりだけをほんのりと浮き上がらせて、立っているのだった。

その年のクリスマスプレゼントに、私は日本から古伊万里の皿を持参した。ツレアイの母親は大変喜び、気に入ってくれるといいのだけれど、そう前置きしてから、リボンのかかった小箱を差し出した。中に薄紙に包まれて、流れ出た蜜を勾玉(まがたま)型に固めたような琥珀(こはく)のペンダントが入っていた。

多分、ここだと思う。墓地の入口から中央の広い道を辿り、三つ目の角を右に折れたところで、ツレアイが立ち止まった。私も一度は来たことがあったが、何年も前のことだから場所はよく覚えていない。地面も墓標も雪に覆われて真っ白で、何か目印となりそうなものも見当たらなかった。少しここにいたいと、ツレアイが言った。寒いから、君は先に車に戻って、中で待っていていいよ。そう言われたけれど、車内の暖房で火照った頰に寒気が快く、もう少しの間は外に留まっていられそうだった。それに、あたりにはまるで人影もなく、墓石の形をなぞって広がる雪景色はあまりに寂しい。常緑樹の枝の下にベンチがあり、私たちは墓の方を向いて並んで座った。

いつだったか、父親が話してくれたことがある。部厚い革の手袋で横木の雪を払った手をはたいて、ツレアイが話し始める。両親は晩婚でツレアイが生まれたのも遅かったから、父親も母親も私の両親より一世代上で、むしろ祖父母の年代に近い。その世代のことなので、父親は第二次世界大戦に従軍していた。聞かされたのは、大戦の最中、東部の戦線に送られていたときの話である。

所属していた分隊の中で、ツレアイの父Kは、同じ地方出身のGとWと親しかった。年齢もほぼ同じくらい、何よりも方言が共通で、耳慣れたイントネーションが気安さを呼んだ。戦闘の悲惨さと軍隊という特殊な環境をとりあえず脇に置けば、三者の関わり方は例えば気の合った学生同士のそれに近かった。

分隊が他の戦線に移動になると決まったとき、Gは重い病気にかかって寝込んでいた。KとWが空路による出立を翌日に控える一方、Gは収容可能な野戦病院かどこか、一応の治療が施せる受け入れ先を待って、その場に待機することになった。そのGがKひとりを枕元に呼んで、頼んだのだと言う。Gには幼馴染みの婚約者がいるのだが、両親を亡くしていて頼るあてがない。今の戦況を考えれば、今後の身の安全が非常に心配になる。自分は生きて帰れないかもしれない。だからその代わりに、戦時休暇が与えられたら、あるいは戦争が終結して除隊になったら、会いに行ってできる限りの援助をしてもらえないだろうか。君には、お礼としてこれを渡すから。Gが懐から取り出したのは、麻布に包まれた丸い塊で、受け取ったKの掌に程よく納まり、体温のぬくもりを残して温かかった。布をほどくと中には、鶏の卵大の琥珀があった。

Ｋは、うん分かったと頷いた。他の選択肢はないと思った。婚約者の名前と連絡先が書かれているという紙片を受け取り、それで琥珀を巻き込むようにして、再び布で包んでポケットに仕舞った。それから衛生兵が入ってくるまでの僅かな間、Ｇの手を両手で握っていた。

Ｇから託された物を、Ｋは肌身離さず持ち歩き、移動し転戦し生き残って終戦を迎え、無傷で故郷に帰り着いた。やっと人心地がつき、Ｇとの約束を果たさねばと、隠し場所から麻布の包みを取り出して見ると、中の紙片は新聞紙に、琥珀はつるつると丸い小石に変わっていた。ただただ唖然とした、本当に自分が見ている物が信じられなかったと、父親は言っていたよ。


通路をさくさくと雪を踏む音がして、濃鼠色のオーバーを着た人が歩いて来た。私たちが座ったベンチから見て左手にまっすぐ進むと、墓石のあるらしいところに屈み込んで、上の雪を二掻きした。帽子を脱いで黙禱する。それからこちらを向いてあっと驚くのと、ツレアイが立ち上がったのがほぼ同時だった。

おお。ああ、ブラウンさん。いやあ、来ていたのかね、これはびっくりだ。

こちらはブラウンさんだよと、ツレアイが私に紹介する。

「はじめまして」「はじめまして」向こうが手袋を外して手を差し出したので、私も同様にした。ブラウン氏の掌は大きく熱く、痛いくらいに固く握り締めてくる。握手はその堅固な手触りで誠意や親しみを表すのであるという、この国の礼儀を思い起こしたが、余りに強く握られていて指が動かせなかった。

鷲鼻で、大きく窪んだ眼窩の上に、ぼうぼうと眉毛の毛が長い。見たところ七十代の終わりか、ブラウン氏はかくしゃくとして、朗々とした声でツレアイと会話を交わしている。合間にツレアイが解説したところによると、父親の往年のチェス仲間、家も近く最も頻繁に対戦した好敵手であるということだった。

それにしても、ツレアイの父親が亡くなったのは、もう十年近く前のことである。

「いやあ、週末にトーナメントがあって、その報告に来たのだよ」

結果はいかにと尋ねたツレアイに、ブラウン氏は三回戦で敗退してしまったと答えた。次回は、もう少し上までいきたいものだ、と。

「僕たち、車で来ているんです。送りましょうか」

「いやいや、運動になるから、歩いて帰るよ。今日は幸い、寒さも大したことはない」

え、これで、と私が目を丸くしている間に、ブラウン氏はお母さんによろしくと手を振って踵を返した。そのままざくざくと雪を踏んで、通路を歩いて行く。

ツレアイはしばしその場に佇んで、何か考え込んでいる様子だったが、やがて顔を上げ、先ほどブラウン氏が雪を払った墓の方に向かった。前に立ち止まってじっとしている。どうしたのかと思って見ていると、あはあと妙に気の抜けた声を上げた。

「どうしたの」

「ココデシタ、マチガエマシタ」がっくりと首を折る。

ツレアイは、方向感覚があまり優れていない。有体に言ってしまえば、方向音痴である。その上、雪に覆われた墓地内は、どこも似たような景観だった。まるでその下にあるものを守るように真っ白く積もった雪をそのままにしておきたいと、そんな思いもあったのかもしれない。払い落として墓標の名前を確かめるということを、しなかった。その結果、まるで知らない他人の墓に詣でるようにして、父親の思い出を喚起し半時間近くも語っていたのだった。

気の毒だが、やはりおかしい。私はこらえきれずに、くすくす笑いをもらしてしまう。ツレアイは一瞬、呆れ顔でこちらを見たが、すぐに一緒に笑い出した。

「寒くなってきたね、そろそろ行こう」

「ソウデスネ、行キマショウ。食事ヲシマショウ」

「ホットワインもね」

私たちは車で町に出て、居酒屋風の郷土料理屋に入った。木組み白壁造りの古い建物の中、テーブルも椅子もベンチも、昔ながらの木製。厚い硝子の嵌まった小さい窓から蒼く暮れた外を見ると、山小屋の中にでもいるようで居心地が良かった。

ねえ、さっきの話なんだけど。

たとえ方向感覚に問題があるとしても、ツレアイには捏造した話で人をかつぐような性癖はない。あれほどよくできた物語を創作したとも思えないし、私に語る動機もない。忘れ物などはたびたびするけれど、人が話したことは、比較的よく記憶している。ましてや、父親が語ったというかなり印象的な話である。恐らくは、できる限り正確に引用したのではないかと思う。

ならば、父親の方は全て実際に起こったことを語っていたのだろうか。連絡先のメモと琥珀の塊は、本当に新聞紙と小石に変わっていたのだろうか。誰かが隙を見てすり替えたと考えるのが、一番順当な線だとは思ったが、もしかして……。琥珀は実は無事に持ち帰られて、父親が所有するところの物となったのではないか。もしかして、と思うのは、以前クリスマスの贈り物としてもらった琥珀のペンダントが思い浮かぶからだった。塊をいくつかに分けたひとつが、母親の物となって、それが。まさかとは思いながらぞくぞくとして、訊いてみずにはいられない。運ばれてきた巨大なシュニッツェルを手早く切り分け口に入れながら、合間に要点をかいつまんで疑問を呈してみた。

いやあ、それはあり得ない。ツレアイは冷静に穏やかに否定して、ジャガイモの最後の一切れで皿に残ったソースを拭う。私が諦め気味にやっぱりそうかと息を吐くと、実はこの話には続きがあるのだと言って、ホットワインを二つ注文した。

実はKは戦後五、六年経ってGに偶然再会したのである。仕事の都合で近隣の都市に赴き、帰りに市場を歩いていて行き合った。お互いに大いに驚き喜び合い、時間もあったので、広場に面した店に入ってビールを頼んだ。Wの消息を知っているかと尋ねたら、今は鉄道会社に勤め、結婚して子供が三人あるとのことだった。Gは血色良く健康そうに見えた。戦地から帰ってすぐに結婚したのだと言って、家族の写真を取り出して見せた。リボンを結んだ女の子と半ズボン姿の男の子を左右に、Gと頬がまろやかで大柄な女性が映っていた。Kは心底安堵を覚え、Gとの約束を守れなかったことへの疚しさも一気に解消される思いで、写真の顔を指差した。

ああ、これがあのフィアンセだね、良かったねえ、君はあんなに心配していたけれど。Gはへっと眉を上げて、まるで訳が分からないという顔つきになった。ほら、僕たちが一緒だった最後の日に。うん。君が琥珀を渡して頼んだだろう。琥珀？

Gの訝し気な表情が変わらないので、Kは言いにくいことを終いまで言い切った。もらった琥珀はなくしてしまった、婚約者の連絡先を書いた紙もいっしょになくなったので、行方を探すことができなかった。君が生きて戻ったことも知らなかったし、何もできなくて本当に済まなかった。

Gは相変わらず怪訝そうな様子を崩さず、何が何やらと首を振って一言、妻とは除隊後に知り合ったのだと言った。Kは、Gの婚約者は身の安全を保障されるどころか、迫害される民族の系譜なのではないか、Gの心配はそこに起因しているのではないかと、かつて抱いた想定を再び思い返していた。そのため婚約者は行方不明になるか死亡するかして、Gはその記憶をどこかに封印してしまったのではないだろうか。そう考えているところに、過ぎ去った過去を懐かしがっているような響きで、Gの声が届いた。

僕には婚約者はいなかったよ、いたのはWだよ。琥珀は持っていなかったけど、何とか手に入れて持って帰ってやりたいと、彼はしきりに言っていたね。

それを聞いたKは急に、何か自分はとんでもない思い違いをしていたのではないかと、足下が危ういような感覚に襲われた。もしかしたら、GとWを取り違えていたのか。しかし、あの翌日にWと共に飛行機で移動した記憶が確かにあった。Gの身を案じる言葉も交わしたはずだ。ひょっとしたら、今目の前にいるのはあのGにそっくりの他人で、どちらも思い込みから人違いをしているのではないかと、そんなことまで疑ってみた。

琥珀って言えばさ。Gが話題を変え、その途端口調も表情も俄かに切り替わったように見えた。カリーニングラードに移された琥珀の間は、爆撃で焼失したと言われているけれど、本当は解体されて隠されているという噂を、聞いたことがあるかい。当時の状況を考えたら、その話はかなり信憑性が高いと僕は思う。琥珀はさ、焼けても残るんだよ、黒い残骸が。それが全く見つかっていない。それだけじゃなくて、実はね、昔の仲間からある情報を得ているんだ。それによると、隠し場所の目星はだいたいついている。地元の人に聞いて、証拠も上がって、地域は特定できているんだ。そこにはそれらしい洞窟が何本もあるけれど、手分けして探せば必ず見つけ出せるはずだ。必要な機材だの人材だの準備が整ったら、行ってみたいと思っているんだが。そう言って、じっとKを見た。

ああ、この目だ。Kは突如思い当たった。Gは昔から、見ている者に微かな不安を抱かせる不思議な眼差しをすることがあった。その行き先が思い描けないほど遠いところに向けられて、現在目の前にある事象を素通りしていく。対面している自分の体を視線が通り、中心を突き抜け、背後をまっすぐ彼方へと伸びていくような。それが通り抜けた部分から組織が透明になり、周りもどんどんと透き通って、終いにはすっかり消えてなくなってしまうような。そんなひどく心許ない思いに捉われた。

こんなふうに、何だか訳も分からずに、いずこへと連れ去られたくはない。自分は今営んでいる生活をこのまま、地道に安全に大過なく、そして幸福に続けていきたい。Kは思い、ただ黙って首を振った。その意図は口に出さずとも、充分伝わったようだった。

それじゃあ、元気で、面識はないけど奥さんによろしく。うん、君のところも同様に。

市場のはずれで手を振って別れた。市電の通る方向へと歩いて行く後姿を見送って、きっともう会うことはないだろうと思った。そして、実際それはその通りになった。

父親はそのように、話を締めくくったそうである。

こっちだよ。ツレアイが手招きをしている。

市庁舎脇の小路は、両側に店が立ち並んでいて明るかった。照明に照らされた石畳の表面が、濡れて光って水面のようだ。土産物屋があり、ブティックがあり、既に店仕舞いした喫茶店や玩具屋もある。中を覗きながら歩いて行くと、ツレアイが立って待っているのは、古めかしい宝石店の前だった。様々な宝石が石の種類別に列を作り、ケースの奥には原石も展示されている。左手前に黄色い光芒が映え、よく見れば、多様な形をした琥珀が並んでいた。勾玉や楕円形、涙の形、歪んだ滴、様々な形状に磨き上げられた宝石が上の方に、イヤリング、ブローチ、ブレスレット、ペンダントなど、加工を施したアクセサリーがその下に隣り合っていた。

ここは母親のお気に入りの店なんだ。耳元でツレアイのささやく声がした。プレゼントは、よくここで買っていたよ。そう言われてみれば、以前にもらったペンダントとよく形の似たものがあり、ついている金具や鎖も同じように見える。やはりこれなのだろうかと思い、細い糸で繋がれた小さい値札に目を移した。琥珀の大きさからしたら、さほど高くは感じられないが、それでもクリスマスプレゼントとしてもらうには、いささか高価すぎる気がする。琥珀はどこで採れるのかと訊き、返って来た答えに驚倒した。バルト海。

「ええっ、どうして海なの」元は樹脂だというのは知っていたから、何となく山や森から出るものだと思い込んでいた。

大昔は陸地だったところが海になり、その後氷河期が訪れて。と、ツレアイはやけに詳しい。昔テレビの報道番組を見たことがある。波打ち際を網ですくって砂の上に開けると、流木のかけらや海藻やらに混じって、黄色やオレンジ色をした塊が入っている。そんな採取の模様が、映っていたのだそうだ。

ふうん、そうなんだ。感心しつつ見上げた建物のすぐ上に、月が上がっていた。雲の切れ間が明るんで嵩がかかり、屋根のスレートが蒼白い光に染まっている。

「月が出てる」

「ドコデスカ」

「ほら、あそこ」指差した空の一点を、並んで見上げた。


駐車場に向かう道の曲がり角に、やけに明るい店が露台を出していて、毛皮の製品ばかりが置かれていた。ケープ、マフつきの手袋、スエードの室内履き、毛皮の襟巻、そしてハリネズミが丸まったみたいな帽子。どれもとても温かそうに見えた。ツレアイがそのうちひとつをひょいと手に取って、私の頭に載せた。その隣の少し大き目のを選んで、自分も被って見せる。

「うわあ、あったかいー」これを被ってホットワインを飲んでいたら、極寒の地でも耐えられるのかもしれないと、束の間思ってしまうような温かさだった。雪景色を背景に街灯の光を浴び、ほろ酔い加減で目尻を下げているツレアイは、酔っぱらったロシア兵のようにも見える。開いた窓ににこやかに寄って行き、値段を訊いている。振り向いて伝える価格は驚くほど安く、帽子はきっとフェイクファーなのだろう。ホットワインで気が大きくなったらしいツレアイが、即座に財布を取り出して支払った。

頭の天辺が、ごそごそとする。ほら、こうやって、耳当てを下ろしてもいいんだよ。

「あー、もっとあったかい！」

「デハ、コレヲカブッテ行キマショウ」

「どこへ？」

「こはくヲ見ニ行キマショウ」

えっ。たちまち酔いが退(ひ)いた。俄(にわか)作りのコサックになったツレアイの顔を、改めて見上げる。油断しすぎていたかもしれない、この人の良識に信を置きすぎていたかもしれない、あれはただの奇譚などではなかったのだ、宝探しに誘導するための前哨戦であったのだ、そうだ堅実で現実的だったという父親とは違い、ときにとんでもないものにとんでもない憧憬を抱いて、しかもそれを行動に移してしまったりする人なのだ。そうでなかったら、わざわざ遠い極東の島国へ、どっぷり異文化に浸りに来たりはしないだろう。

「エカテリーナ宮殿」ツレアイが唱えた。琥珀の間は、長い時間をかけてロシアで復元された。元祖と比べても見劣りのしない、見事な出来栄えであるそうだ。一般にも公開される予定だから、いつかそれを見に行こうと言うのである。

なあんだ。口から一気に息が漏れて白く盛り上がった。機会さえあれば、瞬く間に憂慮に育ち上がってしまう自身の不信の芽と、ツレアイが蒔いた種と、どちらがより嘆かわしいのか疑問に思う。

「で、それ、どこにあるの、なんとか宮殿」

「さんくと・ぺてるぶるぐノ近クデス。さんくと・ぺてるぶるぐハ、ムカシハ、れにんぐらーどデシタ、モットムカシハ、さんくと・ぺてるぶるぐデシタ」

「ふうん。じゃあ、いつか行ってみようか」

「行ッテミマショウ」

「行ってみましょう」いつか、この帽子を被って。


帰国して、箪笥の引き出しに入れたままになっていた箱を開けた。改まった機会にと思いながら、未だに身に着けたことがなかった。薄紙を解(と)いて取り出して、電灯の光にかざしてみる。琥珀はべっ甲飴の色に透けて、中に小さく胡椒のような粒が見える。太古の脂(やに)の中に太古の動植物の破片を封じ込めて、遥々北の海から、地球を半周してやって来たのだ。その重みを掌に載せ、しばらく眺めていてから、また紙に包んで箱に仕舞った。

ツレアイからあの話を聞いて以来、思い立ってはそうやって確認している。琥珀は相変わらず琥珀のままで、今のところ石に変わったりはしていない。

バイオ・ロボ犬（けん）

子供の頃から、犬を飼っていた。

チンとハスキー、または柴犬とドーベルマンをかけ合わせたみたいな容貌で、従順さと野性が同居し、愛嬌と凶暴性が相殺し合ってどっちつかず。つまるところ「犬」というものの最大公約数を鋳型にして鋳造された、大量生産のロボット犬(けん)だった。

その犬は僕が五歳になった日に、通信販売会社の箱入りでうちに届いた。ビニールに包まれ、その上からリボンがかけられていた。既に充電されていたはずだけれど、身を丸くして動かず、前足の間に鼻先を埋めた格好が心細げで、まるで本物の捨て犬そのものに見えた。両親に促され、恐る恐る片手をかざして耳の間を撫でると、ブーンと稼働音がして、おもむろに顔が持ち上がった。僕の手のにおいを嗅ぎ、小さく身震いして立ち上がり、クウンと鳴いた。おおー！一家中がどよめいて、その声が止んだ後にカタカタと、金属製の尻尾を振る音が聞こえてきた。

我が家の一代目のペット、イチタロウ――僕たち家族はイッタと呼んでいた――こちらの声に反応して動き、「チンチン」と「お手」と「お座り」ができた。メカニズムがまだ単純で、その分丈夫だったのか、一度蓄電池を交換し関節のメンテナンスをしただけで、十五年間、僕が二十歳になるまで元気に生き延びて、長寿を全うした。

二匹目はイクジロウ。イチタロウより少し小さくて、もっと具体的に「犬」らしい顔をしていた。ただ言われた芸をするだけでなく、人声に反応して微妙に表情を変えた。首輪が嵌まった首を様々な角度に傾げたり、片耳だけ立てて見せたり、三角形のスリットになった目の色と光り具合を変えたりなど。テクノロジーの主要部分が頭部に集中していたためか、体力に欠け、散歩に出たり広いところを駆け回ったりなど、犬らしい屋外活動はおおむね苦手。脆弱な身体は、七年しか持たなかった。

イクジロウが死んだと言うか、これ以上修理のしようがないまでに劣化してしまったとき、僕は二十七歳になっていた。一応イラストレーターと名乗ってはいたものの、もう手描きのイラストなど需要はほとんどなく収入はごく僅かで、引きこもり気味に両親のところに同居していた。完全に壊れて二度と動かないロボット犬を見るのは辛(つら)く忍びなく、その後の喪失感もそれぞれの心に深く浸透して、もういい、次を飼うのはやめにしようと、家族の合意が自然に出来上がった矢先に、母親が急死した。脳梗塞であっという間に逝ったので、イクジロウのように看取る暇さえなかった。

うちは妻が早死にする家系なのだ。当時は健在だったジジが言った。配偶者に先立たれるのは、非常に悲しいことだ、と。確かにババは五十歳になる前に死んでしまったし、その一番目の息子、僕にとっての伯父も、既に寡夫だった。豪胆で諧謔ばかり飛ばしていたジジが、珍しくまじめ顔になったので、その一言はよく覚えている。ふうん、そういうものなんだ。結婚するつもりも出来る見込みもなかった僕には、その程度の感想しか持ちようがなかった。それより明日から、否今この時から一体何をどうすればいいのだろう。困惑がひどくて、悲嘆にくれる余裕がなかったのだ。

五十八だった父親は、過去を振り返っても誇りに胸が高鳴るような業績の旗が立っているわけでもなく、幾度も荒々しく押し寄せたリストラの波をかいくぐるのに精力を使い果たし、ようやく少し静まりつつある海面を漂流中だった。このまま流されて行けば、定年退職という堅固な島に辿り着けるであろうと、希望的観測を抱きつつぼんやりと自失して。そこに相次いで、愛犬の死と伴侶の喪失である。そんな高波を乗り切れるわけもなく、乗っていた筏(いかだ)はたちまち転覆し、父は再び広く冷たい海原に放り出された按配だった。

今思えば、僕はその救命胴衣だったのだろう。父親が何とか呼吸を続けられるように、顔が水面下に沈んでしまわないようにと、その無気力な体をどうにかして支える役目を負った。父子二人が生き延びるため最低限の生活を維持するべく、父の収入を管理し家計をまかない家事をした。要するに、母親が担っていた役割を、頼りない手つきで引き継いだのだ。戦時には精神疾患に悩まされる人の数が減るのと同じ道理で、僕の引きこもり症状は急激に緩和された。

掃除や買い物の手順とコツが呑み込めてきて、失敗作をいくつかこしらえるうちに、料理も少しずつ上達していった。朝飯と夕飯を用意し、父親が仕事に通っていた間は弁当を作って持たせ、そうして一日三回規則正しく、栄養価もそれなりの食事が摂れるようになった。掃除と洗濯も定期的にしたので、風呂場の隅にカビの花が咲くとか、手摺に掛かったタオルの、いつも手を拭くあたりが真っ黒、といった事態も一掃された。けれど、そうやって家の中が小綺麗になり、食卓がにぎやかに充実しても、それで父親の憂鬱が晴れるわけではなかった。感謝の念はあったのだろうが、相変わらずのぼんやりだんまり。無気力さと紙一重の無関心が、裏側にうっすらと透けて見えた。情緒面のマイナスをできる限りゼロに近づけるという、消極的な目標を絶えずクリアし続けていても、それがある日突然プラスに転化するということはない。そう理解して、自分の努力とその成果に限界を覚えた。

たまたまネットで動画を観ていたら、一瞬本物かと見紛うような犬が、飼い主のところにリードを咥えてきて散歩をねだる場面が映し出された。それは新しいロボ犬、イチタロウはもちろんのことイクジロウよりさらに何段も進化した最新型のモデルだった。丸い両目は黒目の部分がくっきりとして、上下左右自在に動く。額に軽く皺を寄せ、カメラの方を上目遣いに見上げていた。こんなのが家にいてなついてきたら、自分が憂えていることさえ忘れてしまうかもしれない。僕はさっそく、父親のクレジット・カードの番号を打ち込んで注文を済ませた。そして数日後に配達されてきたのが、三代目のヨサブロウである。

ヨサブロウは、もちろん三代目だからサブロウなのだが、接頭の「ヨ」には、四代目も兼ねるほど長生きしてほしいという、熱い希望と切なる願いが籠められていた。実際ヨサブロウは期待を裏切らず、半年前に十六歳で亡くなるまで、僕たちの、特に父親の、健気で忠実で決して心変わりのしない伴侶、こちらが寄せる信頼と愛情に無償で応える、愛しくも頼もしい存在であり続けた。
ヨサブロウがいなくなり、とうに古稀も過ぎた父は、味気ないこの世に引き留める最後の絆もほどけてしまったようだった。そのうち持ち堪えられなくなるのではと、僕が危惧したよりもなお速やかに、一月半で後を追った。いつもの晩と同じように、おやすみと呟いて布団に入り、翌朝はもう起きて来なかった。顔なじみの医者は、おそらく心臓発作だろうと言い、死因の特定で葬儀その他の手続に面倒がかからないようにと、死亡診断書を書いてくれた。父の数少ない飲み友達でもあったから、ペット犬の喪失がどれだけのダメージを与えたかをつぶさに見ていて、その死を予感していたのかもしれない。

父親の葬儀は宇宙葬だった。死んでみたら、かなり高額の生命保険に加入していたことが分かり、宇宙葬を希望する主旨の遺言書まで残されていた。生前の暮らしぶりや性格などから推して、もし何か変わった遺骨の処理方法を望むとしたら、恐らく樹木葬あたり、と見当をつけていた僕はひたすら驚いたが、その後には、更なる驚愕的事実が待ち受けていた。亡くなった母親との共有財産とは別に、父親は都心の一等地に土地を所有していたのだった。その路線価を調べて計算してみると、僕の生活感覚の枠を大幅にはみ出す数でゼロが並び、予想販売価格は、めまいのするような額になった。

父がどうしてその資産に頼らず、定年まで職責を全うしようとしたのか、後になっては知りようもない。働いていたときは、地価がここまで高騰していなかったのかもしれない。売却にまつわる一切が、単に煩わしかっただけなのかもしれない。いずれにせよ、それを一人息子の僕に残せば、その生活を最後まで保証できるはずと、父は最後に考えたのではないかと思う。

多少突飛なやり方であれ、金銭的な憂いがなければ、故人の意向に沿うのにやぶさかではない。近年はロケット技術が急速に進み、一人分の遺灰を大気圏の外まで打ち上げる宇宙葬もかなり普及していた。そこまで飛ばない場合でも、遺灰搭載ボックス用に大気で溶解する素材が開発されて、宇宙ゴミの問題もない。それに、樹木そのものがこの四半世紀で半減してしまい、海岸線も埋め立てられて遙か遠くに退(しりぞ)いた今日では、樹木葬や海洋散骨の費用も急騰しているから、宇宙葬が特別高価とも思われなかった。

葬儀には知人の医者と親戚数人が立ち会って、父が好んでいた日本酒で乾杯しながら、夜空を仰いだ。季節は秋だったが、夏の盛りに川縁に出て、一度きりの打ち上げ花火を見物するみたいな興味とのどかさで、ああ上がった、飛んでった、良かったねと手を振り、数人ずつ連れ立って談笑しながら、砂利を踏んで駐車場へと戻った。

父の部屋で書き物机の引き出しの中味や、簞笥の中の衣類を選り分けたりなど、遺品の整理中、押し入れの下の段に大きな木箱を見つけた。重たい箱を取り出して蓋を開けたら、目を閉じたヨサブロウが入っていた。亡くなったときは何とかしなければと思ったのだが、父がしっかりと抱いて放さなかったし、まあ本物の犬と違って腐敗することもないからと、そのままにしておいた物だった。父親はきっと、できれば一緒に埋葬されたかったことだろうと思う。しかしペットに関しては――人間以外の動物はほとんど動物園で見られるのみという現状で、ワセブン（世界共時経済速報[WSEBN]）にちょくちょく顔が出る兆長者を例外とすれば、生身のペットを所有できるような個人はいないから、それはすなわちペット・ロボットを指すのだが――人に適用される納骨法、つまり宇宙葬も樹木葬も海洋散骨も火葬も法律で禁じられている。使われなくなった資源は常に再利用が叫ばれて、紙布類はもちろんのこと、硝子も金属も合成樹脂も分別して回収ボックスに投棄するのが決まりである。素人には把握できないくらい多種多様な素材で組み立てられているヨサブロウの場合は、一体どうすればいいのか。配達時に箱の中に入っていた手引書を探し出して紐解けば、小冊子の最後に「ペットとのお別れ」という項目が載っていて、いくつかの対処法が記されていた。

一、飼い主が自分で解体し分別して、資源ゴミとして投棄する。《必要な工具は同封されています》

確かに小型のねじ回しやスパナなどが透明の収納袋にまとめられ、小冊子の裏表紙にテープで留めてあった。でも、これらを使うにはまず、外皮を取り去らなければならない。分解後の分別を脇におくとしても、ヨサブロウの皮を剥がすなんて自分には到底できないから、これは問題外だった。

二、ネット・オークションにかける。《動かなくなったペットのロボットでも、コレクターはいるものです。保存状態が良く珍しい型の場合は、予想以上の高値で売れることもあります》

三、メーカーに持ち込む。《製造業者には引き取りの義務がありますが、搬入のための輸送費用等は、お客様の負担となります。また、持ち込まれたペットのその後について、メーカー側は情報提供の義務を負いません》

四、献体。《メーカー以外に、主に研究目的で献体を歓迎する組織もあります。解体されてメカニズムの調査が終わった後は、各部品がそれぞれに適ったルートで卸され、使用可能なものは再利用されます。アナタが飼っていたペットの一部が、新たなペット・ロボットの中に再び生き返るかもしれません》

これを読んで僕は、父の葬儀で久しぶりに再会したミチルのことを思い出した。ミチルは僕の叔母、母親の妹の一人息子、つまりは従弟（いとこ）で、僕よりも五歳年下だった。大学院まで行って生物学を修めた後、バイオテクノロジーの公的研究機関に勤務していたが、数年前に転職したのだ。今の勤め先は先端的な民間企業で、バイオ・ロボットの製造を手がける会社だった。ロボット工学にバイオテクノロジーを応用するのだったか、バイオテクノロジーにロボット工学を応用するのだったか、とにかく二つの分野にまたがる画期的な新技術を開発中で、これまでの機械的なロボットを超え、より生き物らしいペット・ロボットを試作しているとのことだった。

さっそくミチルに連絡を取ると、献体は大歓迎、タクシー代は出すから、仕事場に持って来てくれるとありがたい、ついでに開発室でも見学していけばいいよと言う。一週間後の平日の午後に会う約束をして、僕は予定を、トータル端末のカレンダーに書き入れた。

母と叔母とは三つ違いで、叔母は母を一回り小さくしたような体形をしていた。特に顔も声も似ていなかったが、時折話しぶりがそっくりになった。殊に二人で口喧嘩をしているとき、自身の鬱憤を、相手の論理の非に託して言い募る口調が、鏡に映したように相似形だった。その結果、自らの尻尾に嚙みつこうと円を描いた蛇のごとく、口論は輪転を繰り返して果てしない。頭脳明晰でちょっとシニカルなところのある叔父は、そういう妻と義姉を見て「一卵性双生児」と嗤い、父は「まあね」などと呟いて、黙り込んだものだ。姉妹の喧嘩はしょっ中だったが、仲が悪かったのかと訊かれれば、そうでもなかったような気がする。

僕の名前はヒカルで「光」と書く。日本文学最高の古典、雅の粋を集めた物語の主人公にあやかろうとして、母親が命名した。なんてステキ！　アタシも子供が出来たら、絶対に「ル」で終わる名前にするわ、と叔母がやけに感動し、それを聞いた母は、それならきっと「薫」だろうと思ったそうだ。それがどうして「満」になったのかは、叔母以外誰も知らない。

子供の頃は家族間の行き来も多く、ミチルも僕も一人っ子だったから、どちらかの家でよく二人一緒に遊んだ。ミチルの家には犬ロボはいなくて、代わりにタロピーという名前のオウム・ロボが飼われていた。形はオウム、大きさはインコ、全体が合成樹脂で出来ていて、真っ黄色の派手派手しい鳥だった。犬ロボとは違い、飼い主の指示に従って芸を見せることはしない。その代わり、飛行モードにすれば限られた空間を飛び、人の言葉を記憶してしゃべるという目覚ましい能力を備えていた。

ねえ、ヒカル君、タロピーすごいんだよ、裏技があるんだ。僕がウラワザと訊き返すと、「うん、ソラミミ・モード」と、ミチルは鳥の羽の下に指を差し入れ、何かを捻るような仕草をした。さあ、見てて、でも触っちゃダメだよ、解除されちゃうから。なるたけ知らんぷりしてるのがいいんだ。そこで僕たちはボードゲームに熱中する振りをし、見て見ないようにして待った。

軽い足音を立てて近づいて来たタロピーが、ボードのすぐ脇に立ち止まった。カチリと音がして頭頂部がせり上がったかと思うと、筋が入って四つの部分に分かれ、見る間に広がってトサカになった。そこから音を響かせ、オウム・ロボはコケコッコーと甲高い声で鳴いた。

小柄で色白でおかっぱ頭にしていた小学生のミチルは、どこか女の子のように見えた。きっと学校では、「チルチルミチル」とか言われてからかわれているのだろう、可哀想に。僕は当時そんなふうに、勝手に同情を寄せたりもしたが、ミチルはどうやら自分の名前にも外見にも人生を曲げられることなく、立派に素直に育ち上がったようだった。先日会ったときは、相変わらず細身で色が白く線も細かったが、背はずっと、平均以上に高くなっていた。モラトリアムのカプセルに守られて成人したためか、じき四十になろうというのに、顔は髭剃り痕もなくつるんとして、未だに「学生さん」と呼ばれそうな雰囲気を留めていた。急成長中のハイテク企業に引き抜かれたのだから、優秀なことは間違いなく、少なくとも職業生活上は、僕より遙かに堅実で安定している。高給取りへの道を、淡々と着々と歩んでいる最中と見受けられた。

タクシーは緩いスロープを上り詰めて車寄せに停まり、建物の入口から研究者らしい若い男が出て来て、箱を下ろすのを手伝ってくれた。ポケットがたくさんついたベージュの作業着を着て、一昔前の工務店の見習いみたいに見える。

にミチルが立って待っていた。玄関ホールは整然と広く、高い吹き抜けの中央にミチルが立って待っていた。

やあ。やあ。この間はどうも。いやいや。

「白衣、着てないんだね」僕が言うと、ミチルがえっという顔を向けた。「だって、スクリーンに」通話画面に映ったミチルは白衣姿で、今よりずっと生物学者らしい身なりをしていた。

「ああ、あれか。あれはアバターだよ。《研究者》だったか《科学者》だったか、既製のやつ」

そうだったのか。とてもよく合成されていたから、聞かなかったら、分からなかっただろう。科学者にはちゃんと、それに相応しいモデルが用意されているのか。生身の映像を出すなんて危険すぎると言われ、僕も出来合いアバターを探してみたことがあった。《イラストレーター》の項で見つかったのは、牛乳瓶底眼鏡をかけて鵞ペンを握った、見るからに間抜けそうな人物像だった。いくらなんでも、そのアナクロニスム極まりない姿には呆れ、自分の分身として使用する気にはなれなかった。

どうぞ、ちょっと距離があるから。ミチルが示したのは四人乗りのカートで、ドアも屋根もない座席の脇をパイプが囲っていた。僕は箱を後ろに置いて、助手席に乗り込んだ。遊園地に行って、ジェットコースターかゴーカートのシートに収まったときの高揚感を思い出し、懐かしい気持ちになった。

廊下は白く明るくまっすぐに伸びている。右側は全て壁。約十メートルおきに長方形の区切りがあって、どうやらドアらしい。金属の取っ手がなかったら、気づかず通り過ぎてしまうくらいに目立たず、ぴたりと閉まって壁面に同化している。左側には一様に大きな硝子窓が並んで、陽の光を跳ね返していた。特殊な表面加工が施されているのか、角度が変わっても反射が眩しくて室内は見通せない。カートが柱の陰を通過する僅かな間、ぼんやり背の高い影が浮かび上がり、列を作って硝子の向こうを掠め過ぎた。

「最初の培養のときだけ、気をつけなくちゃいけないんだ」ミチルが説明する。「培養はクリーンルームでするから、クリーンスーツにマスクをしなきゃいけない」けれどそれは、白衣の医者や科学者と言うよりも、ガイガーカウンターを片手に倒壊した原子力発電施設に潜入する作業員のような恰好なのだと、薄く笑った。

カートの進み具合は、動く歩道並みにゆっくりとしている。これなら、歩いた方が速いかもしれない。もうずいぶんと来たはずなのに、途中で誰とも行き合わなかった。

ここなんだ。突き当たりまで来て、ミチルがカートを停めた。最後の部屋の扉の前でバイオ・センサーに顔を近づけ、リーダーに五本の指を乗せた。

室内には、何本もの円筒が立ち並んでいた。筒は強化硝子で出来ているようで、何段かに仕切られ、微妙に色の違う液体に満たされている。その中を、透明な泡が細かくしきりに立ち上り、泡の膜に包まれるようにして、何かが沈んでいた。僕はミチルに倣って円筒の列の向こう側に回り込み、立ち止まり、そしてただひたすら目を見張った。

毛が長いの短いの、白っぽいのや茶色っぽいのや黒いの、一、二色ブチがあったり、もじゃもじゃと絡まっていたり。ありとあらゆる種類の毛の塊があった。筒の仕切の中にひとつずつ、薄く色づいた液体の中に浸かっていた。部屋は明るく、窓から射し込む日光が円柱を透かして、淡い水色の影を床に落としている。その中を丸い泡の影が小さく揺れてうつろっていき、静寂を背景に微かな水音が聞こえていた。水族館の大水槽の前に立っているような、魚の代わりに数知れないホルマリン漬けの標本が浮いているのを眺めているかのような、そんな心地がした。

真ん前の筒の中にいるのは明らかに一匹の犬、テリアの類いだった。頭を上に、縦に伸びて背中の巻き毛を見せている。

「プロトタイプだよ、つまり試作品」ミチルは言って、筒の列の方へと手を振って見せる。

その上の仕切にいるのは短毛で、短い脚と耳の形からしてダックスフントだろう。そして右横では、薄茶色の毛の小型犬が、窮屈そうに丸めた身を少し斜めにして、一心不乱に眠っていた。

「全能性幹細胞って、知ってるかな」ミチルが尋ねる。

「ゼ、ゼンノーセーカン？」

「ＩＰＳ超スーパー細胞は？」

「う～ん」何年か前、抽出だか合成だかに成功したとメディアで騒がれたから、名前だけは聞いたことがある。

「じゃあ、プラナリア」

「ああ、それなら知ってる」あの、体を何等分かに切り離されても、それぞれ頭や尾が生えて再生する生き物だ。中学の理科の教科書で読んだことがある。もちろん、実物を見たことはないけれど。

ならば、とミチルが身を乗り出し、専門知識と用語を駆使して繰り広げる解説に僕はついていけず、ぼうっと突っ立って聞いていた。簡単に一言で言えば、再生形成能力が極端に高い細胞を特殊な環境で培養した生体に、生体反応を統制御するプログラムを組み込んだハードウエアを搭載して創り出したのが、これらバイオ・ロボなのだ。そう言われ、何となく分かったような、分からないような。僕は曖昧に頷いたが、大した考えもなしに、問いがひとつ浮かんで来た。

「これって……生きてるんだろうか」

ぷうむと腕を組んで首を傾げたところが、いかにも厳密な科学者の姿勢を反映するようで、それはミチルの背格好と顔立ちによく似合っていた。

「例えば、僕ら人間の体の中には、何十兆という細胞がある。海や川の水を一ミリリットル掬えば、十万匹、土一グラムには数億の微生物がいて、それらにはみんな、ひとつひとつ生命がある。そういう意味でなら、生きていると言える」

「それじゃあ、意識は、何か意識みたいなものがあるのかな」質問と言うより、自問のように響く。

「コンピュータに、意識があると思うかい」

「いや」

「じゃあ、ロボットは？」

「多分ない、ないと思う」じっと見上げるヨサブロウの眼差しが蘇ってくる。「本物の犬や猫が持っている意識みたいなものは、ないはずだと思うけど」

「うん。バイオ・ロボも結局はロボットの一種だからね。意識を持った存在を、できる限りリアルにシミュレートするように造られてる」

ほぼ出来上がった犬たちの筒の傍らに、毛むくじゃらの塊がひとつ沈んでいた。どこが頭で尾っぽなのか、どちらが背で腹なのか判然としない。裏側に回ってみても、顔も脚も見当たらなかった。これは、と目顔で尋ねると、ミチルは困惑と諦めを半々に載せて、溜息を吐いた。

「猫は、固まらないんだよ。どうしてか分からないんだけど」

その一言で、型から抜かれ皿に着地したばかりのゼリーが、ぷるんと震える感触を思い出した。

カフェテリアは中庭の芝生に面して、明るくゆったりとしている。

ミチルが胸ポケットから薄手の紙箱を取り出し、蓋を開けてこちらに差し出した。吸い口に、細い緑の線が入っている。ああ、ハッカーか。僕は断りの徴(しるし)に、軽く手と首を振った。電子煙草が禁止されたのを機に、禁煙したのだ。ミチルは箱から一本取り出して咥え、「ライターもどき」のスイッチを、親指でカチと押した。

広く清潔な屋内を見回してみる。金属のパイプにトレイを載せ、食べ物や飲み物を順番に取って進むビュッフェ形式のカウンター。その先の無人レジ。数人のグループが談笑している窓際の丸テーブル。中は仕切もなく、一度に全体が見渡せる。僕が通った大学の食堂は分煙で、いつも混み合っている喫煙席と、空(す)いている禁煙席とに分かれていた。僕たちは、当たり前のようにして煙草を吸っていた最後の世代なのかもしれない。今世紀初頭まで残っていたブラジルの栽培地が、害虫の異常繁殖と砂漠化でほぼ壊滅してから、紙巻煙草は闇市にも出回らなくなり、世の中から完全に姿を消した。後を引き継いだのが電子煙草で、それもやはり健康を害するという理由で、五年程前に禁止になった。その直後、若い人たちの間で爆発的な人気を博したのが、ハッカー煙草だった。

「ハッカー煙草」は本当は煙草ではない。「ハッカー」の元は「薄荷（はっか）」。ジジが幼い時に口にしたことがあるという幻の菓子「薄荷煙草」を真似たレトロな包装箱入りで売り出された。初めは細々と売られていたのが、ある時パッケージが一新されるのと並行して、「ハッカ」の高低アクセントが逆さまになりカ音がのばされ「ハッカー」になり、その途端流行の先端を行く嗜好品になったのだ。吸い口を咥え、模造ライターのスイッチを押すと、チリチリと焦げるような音を出して、端からなくなっていく。燃えるわけではないから、煙も出ないし灰も残らない。タールもニコチンも、有害と見做される物質は一切入っていない。従って、発癌の危険性も、中毒になる恐れもない。無害なものがこれほど流行（はや）るのは、それがライフスタイルになったからだろう。人差し指と中指の間にハッカー煙草を挟んだミチルは、立ち上る煙に顔をしかめ渋さを演出していた僕たちの世代の喫煙者のパロディーのようにも見えたけれど、容姿も仕草も遥かに洗練されていた。

忘れないうちにと、ミチルは煙草が入っていたのと反対側のポケットから小型の茶封筒を取り出して、テーブルの上に滑らせた。封筒はポチ袋を少し大きくしたような形で、皺ひとつなく表には何も書かれていない。タクシー代。そんな、いいよ。僕が返そうとするのを遮り、これは会社の規定だからと言って、ミチルは急に真顔になった。

「そんなことよりさ……」実はこれも会社の規定で、献体に対しては謝礼を出すことになっている。通常は金銭で支払うのだが、ある特定の条件下では、物質供与と言うか、製品提供の形を取ることもある。要するに、試作途上のバイオ・ロボ、新製品のプロトタイプを無償で提供する用意がある。そのように説明して、ミチルはじっとこちらを見た。

「それは、あの、つまり、さっき見たあの、筒の中に入っていたあの……」バイオ・ロボットを、一匹もらえるということなのか。

「そう。今日案内した開発室のバイオ・ロボ犬は、ほとんどが生成過程の最終段階に達しているから、どれを選んでもいい」

シリンダーの底の方に丸まって目を閉じていた、茶色の小型犬の姿が思い浮かぶ。けれど実際、何がどう条件に適っていると見做されたのだろう。

「そのう……特定の条件っていうのは」

ミチルはうっすらと微笑して、てきぱきと答えた。第一に、ライバルとなり得る他の企業――幸いなことに今のところ、具体的な脅威は報告されていない――に、情報提供をする危険性が限りなくゼロに近いこと。第二に、譲渡されたバイオ・ロボに意図的に危害を加える恐れがないこと。

「危害って?」

ミチルは僅かに顔をしかめた。例えば、迫害行為とか、生体実験や生体解剖とか、または部分的にせよ試食したり他の大型獣に食べさせてみるとか。

うっ。ひどいなと言いながら、明らかな悪意や嗜虐的嗜好、完璧な共感の欠如、果たしてどれが最も残酷なことなのだろうかと、疑問の脇道に束の間迷い込んでしまう。僕は一旦大きく息を吸って吐き出し、現実的な反応を返そうと努めた。

「だけど、そういうことって、発売後も起こる可能性がないとは言えないよね」

「うん。残念ながらね。それで売買契約の前に、購入希望者にはテストを受けてもらうことにしている」それは生き物一般に関する心理テストの体裁で、ペットへの共感と感情移入の度合いを測るのが、目的である。限界値を下回れば、つまり共感度数が低すぎると、未来の飼い主として合格できないが、極端に高い場合もはじかれてしまう。ペット・ロボットの不具合に同調して著しく体調を崩したり、壊れた後に重いペットロス症状を呈して立ち直れなくなったりされると、製造販売側として困るからだ。

「ヒカル君の場合、ちょっとでも心配なのは、そのことだけかな」でも、献体に対する謝礼の場合は、いずれにせよテストは省かれているけれど、とミチルは頬杖を突き、感慨深げに続けた。

「だけど、よく覚えてるんだ。オフクロさんが亡くなって、オヤジさんがどんなに気落ちしてたか。ヒカル君がペット・ロボを買ってあげて、どれだけ喜んで元気になったたか」

僕は気に入ったバイオ・ロボ犬の特徴を、できるだけ多く詳しく精確に並べ挙げた。ミチルはまた別のポケットから四つ折りタブレットを取り出し、パシパシと平面に開いて稼働させる。こういう作業着も白衣に劣らず、実用的で便利な物なのだな。僕は感心して、手際の良い一連の動作を見守っていた。でも自分だったら、何をどのポケットに仕舞ったか、きっとたちまちのうちに忘れてしまうだろう。

ミチルの指が三度四度スクロールを繰り返し、画面を止め、タブレットをこちら向きに立てた。

「これ、だよね、きっと」

それ、だった。毛色と毛並み、耳の形と目周りが、確かに先程あの部屋で見た犬だった。全体的に、何となくまだ完成していないような曖昧さが感じられたが、画像は一週間前に撮られたものだと言うから、その間に生成過程が進んで、今はもっと固まっているのだろう。

「これなら、何の問題もないよ」本当の動物なら出生に当たるところの完成は、約二週間後。二十四時間程度なら調整が利くから、再来週の木曜日か金曜日を指定してほしいと言う。

調整か。産科医の都合などで、出産日が決められるみたいなものかな。漠然とそんなことを思い、木曜日の午後の時間帯を選んだ。

「製造番号、ＢＲＦＡ０３４８５号」ミチルが読み上げる。Ｂはバイオ、Ｒはロボット、ＦＡはファクトリーか、ファクトリーＡ棟か何かだろう。最後の数字が、これまでに試作された個体数だろうか。それが多いのか少ないのか、僕には判断がつかなかった。

「昨年の○月○日培養。小型犬、雑種、オス」

「へえ、性別があるんだ、ちゃんと」

まあ、見かけ上はね。ミチルが軽く肩をすくめる。解剖学的にリアルな身体を作って、そこだけ何もナシというわけにはいかないだろう。ただ形だけだから、生殖機能はないし、生殖行為も行わない。

なるほど。生殖機能があってさえ、行為を行わない個体は、この世にゴマンといるわけだし。僕は納得して頷いた。

カフェテリアを出たところにカートが停めてあり、献体のためにと持ち込んだ木箱が、先刻と変わらず後部座席に乗っていた。その蓋に手を置き、父の葬儀のときと同じく、一定の距離を置いた気遣いとでも言ったものに額を翳（かげ）らせて、ミチルが訊いた。

「どうする。もう一度、最後のお別れに顔を見ておく？」

少しの間考えてから、僕は首を横に振った。二度と目を開くことのない顔を見下ろすのは辛く、幾度繰り返しても免疫ができることはない。

分かった、とミチルは頷き、僕を送って玄関までついて来た。じゃあ、再来週の木曜日。うん、じゃあまた、そのとき。僕らは手を振り合って別れた。外に出て車寄せの敷石を越えたところで、足が止まった。やはり、もう一度見てやるべきではなかったか。ヨサブロウ。自ら弔いの労も取らず、お別れも言わずに、置いてきてしまった。引き換えに新しいペット・ロボットがもらえるのを、こんなに楽しみにして……。後ろめたさに後ろ髪を引かれる思いで振り返ると、入口の自動扉がちょうどロビーの景観を中に仕舞って閉じたところだった。僕は前に向き直り、表の通りを目指してスロープを下り始めた。

その日も穏やかな晴天で、先日タクシーで通った道を辿って建物に着くと、玄関ロビーにやはりミチルが立って待っていた。先日の作業着ではなく、真っ白のワイシャツに濃紺のネクタイを結んでいる。

やあ。やあ。どうしたの、そんな盛装で。いや、まあ記念すべき日でもあるからね。

すぐにバイオ・ロボのところに行くのかと思っていたら、玄関近くの応接室のような部屋に通された。一昔前の、革張りを模したレトロなソファー・セットが置いてある。革製品はかなり前から法律で禁じられて、ことごとく回収処分が成されていたから、人工皮革のはずだ。それとも、動物の体の一部を、例えば皮だけを、バイオ・テクノロジーで生成できるのだろうか。あれだけ高度な技術をもってしたら、それも容易い技と思える。ひょっとしたら、ここの試作品、ないし試作品の一部を再利用した家具なのかもしれない。恐る恐る腰を降ろせば、別にどうということのない普通のソファーの座り心地だった。本物の皮と人工皮革の違いだって感じ取るのは難しいのだから、ましてや生成された革かどうかなど、分かりようもない。

給湯器から二人分のお茶を注いで持って来て、ミチルが向かいの椅子に座った。すぐさまハッカー煙草を取り出したが、今回は僕には勧めなかった。お手数かけて悪いんだけど。そう言って、この間より大きいタブレット型端末をローテーブルの上にこちらへ向けて置く。開いた画面には条項が数限りなく連なって、保険や賃貸の契約書を連想させた。

「同意書だよ」

うん。僕は物々しい条件文の列をスクロールして、斜め読みしていった。

「つまり、いつ不具合が起きても、クレームをつけないってことだね。壊れて動かなくなったり、修理できなくなっても」あのバイオ・ロボたちの様子からしたら、「病気になったり、死んでしまったり」と言ったほうが、ずっとしっくりくるけれど。そう思いながら確認する。無料でもらうんだから当たり前のことだよね、と。

「まあ、常識的に考えればね」ミチルが応じる。

そうか。物を作って売る仕事に携わっていれば、常識的ではない言動に対処を迫られる場面にも、少なからず行き合うということか。訴訟を起こされたり、スキャンダルが持ち上がったりなどしないよう、未然に防ぐための予防措置なのだろう。僕は機器の脇についていたタッチペンを握り、画面の日付を選び、署名欄に名前を書き入れた。それはともかくとして、実際にどのくらい……

「どのくらい、生きられるものなの？」

初期のプロトタイプは、出生に至らないものもかなりあったから、まだ平均寿命が精確に算出できるだけのデータは蓄積されていないけど。そう前置きして、ミチルは息を吐いた。あるいは、煙を吐く真似をしたのかもしれない。

「今のところ、見積もりで大体四年から五年ぐらい」

「それで、そのあとは？」その後は、ただ動かなくなるだけなのか。イチタロウやイクジロウやヨサブロウみたいな犬ロボと同じく、修理不能になり稼働しなくなって。いや、そんなことはないだろう。バイオ・ロボは生体、生きた細胞でできているのだから。体中の細胞がひとつひとつ壊れていくのなら、本物の生き物が死んだときと、あまり変わりがないのではないか。

「バイオ・ロボが死んだら」ミチルが切り出し、「死」という表現をすんなり口にしたことに、僕は驚いた。

死んだら、生体維持のメカニズムが停止して、中のバクテリアが活動を開始し、生体を解体する。強力な酵素で迅速に分解されて、生体は、どんどんなくなっていく。ちょうどこの煙草みたいに。そう言って挙げたミチルの手にもうハッカー煙草はなく、カフェやファーストフード店の入口付近に設置された回収ボックスに数知れず投棄されているのと同じ白色フィルターがひとつ、指の間に挟まっていた。

バクテリアは、生体をいわば食べ尽くしてしまう。あとに、組織らしきものはほとんど何も残らない。粉状の物が、ほんの少しだけ。茶色っぽく軽く乾いていて、インスタント・コーヒーの粉末に似ている。そういう粉が、セントバーナードのバイオ・ロボでも、せいぜいこのくらい。ミチルは、掌を椀の形にして見せる。小型犬なら、もっとずっと少ない。塵みたいなもので、一息で吹き散らされてなくなってしまう程度の分量だ。それと、ハードウエアが残る。生体を統御していたチップは残るから、これは取っておいたほうがいい。将来そこから抽出したデータで、クローンが作れる可能性も充分にあるから。

生き物をシミュレートしたバイオ・ロボの、そのまたクローンか。いかなる感想を抱いたらいいのか、抱くべきなのか。皆目見当もつかない心境で呆然としていると、ミチルの声の調子が変わり、その声音の何かが注意を引いた。

「だけど、ときに、このチップが見つからないことがあるんだよ」小さいと言っても、ナノ・チップの大きさだから、大体これぐらいと、ミチルは小指の先をもう片方の手の指で摘まんで見せる。塵に紛れることはないはずだ。なのに、生体が解体された後に粉しか残らなくて、チップが見つからなかったという例が、いくつか報告されている。バイオ・ロボが死んだときに飼い主がパニックになったり、我を忘れて保管できずに消失してしまうというのは想定内だけど、今は試作品の段階でまだ販売していない。実を言えば、自分自身も目撃した。「ここで、ラボの中で、チップがなくなるんだ。考えられないよ」

何だか背中がぞわりとした。

「そうなると、いろいろと憶測が生まれてくる。チップが担っていた統合維持機能を、生体自体が引き継いだ、つまり生体が自ら脳に相当する器官を創り出した。体内に指示系統が出来上がり、それで要らなくなったチップが排除された。言い方を変えると、バイオがロボットを乗っ取ってしまったんだ、とか。あるいは、バイオとチップの情報が融合して、新たな生命形態を生み出したんだ、ってね。一旦そういう話になってくると、いくらでも神秘主義的方向に進んでしまって、もうとどめようがないんだ」

足下の地面がいきなり消え失せたみたいな、心許ない思いに見舞われた。

闇の只中に浮いて、限りない暗黒の宇宙を眺めている。何百何千何万光年先に、小さく星々が散らばっているのが見える。たとえようもない孤独感とめくるめく浮遊感とが、同時に滲み入り脳内に広がる。

やはり、あるのだろうか。物理的法則の下に揺るぎなく見える世界を、たちどころに無化してしまうような力が。何か目に見えず捉えられず、逆らいようもない超越的な意志のようなものが。初めの始まりにあって、今もあって、永遠に存在し続けるような何か。そこに思いを向けると、ひたひたと原初の畏れに似たものが打ち寄せた。

ねえ。ミチルが、ローテーブルの向こうから身を乗り出してくる。ヒカル君は、どう思う？ど、どうって……何を、どう言ったらいいんだろう。答える代わりに、答えを求めて訊いてみる。

「ミチル君は、どう思ってるの？」

「僕は」見合わせた従弟の黒目の中が、今しがた垣間見た深淵を映したように暗く深い。束の間、ためらうような間が空いた。

「僕は、信じてないよ、そんなこと」チップがなくなったのには、単純に物理的な理由があるに違いない。消化酵素が何らかの原因で、強烈に働き過ぎたのか、チップの防御シールド加工にムラがあったのか、その両方が同時に作用し合った相乗効果によるものなのか。「ただ、溶けちゃっただけなんだと思うよ」ミチルは言って、話を打ち切った。


廊下をゴトゴトと重たい音が近づいて来て、ドアの前に止まり、チャイムが鳴った。ミチルが立って行って、ドアを開け、戸口の脇に身を寄せた。その横を通って、ワゴンが進んでくる。上に白い布を被せた大きな物が乗っていて、横にまばゆいばかりの白さで、ふっくらとしたバスタオルが重ねられていた。超高級ホテルのルームサービスみたいだなと思ったけれど、そんな場面に行き合ったことはないから、前世紀の洋画か何かで見たのだろう。ワゴンを押して入って来たのは、白衣を着た若そうな研究者で、この間箱を下ろしてくれた若者によく似ていたが、同一人物かどうかは確信が持てなかった。

ミチルが応接室の奥のアコーディオン・カーテンを引き開けると、壁も床もまるで様相の異なる空間が現れ、やけに頑丈そうなステンレスの台が、中央にきらめいていた。片側に何かの装置がついていて、厨房の調理台か手術台、または解剖台を思わせる。ワゴンの上の物を、ミチルと研究者が二人掛かりでそこに乗せた。取り去られた布の下から現れたのは、透明な強化硝子のシリンダーだった。薄水色の液体の中に、先日見た子犬が同じ姿勢で目を閉じてうずくまっていた。一目見ただけで、「いたいけな」という言葉が浮かび、僕はしばらく息を呑むようにして見詰めていた。

研究者がシリンダーの下枠を装置に固定して、金属製の管を繋いだ。リングやナットに触って接合部を確認し、今は計器類の目盛りを読んでいる。ここに立って。ミチルがシリンダーの真ん前の位置を指し示し、すっとどこかに退(しりぞ)いて行った。台の後ろに立った研究者が、それではと言い、装置のボタンのひとつを押した。

すぐには何も起こらなかった。しばらくして、地下鉄でも通過しているかのような振動が足下から伝わってきて、はっと台上を見ると、シリンダーが細かく震えていた。液体が揺れ、中の子犬が身動きした。鼻づらを上げると同時に両眼が開いて、水中からこちらを見た。ああ、目が合ったと思う間に、犬は後ろ脚で筒の中に立ち上がった。目を大きく見開いて真直ぐに見詰めながら、振り上げた前足でシリンダーの硝子を叩いた。カチリと、爪の当たる音が聞こえたような気がする。

そうやって水中に立ったまま、子犬は犬かきの動作で、シリンダーの内側を引っ掻き続けた。一旦動きを止めてこちらを凝視したかと思うと、前脚を益々激しく動かしてもがき出した。ああ、息ができないんだ。これでは溺れてしまう。こんな苦しそうな様子をして、息が詰まって死んでしまうじゃないか。どうして出してやらないんだ。

いたたまれず後ろへ顔を振り向けようとした瞬間、シリンダーの水位が下がっているのが目に入った。何かの溶液が退(ひ)いて、上の方に隙間ができる。中の犬が伸び上がって顎を上げ、ようやく入って来た空気を吸った。研究者が、装置と管の接合部にあるノズルを動かして調整しているのが見える。液体はどんどん減っていき、最後に残った分がズズッと部屋の空気を震わせて吸い出された。

透明に透き通ったシリンダーの底に、びしょ濡れの犬が座り込んでいる。上蓋が開けられ、研究者の両腕がそっと差し入れられる。筒から取り出されたロボ犬は、ぶるぶると震えていた。その体を台に下ろし、タオルにくるみ込む。生まれたばかりのバイオ・ロボットの毛を拭きながら、研究者は僕の方に目を上げて、オメデトウと言うように微笑んだ。後ろからするりと近づいてくる気配があって、ミチルがすぐ脇に並んで立った。

「これで、刷り込みができたよ。ヒカル君は、このバイオ・ロボ犬がこの世で初めて目にした人間になった。だから、この先君のことだけは一生、決して忘れない」

タオルの下から這い出した子犬は、おしっこをしているメスみたいな格好でしゃがみ込んで、まだ小刻みに震えていた。ぎょろりとした目の上の、眉に当たる部分が微妙な角度にひそめられ、「こんなみっともない恰好をさらしてしまって、誠に面目ありません」、とでも言いたげに、申し訳ないような情けなさそうな顔をしていた。

大丈夫だよ、大丈夫。ちゃんとずっと大事にするから。後ろ脚を上げてするおしっこは、お手本を見せてあげられないけどね。再びタオルに包まれて渡されたその体を、僕は受け取り腕に抱いた。

ジッパーの隙間から、まず鼻づらが先に出て、それからぱたぱたと前足が踏み出して来た。ソフトケージから出たバイオ・ロボ犬は、まるでお伺いを立てるような顔つきでこちらを仰ぎ見た後、普通の犬と同じく鼻を使って住居の探索を始めた。テーブルと椅子の脚、人工多肉植物とフェイク・グリーンの鉢、いつからそこあるのかも忘れてしまった古びたカーペットのほつれかけた縁。部屋部屋の隅々に鼻を突っ込み、においを嗅いで調べて回る。その間中、立てた尻尾を楽し気にせわしなく振っていた。最後に居間のソファーの前まで来て飛び上がり、端に敷かれたブランケットの上を、居心地を確かめるように二、三度回ってから、すとんと体を落とした。そのままそこに丸まって、前足の上に顎を乗せると、目を閉ざしてすぐに寝息を立てた。僕はその隣に浮かしていた腰を下ろし、安堵と満足の形に緩んで桃色の歯茎を覗かせている口元を、じっと見下ろした。

ブランケットの上は、晩年のヨサブロウがよく、壊れかけた体を横たえ休めていた場所である。まさか前任者のにおいを――ロボット犬にそんなものがあるとして――嗅ぎ分けたわけではないだろうが、そこが自分にあてられた寝場所なのだと判断できるくらいの、鋭い洞察力を備えるべくプログラムされているのかもしれない。

短毛で脚の短いところは、ダックスフント風。毛の色はそれよりずっと薄い茶色。耳も立っていて、全体の造りはコーギーに一番近い感じがする。柴犬の面影を宿した顔に、フレンチ・ブルドッグやボストン・テリア系の、大きく丸い目がついている。さまざまな犬種が混じっていることは、明らかだった。一匹の雑種犬の細胞を元にして生成されたのか、それとも体の部位ごとに元の細胞が違うのだろうか。生成を巡る最新テクノロジーの沼は不透明に深そうで、僕は爪先を浸しかけた足をすぐさま引き抜いて、考えるのを止めた。「おうちのワンちゃん紹介」やドッグショーの光景など、昔の動画や3Dで山ほど本物の犬を見てきた限りでは、「血統証つき」より雑種の方が好みだったから、生成過程がどうであれ不足はなかった。

コーギーと柴とバイオとロボット。コシバロウと名付け、コッシーと呼ぶことにした。

コシバロウは起きている間、家中を僕のあとについて回った。その足取りがどこかよちよちと危なっかしく見えるのは、巧みに幼犬を模しているのか、ロボットとしてのメカニズムがそうさせているのか。判断保留のまま、しばらく外には出さなかった。ネットで注文したウチネコ、ウチイヌ・バイオ・ロボット用のトイレをバルコニーの隅に置き、吸収シートを敷いて説明すると、コシバロウはその用途を即座に理解したようだった。トイレに行きたくなると境の硝子戸に前足を掛け、こちらを振り向いて合図を送る。用を足した後は、短い後ろ脚で軽く蹴りを入れ、ケースの縁を飛び越えて部屋に駈け込んで来る。小用のときに硝子越しに観察してみれば、相変わらず背中を丸めた中腰のおしっこ姿勢。心配になった僕は、いろいろと古いサイトを探り出し、本物の犬の排尿に関するQ＆Aを大量に読んで少し安心した。脚を上げるのは明らかなマーキング行為で、縄張り意識の強いオスは子犬のうちからそのスタイルを取るが、始める時期には個体差もあり、全部のオスが脚上げ姿勢を採用するわけでもない。家の中で脚を上げてする犬は、飼い主ではなく自分がボスだと誇示しているのかもしれない、とのことだった。

　エサやトリセツが入っているから、と一緒に渡された段ボール箱の中には、バイオ・ロボ新生児用のドッグフードが二か月分、救急およびお手入れキット、取り扱い説明書と育児手帖が入っていた。手帖は、別に書かなくてもいいんだよ。そうミチルが言っていた。一か月ごとに追跡調査用の電子質問票が送られてくるから、それに記入してくれればいい、と。

　コシバロウは時々、いかにも犬らしい無邪気さと無頓着さで、行儀の良さを逸脱した振る舞いを見せたが、それもプログラムに組み込まれた余興の一部なのだろう。室内を荒らしたり乱暴を働いたり、粗相したりすることは決してなかった。普通の犬並みに丈夫そうな犬歯が生えていたけれど、もちろんそれで僕の手を噛んだりはしない。だから、いわゆる躾(しつ)けなどは全く無用なのだった。

　それでも僕はある日思い立ち、イチタロウにも出来た基本技を試してみることにした。

「チンチン」では、前足を上手に揃えて上げ、後ろ脚で立ち上がった。そのまま前に進もうとしたところでバランスを崩しかけたので、すぐに止めさせた。次に床を指差して「お座り」と言うと、こちらを見上げたまま、腰を落としてそこに座った。次に何がやって来るのかと待ちかね、まん丸い両目を真剣に見開いて、期待に満ちた息遣いもハアハアと。立てた前脚をいたたまれず踏み換えたり、お尻ごと尻尾を左右に振って見せたりする。その仕草があまりにいじらしく見えて、骨の形のカリカリビスケットを二切れやった。

最後に「お手」と言って僕が右手を差し出したら、最初はそこに顔を近づけて、においを嗅ごうとした。ちがうよ、そうじゃなくって、ここにこう乗せるんだよ。笑って説明すると、すぐさま片足を持ち上げて繰り出してきた。ああ、なんて賢いんだろう。ゴムに似た弾力のある肉球の並びと間に生えた毛を掌に受け、その感触に僕はほとんど涙ぐみそうになった。

それからは、毎日遊びで「お手」をした。コシバロウは毎回誤りなく、僕の右手に左の前足を乗せた。こうして、自分たちの他に誰も知らない約束事があるのを確かめるみたいにして、僕たちは日々の握手を交わした。

犬がうちに来て約三週間後の夕方、初めて外に散歩に連れて行った。格子柄の真新しいハーネスを胴に装着し、抱え上げてエレベーターで地上に降りた。玄関を出てアスファルトの鋪道の上に下ろされたコシバロウは、その短い脚を急がせて、しきりに前に進もうとする。尻尾を振って駆け寄って、鼻をこすりつけんばかりに電信柱のふもとを嗅いでいる。歓喜と興奮露わな様子が、いかにも犬らしい。初めて歩く屋外はにおいの洪水で、めくるめく刺激にあふれ返っているのだろう。僕はリードを緩め、コシバロウは地面に広がったにおいの地図を辿って歩き始めた。

そのままいつまでも、どこまでも、好きなように行かせてやれば良かったのかもしれない。僕たちはずいぶんと遠いところまで来てしまっていた。振り向いた交差点の遥か向こうにビルが屹立し、張り巡らされた硝子の上を、巨大なオレンジ色の陽の玉がゆるゆると滑り下りていった。

陽の落ちた街は通る車も少なく人影もまばらで、建物の隙間を吹き渡る夕風が襟元に冷たい。コシバロウの探索意欲はいささかの衰えも見せず、薄暗がりを鼻で切り拓いて行こうとする。コッシー、もう帰ろうよ。再度の呼びかけにも、顔を上げない。少し強めにリードを引っ張ってみたけれど、まるで意に介した様子もなく、相変わらず目には見えない鼻先の目標を追い続けていた。

僕は握りから手を抜いて、リードを静かに地面に置いた。それから反対方向に全速力で走った。二十メートルぐらい駆けて止まって振り返ると、コシバロウは何が起きたのか分からなかったらしい、その大きな目を見張り、必死にあたりを捜していた。こっちだよ、コッシー！そう呼んで手を振ると顔を振り向け、瞬時にこちらを認めた目が、喜悦に輝きわたるかに見えた。

次の瞬間、四本の脚が一度に宙に浮き、コシバロウは地面を蹴って駆け出していた。そのまま一直線に駆けて飛び込んで来るのだろう。ああ、昔々の映画で何度か目にした場面だな。と、登場人物を真似、両腕を大きく広げて待ったが、来なかった。

コシバロウは相変わらず、十数メートル離れた路上を駆けている。足は勢いよく地面を掻いているのに、全身が進まない。走り方が、どこか変だった。片側に傾いた不自然な態勢のまま、脚だけを闇雲に動かして。その場に釘付けにされ、あがいてでもいるような恰好が、原始的なロボットが壊れた脚を引きずりながら、無理矢理歩き続けようとするところを髣髴とさせ、おそろしく不吉で、同時にひどく痛々しかった。

カチッ。爪が路面に当たる音が、聞こえたような気がする。たちまちシリンダーの水中でもがく姿が蘇り、目を見開いた悲愴な表情が、重なり合って焦点を結んだ。つっかえ棒が外れたみたいに、大きく体が揺らぐのを見て、僕は走り出した。駆け寄って、その胴をすくい上げた。抱え上げられた犬は、まだ熱心に宙に浮いた脚を動かしている。その前足を片方掌に包むと、動きが止んだ。胸と両腕に触れる体がひどく熱く、僕は首を折り、犬の両耳の間に額を押し当てた。コシバロウははあはあと舌を出し、鼻づらを上げて嬉しそうに僕の顎を舐め回した。

結局そのままコシバロウを抱いて、来た道を引き返した。犬の体は腕に重く温かく、顎の下に触れる毛先がこそばゆかった。

人気のない夜の街に、区別のつかないほど似通った建物の輪郭が、何ブロックも目の届く限り続いていく。同じ街灯が等間隔で灯り、舗道の敷石を白々と照らし出している。その下を通るたび、明るんだ塀や建物の壁に墨色の影が映る。人の頭とその下の犬の耳とがひとつになったおかしな形が、音もなく壁面を滑り斜めに長く伸びて、すぐ隣の暗がりに消えて行った。ときおり車のヘッドライトらしいのが煌々と脇を掠め、けたたましい音を立てて通り過ぎる。騒音が去ったあとには、遠い街のざわめきが通底音となって残り、耳奥を満たして静かに広がっていた。

部屋に帰り着き、コシバロウに水を飲ませソファーの定位置に寝かせ、その脇に身を寄せて眠った。

翌朝、コシバロウは元気に飛び起きて、バルコニーのトイレ目指して小走りに駆けて行ったが、左の後ろ脚が少しびっこを引いていた。

「え、なに、散歩で走ったら?」ミチルのアバターが、大げさな瞬きをする。

馬鹿なことをやって、無理に走らせてしまって、それで足を痛めてしまったみたいなんだ。僕が言うと、一体何キロ走ったんだとミチルが尋ね、答えを聞いて、なーんだと笑った。

「大丈夫だよ、犬ロボだもの。普通の散歩の範囲なら、べつに問題ないはずだよ」

リードを放した地点からずっと後ろをついて来ていた自責の念が影を潜め、僕は礼を言って通話を終えた。

お手入れキットの中から、ブラシと「毛並みつやつやクリーム」のチューブを取り出す。チューブの中味は、色と質感が動物の脂を思わせるが、においはなく「べとつかなくてサラサラ」を謳い文句にしたハンドクリームのように、さっぱりとした手触りだ。僕は少なくとも三日に一度、時間をかけてロボ犬の毛皮を手入れしていた。

コシバロウを膝に乗せ、掌に延ばしたクリームを全身に隈なく塗り、丁寧に摺り込んでからブラシをかける。コシバロウは心底寛いだ恰好で陶然と身をまかせ、幸福そうに目を閉じていた。元々艶やかだった毛並みはさらに艶を増し滑らかになり、ビロードみたいな手触りを指の腹に残して輝く。

その後も、何度か一緒に散歩に出かけた。ロボ犬の軽くぴっこを引く歩き方は完全には治らず、もう走らせることは決してしなかった。時間も短めにして、遠くまでは行かなかった。出かければ、コシバロウはいつも喜んで地面を嗅ぎ回り、僕が帰ろうと言うと、こちらが疚しくなるような表情で見上げてくる。それでも、この間みたいに置き去りにされてはかなわないと思っているのだろう。リードを引くまでもなく大人しく従い、老成した哲学者を思わせる諦め顔で、素直に帰途に就くのだった。

コシバロウの状態にはっきりと変化の兆しが現れたのは、うちに来て二か月半ほど経った頃だった。

いつも通りクリームを塗ろうと、抱え上げた首の付け根のあたりに一箇所、明るい斑点が見えた。周りの毛をそっと指で寝かせて目を近づけて見ると、そこだけ毛がなかった。毛が抜けた部分は、ちょうど昔流通していたコインというものの形と大きさをしていた。乾いた肌色で皮膚病のようには見えず、人間の円形脱毛症の症例にそっくりだった。そこにはクリームを塗った方がいいのか、避けた方がいいのか。「毛並みつやつやクリーム」のチューブには、プードルを漫画化した模様が刷られているだけで、成分表はついていない。救急キットの箱も開けて確かめたけれど、消毒液とガーゼと包帯が一巻き入っているきりだった。

翌々日、抜け毛の範囲は目に見えて広がっていた。首周りは、なぞって繋げれば首輪の形になりそうな具合に点々と、背中から脇腹にかけてもところどころ、毛皮に肌色の孔が開いている。痛みは特にないらしく、コシバロウは常のごとく、こちらの手首に顎を預け快さそうに目を瞑(つむ)っていた。大丈夫だろう、きっと、大したことはない。地肌の見える部分を避けて緩く撫でたら、尻尾の毛がぞろりと抜けた。あ、と反射的に返した掌の、指の間に束になって挟まっていた。思わず払うと、ぱらぱらとほどけて、膝にソファーに床の上に散らばった。毛の抜けた肌は、指を横にして三本分ほど。均等に滑らかで、もしちゃんと抜け毛をまとめて取っておいたら、植え直すことも可能だったのかと、心寒くなった。

取り扱い説明書の終わりの方に、「緊急の場合」と題されたページが見つかった。勢い込んで読み進めた文は、「緊急の場合は、こちらのホ」で唐突に途切れていた。次のページを捲っても、全面真っ白の全くの白紙。ここに、ホームページかホットラインの番号が記載されるはずだったに違いない。それが、最後まできちんと印刷されていない。ひょっとしたら、元から書かれてさえいなかったのかもしれない。

試作品段階だからといって、説明書を完成させないという道理はないだろう、いくらなんでも、それはないだろう。空白の紙面を前に、呆れ返り憤（いきどお）った。プロトタイプとはいえ、コシバロウはちゃんと最後まで生成され、五体満足で生まれてきたのだ。大きな目と立った耳のついた頭、胴も尻尾も四本の脚も、その先端についた爪までも、本物の犬そっくりに。

固まらなかった毛の塊が目に浮かぶ。続いて同意書の画面が頭をよぎり、すと血の気が引いた。

上の方から降るように、軽い羽ばたきの音が聞こえてくる。壁のヴァーチャル鳩時計の一の数字に、羽が生えていた。純白の天使の羽が持ち上がったすぐ下に、観音開きの鎧戸が開いて、鳥のアイコンが嘴（くちばし）をクウと一回突き出して引っ込む。午前一時になっていた。

「あれ、ヒカル君。どうしたの」アバターのしゃきっとした出で立ちを裏切って、ミチルの声は眠たげだった。

「ミチル君、ごめん、こんな夜遅くに。実はコッシー、あ、バイオ・ロボ犬が」コシバロウの症状を説明しながら僕は、ミチルがこの間のように何でもないと笑ってくれるのを、期待し待ち受けていた。大丈夫だよ、毛が抜けるなんて普通の犬でもよくあるよ、心配なら、それ用の塗り薬もあるから、などと言って。

「えっ、抜け毛が広がったって、たった二日で」

「うん」それに尻尾の毛が大量に抜けた。寒気を覚えるほど、ごっそりと手の指に絡まって。

「皮膚病かな、それともストレス性かな。どうしたらいいんだろう。会社の方に問い合わせたかったんだけど、こんな時間だし」

アバターは、しばらく沈黙していた。それから白衣の襟を正しおもむろに口を開いたところは、望みの薄い病状を、患者に宣告しようとする医師のように見えた。

「それは、病気じゃないよ。劣化だよ」

「レッカ!?」

劣化が起こるのは、生命維持の機能が失われてしまったからである。劣化は、一般に四年から五年かけて消耗していくバイオ・ロボの老化の過程とは違う。変化のスピードが非常に速く、しかも刻々と加速する。一旦始まってしまうと、現段階の技術では止めることも遅らせることもできない。あの個体には、そうした兆候が見られなかったが、プロトタイプには、ときどきそういうことが起こる。だからこそ、まだ発売に踏み切れないのだとも言える。

「大丈夫だと思ってたんだ、あのロボ犬は」

それじゃあ……

「悪かったね」ミチルは、医師から従弟か友人の口調に戻って、言い添えた。

体中の血液が、一度に流れ出て行ってしまったような感じがする。あのシリンダーの中の液体みたいに、一気に外に吸い出されてなくなってしまう。なくなったあとは、もう空気も音も何ひとつ通わない、分厚い筒型の真空だった。先端が冷たくなった指を固く握り、僕は最後の質問をした。

「それで、あと、どのくらい」

「多分、二十八時間か、もう少し短いかもしれない」

痛くはないよね、苦しみはしないよね。ロボットには、意識はないんだったよね。ただ、あるように見せかけているだけで。切々と湧き上がって来る問いかけを、息遣いの中に察したかのように、大丈夫だよ、とミチルが囁く。

「大丈夫だよ。苦しむところをシミュレートするようなプログラムは入れてない」

ありがとう。僕は言って通話を切った。

コシバロウはそのまま、丸一日眠り続けた。眠ったまま寝返りを打って、茶色の背中を焼きたてのドーナツ状に丸めたり、仰向けになって斑模様の出来たお腹を見せたりした。時折宙に浮いた足が掻くように動いていたのは、夢の中の舗道をひたすら走っていたのだろう。

目を開けた途端、周りを見回して僕を捜した。ああ、コッシー、と抱き上げた体は軽く、寝ていた毛布の上に、幾筋も抜け毛がこびりついていた。

大儀そうに頭をもたげ首を回し、大きな目でじっとこちらを見上げる。クフンと一度鼻を鳴らし、胸元に差し入れられていた僕の手の甲を、しばらくの間舐めていた。それからこちらの腕を枕にして頭を預け、両眼を閉じた。仕舞い切れなかった桃色の舌先が、半開きの口の間から覗いているのが見える。それが味覚の名残を追うように僅かに動いたようにも見えたが、たちまち曇っていく視界の中に霞んで、見極められなかった。

死ぬなよ、逝かないでくれよ。抱き留めたかったけれど、しっかり堅く抱き締めて引き留めたかったけれど、壊してしまうのが恐くて、体に回した腕をそのままに、屋根をかけるように背中を曲げて囲い込んだ。膝の上は犬の体温で熱いほど。屈み込んだ胸にも、そのぬくもりが呼気と同時に這い上がってくるようだ。

午前二時ちょうどに、鼓動が止まった。ドッドッドッドッと危ないくらい激しく鳴っていたのが、ト、トトト、トと小さく不規則になって途絶え、そしてそのまま戻って来なかった。胸元の毛の間を探った手にも、振動が伝わって来ない。もう片方の手を鼻の前にかざしてみたが、指先にかかる息もない。

急に何か湿った物が手に触れて、ああまだ生きているのか、と目を見開けばまた一滴、頬から顎へと伝った自分の涙が手の甲に滴り落ちているのだった。

抱いているコシバロウの体に、すぐにこれと分かるような変化は見られなかった。温かかった体がやがて冷めて、腕の中が生ぬるくなった。ふと見下ろすと、何かが少しだけ変わっていた。何だろう、口元か鼻先か目尻か、それとも額のあたりか。順に目で追っていって、気づけば耳が短くなっている。じっと見詰めていても分からないくらいに、ゆっくりと、けれど確実に、耳が足が、そして尻尾も、端の方から少しずつなくなっていこうとしていた。

僕はさらに背を丸め、両手の指と掌を揃えて作った椀状の窪みの底に顔を埋めて、目を閉じた。バクテリアがしゃくしゃくと生体を食べている音が聞こえるような気がしたが、それは、以前に聞いた説明に喚起された空耳だったのだろうと思う。

時間の流れは水流に似て、ときに限りなく引き伸ばされ、滞り途切れては、また流れ始めて先へと続いていく。薄青く悲しみに浸った流れの中を、様々なものが流れていた。古い古い昔の人みたいなカイザー髭を生やしたジジの肖像。カタカタと鳴るイチタロウの金属製の尻尾。夜空に打ち上がって見えなくなった遺灰搭載ボックス、四つに分かれてせり上がるオウム・ロボの黄色いトサカ、大きく角ばって重たい木箱とその中に横たわったヨサブロウ、端から消えてなくなっていくハッカー煙草、液体に満たされたシリンダーの中で眠り続ける生まれる前のコシバロウ。それらがひとつひとつ、蒼白い水中をゆったりと漂い、目の前に流れ寄せそして後ろへと流れて去って行った。

分解過程は、夜明け前に全て終わった。コシバロウがいたところにはもう何もなくなって、少量の茶色い粉だけが残っていた。下腹部から腿の方へとたるんだシャツの襞の底に、溜まっていた。シャツの裾を摘まんで持って、そろそろとテーブルの上に中味を空けて掻き寄せた。

計量スプーン一杯分にも満たないくらいの量だった。

僕はしばらくテーブルの端に両手を突いて、小さな茶色の山を見下ろしていた。それはインスタント・コーヒーの粉と言うより一摑みの土くれで、生き物は死んだら土に還るのが自然の摂理なのだと、改めて腑に落ちた。そう言えば、チップはどこにも影も形もない。

目を上げれば、硝子戸の向こうが薄明るくなっている。一滴の絵の具を水中に垂らしたみたいに、空が隅から明るみ始めていた。バルコニーに出て手摺に寄り、遠くに霞んだ街並みを眺めていると、どこからか鳥のさえずる声が聞こえてきた。飼われていた家から逃げ出して野生化した鳥・ロボが、人工樹の枝に留まって鳴いているのだろう。

コシバロウの残りのひとかけらは、できれば土に還してやりたいと思う。そうしてやりたいけれど、この都市の中に、土が剝き出しになっている地面など、どこにもないのだった。

見上げた空の上を、風が吹いていた。風はバルコニーまで吹き降ろし、振り返った硝子戸の隙間から中へと滑らかに吹き込んで行く。あっと急いで後を追って、部屋に踏み込んだ。その瞬間、テーブルの上から軽々と、茶色い粉が舞い上がるのが見えた。細かな粉はひととき宙に浮き、降り落ちかけ、さらなる追い風に吹き流されどこかに散って、そしてそのまま見えなくなった。

大濱普美子　おおはま・ふみこ
一九五八年、東京生まれ。一九八〇年、慶応義塾大学文学部文学科フランス文学専攻卒。一九八七年、パリ第七大学《外国語としてのフランス語》修士課程修了。一九九五年よりドイツ在住。二〇〇九年、「猫の木のある庭」を発表（三田文学）。著書に『たけこのぞう』『十四番線上のハレルヤ』（いずれも国書刊行会）がある。

陽だまりの果て

二〇二二年六月二十三日初版第一刷発行
二〇二三年二月　十八　日初版第三刷発行

著者　大濱普美子

発行者　佐藤今朝夫
発行所　株式会社国書刊行会
東京都板橋区志村一―一三―一五　〒一七四―〇〇五六
電話〇三―五九七〇―七四二一
ファクシミリ〇三―五九七〇―七四二七
URL：https://www.kokusho.co.jp
E-mail：info@kokusho.co.jp
印刷・製本所　三松堂株式会社
ISBN978-4-336-07343-3 C0093

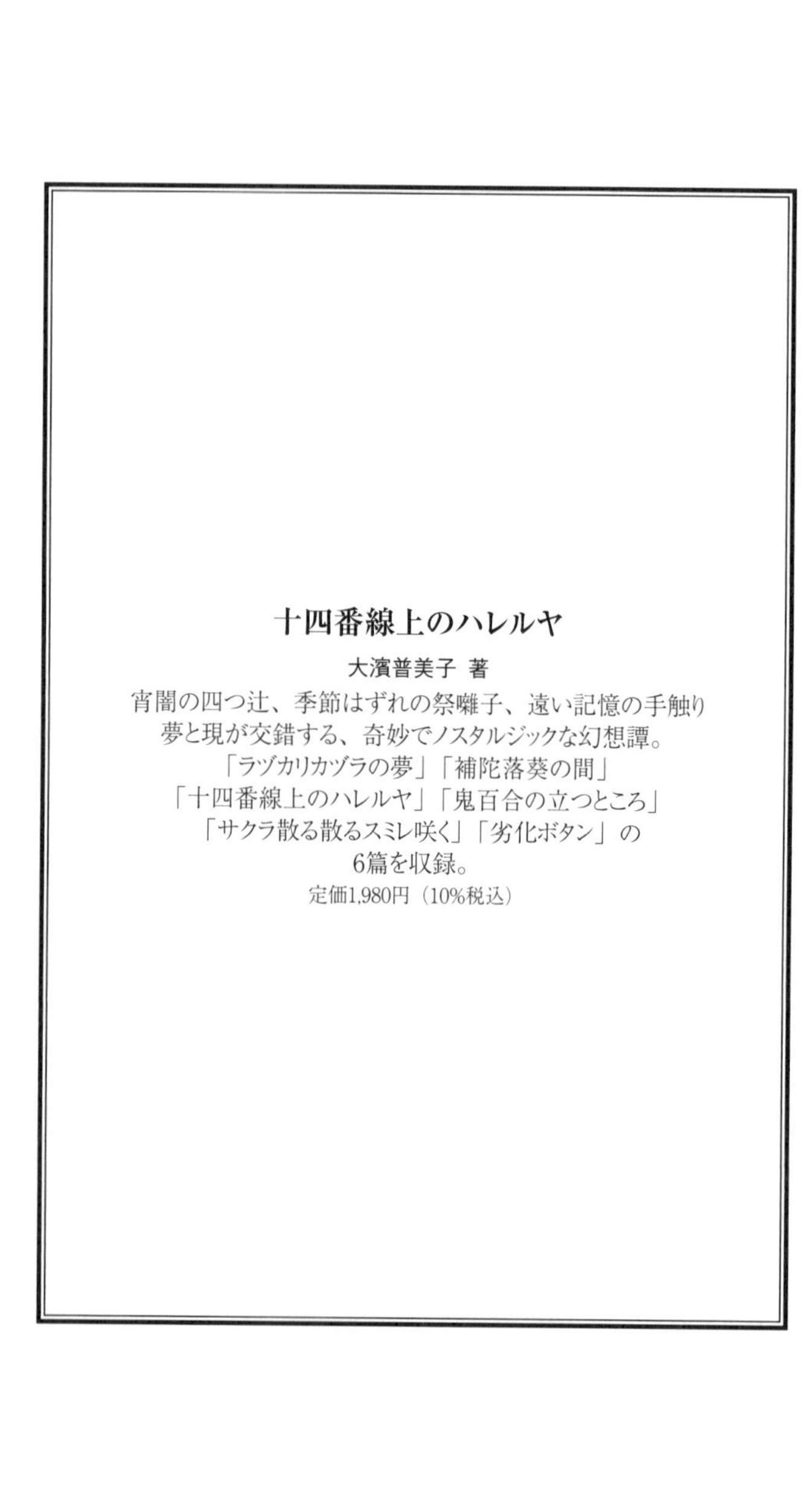
十四番線上のハレルヤ
大濱普美子 著
宵闇の四つ辻、季節はずれの祭囃子、遠い記憶の手触り
夢と現が交錯する、奇妙でノスタルジックな幻想譚。
「ラヅカリカヅラの夢」「補陀落葵の間」
「十四番線上のハレルヤ」「鬼百合の立つところ」
「サクラ散る散るスミレ咲く」「劣化ボタン」の
6篇を収録。
定価1,980円（10%税込）

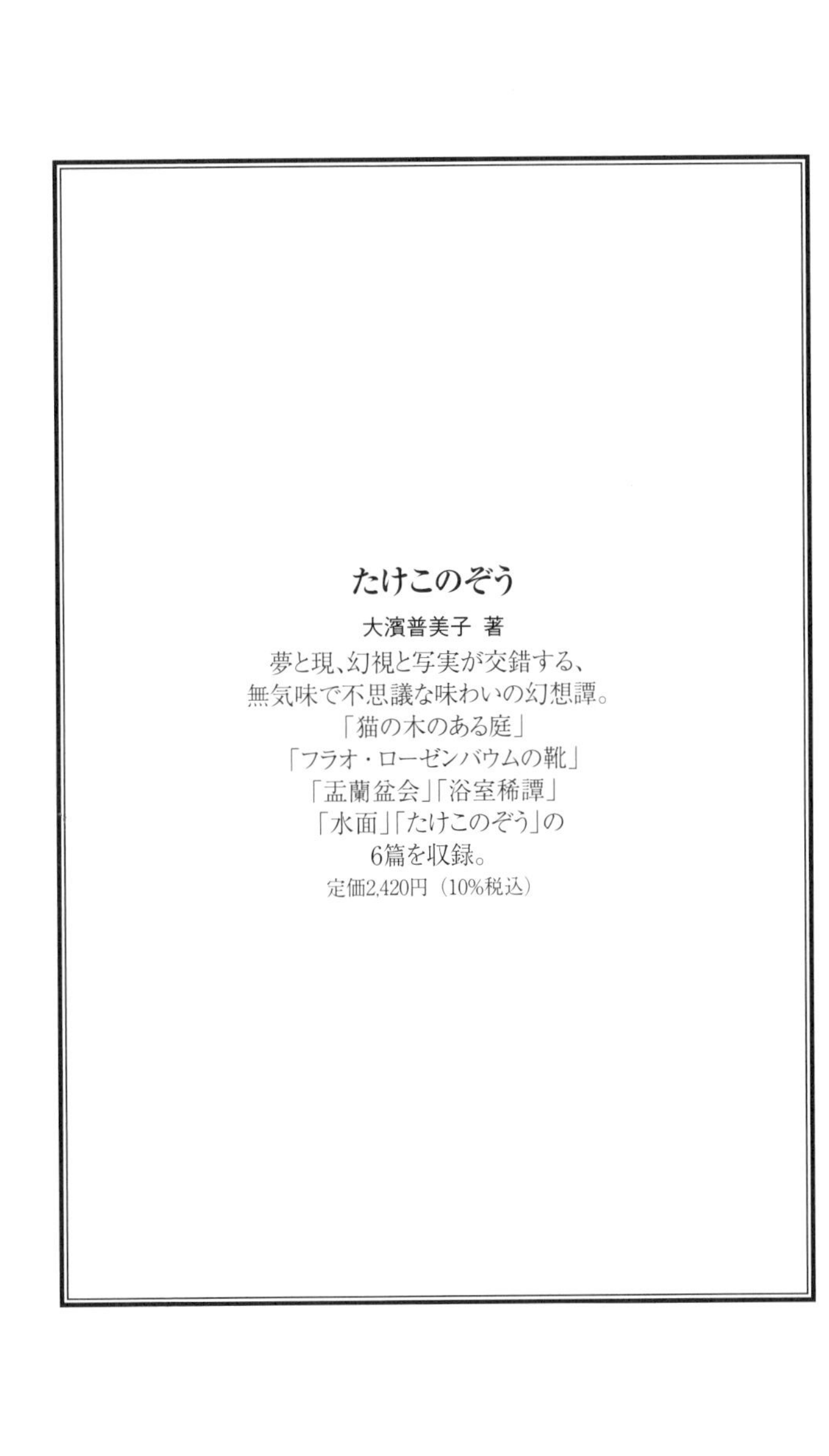

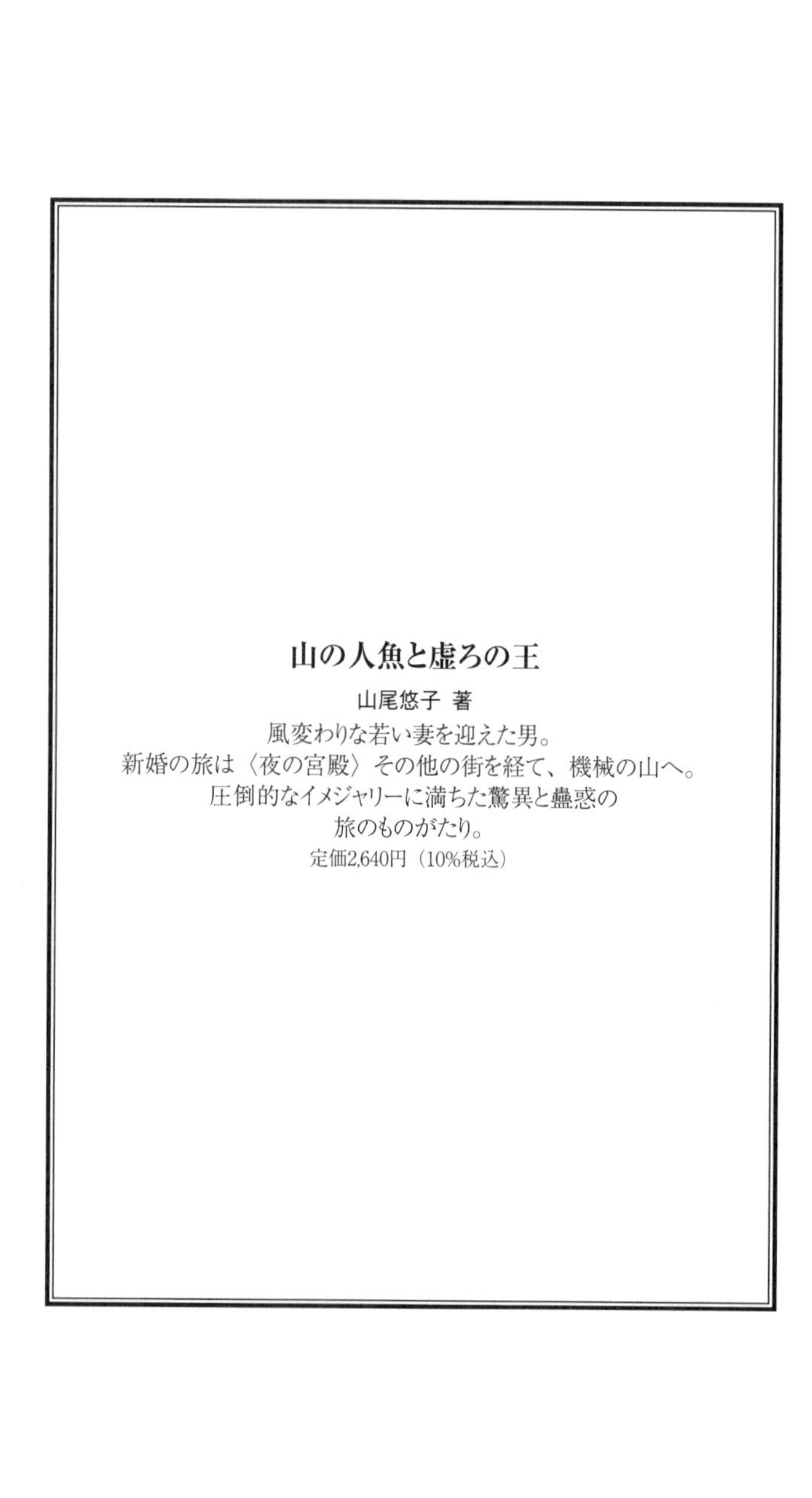

歪み真珠
山尾悠子 著
バロックなイメージが渦巻く15の幻想小説。
「娼婦たち、人魚でいっぱいの海」「美神の通過」
「水源地まで」「影盗みの話」「夜の宮殿と輝くまひるの塔」
「ドロテアの首と銀の皿」ほか。
定価3,080円（10%税込）